中国矿业大学学科建设重点资助（中国语言文学），项目编号102619007；
公共管理学院“兴文战略”资助，项目编号250619413。

名家与红楼梦研究

高淮生\著

知识产权出版社
全国百佳图书出版单位
—北京—

图书在版编目（CIP）数据

名家与红楼梦研究/高淮生著. —北京：知识产权出版社，2020.1
ISBN 978-7-5130-7239-7

Ⅰ.①名… Ⅱ.①高… Ⅲ.①《红楼梦》研究 Ⅳ.①I207.411

中国版本图书馆 CIP 数据核字（2020）第 198160 号

内容提要

本书主要讲述包括蔡义江、胡文彬、吕启祥、张锦池、周汝昌、刘梦溪等学者研究《红楼梦》的历程，展现出红学研究的演变与传承。作者采用“学案体”方式论述，文稿的形式较为活泼，兼具了学术性与可读性。作者撰述本书的初心在于讲好每一位“名家”与《红楼梦》，尤其是与《红楼梦》研究的故事，从不同侧面“昭传”所述“名家”的精神格调和为学旨趣。

责任编辑：徐家春　　**责任印制**：孙婷婷

名家与红楼梦研究
MINGJIA YU HONGLOUMENG YANJIU
高淮生　著

出版发行：知识产权出版社有限责任公司	网　址：http://www.ipph.cn
电　话：010-82004826	http://www.laichushu.com
社　址：北京市海淀区气象路 50 号院	邮　编：100081
责编电话：010-82000860 转 8573	责编邮箱：xujiachun625@163.com
发行电话：010-82000860 转 8101	发行传真：010-82000893/82005070/82000270
印　刷：北京中献拓方科技发展有限公司	经　销：各大网上书店、新华书店及相关专业书店
开　本：787mm×1092mm　1/16	印　张：14.5
版　次：2020 年 1 月第 1 版	印　次：2020 年 1 月第 1 次印刷
字　数：234 千字	定　价：88.00 元

ISBN 978-7-5130-7239-7

舊茶漫品校楷文
暗嘆前年用力勤
别體論學新耳目
余心猶寄自欣欣

暑天漫興　高潤生

自　序

《名家与红楼梦研究》上编曾以“名家与红学系列”为总题陆续发布于南京大学文学院苗怀明教授创办的“古代小说”微信公众号，竟赢得如此评价：此可谓论学之别体！这一评价令笔者欣慰，“别体”之说无疑道出了其中确有的旨趣。

其实，笔者撰述“名家与红学系列”的初心在于讲好每一位“名家”与《红楼梦》尤其《红楼梦》研究的故事，目的是从不同的侧面“昭传”所述“名家”的精神格调和为学旨趣，进而充实笔者所撰述的红学史新著即《现代红学学案》的内涵，姑可称之为“学案外编”。

由以上所述可见，《名家与红楼梦研究》这部小书的旨趣可用以下两句话概述：论学之“别体”，昭传之《世说》。这不过是笔者撰著这部小书的心愿，虽不能至，心向往之！

《名家与红楼梦研究》下编五章可以看作上编的补笔，亦有可观之处，故此编入这部小书。

这部小书叙述诸多人与事之细节，并不取意气用事之态度，亦不取道听途说街谈巷议之“小说”；大抵追踪蹑迹、细细考较而已，不敢稍加穿凿，反失其世情人心之真迹本旨。敬请读者明鉴！

笔者近来阅读李光模著《从清华园到史语所——李济治学生涯琐记》一书，其中谈“史学家应追求的四个境界”一文道：“李济由此把问题更推向前一步：假古董虽然为害甚烈，但有了细心的人就可以剔除，史学家最大的难题却在于如何处理真材料。真的史料是无情的，它可以为时代风尚加注，可能把个人的思想纳入一定轨道，可以讽刺当代迷信，可能不符合统治阶级的利益。如何安排真材料实在需要职业上的胆量。因此，史学家的第三个境界应该是：‘宁冒天下之大不韪而不为吾心之所不安。’原始资料遇到这种有勇气的人，庶几可以相得相辅。”[①]笔者撰著这部小书过程中试图“细心”地处理“真材料”，的确不敢懈怠。至于“职业上的胆量”或“勇气”方面则庶几近之，虽不能至则心向往之而已。

《名家与红楼梦研究》这部小书所述之人与事大抵兼顾以下三个原则：（1）若与笔者并无直接或间接之学术交集者不取；（2）若对《现代红学学案》写作并无显而易见之借鉴者不取；（3）若对读者并无精神激励或思想启迪者不取。有此“三不取”以立此存照，读者应能体谅笔者撰著这部小书之用心，而不至于求全责备了吧！

当然，这部小书所述之人与事远不能与笔者撰述“红学学案”过程中所经历之人与事匹配，其间，尚有可“昭传”之学人虽历历在目而未能一一编述。假以时日，笔者将陆续“补编”以弥补此阙如之遗憾，读者诸君其谅之！

诗云：

旧茶漫品校拙文，暗叹前年用力勤。

别体论学新耳目，余心有寄自欣欣。

2019 年 10 月 19 日

写于古彭槐园书屋

① 李光模：《从清华园到史语所——李济治学生涯琐记》修订本，商务印书馆 2016 年版，第 288 页。

目　录

上　编

下　编

上编

蔡义江：

“追踪石头”答客问

题记：我以为读《红楼梦》不管它“真”“假”是行的，只要你把它当作小说来读；如果你把它当作小说之外的别的什么东西来读，那我可以肯定你是弄错了“真”“假”；倘若要对此书进行深入研究，那么弄清“真”“假”的含义，还是非常必要的。

2010年8月3日至5日，“纪念中国红楼梦学会成立三十周年暨全国《红楼梦》学术研讨会”在北京西山实创科技培训中心召开，此次会议由中国红楼梦学会和中国艺术研究院红楼梦研究所共同主办。笔者提交大会的论文题为《红楼梦学刊三十年学术考察》，并在大会上作主题发言：倡导红学同仁关注“现代（当代）红学史”尤其“现代（当代）红学学人”的研究。当时，并未引起明显的反响。此后，《红楼梦学刊三十年学术考察》一文经胡文彬先生建议改题为《〈红楼梦学刊〉三十年述论》，刊发于《红楼梦学刊》2010年第5辑，这种对学刊（或期刊）做考察综论的写法彼时并不多见。

记得笔者大会发言的那一场散会时，曾与上海师范大学文学院孙逊教授走得比较近，孙逊教授说：“淮生你来写！”他还建议：如果全面考察红学三十年，还需要再整理一下《红楼梦研究集刊》的文章，这样才更客观。《红楼梦研究集刊》是专门研究《红楼梦》的大型学术刊物，由中国社会科学院文学研究所《红楼梦研究集刊》编委会编辑，上海古籍出版社出版，1979年5月创刊，同年11月出版第一辑，至1989年10月出版第十四辑后停刊。《红楼梦研究集刊》为不定期书刊，是当年与《红楼梦学刊》齐名的红学刊物，曾在彼时的学术界产生过重要的学术影响。据胡文彬先生相告：《红楼梦研究集刊》只出了十四辑，今天仍有价值。这两种红学期刊当时的定位是：《红楼梦研究集刊》偏重史料；《红楼梦学刊》偏重大众读者普及。

会议期间，冒雨游观北京西山曹雪芹纪念馆，笔者曾主动与参会的作家二月河（凌解放）先生在曹雪芹纪念馆里合影留念。此后，观赏了北京植物园景观，并夜游了恭王府。据恭王府管理负责人介绍，刚刚整修后的恭王府尚未正式向社会开放，晚间开放更是破例了，仅仅因为恭王府与《红楼梦》以及“红楼梦研究所”结缘之故，此番夜间开放，需要花费近5万元人民币。笔者夜游恭王府的心情自然是惬意的，彼时，新版《红楼梦》电视剧李少红导演闻讯也带领剧组部分主创人员赶来听取专家对新版《红楼梦》电视剧的意见。据说，李少红导演曾提出参加学术研讨会并征询学者专家发表关于新版《红楼梦》电视剧的意见，未被会议主办者同意。笔者与曹立波教授曾建议会务组做一个新版《红楼梦》电视剧研讨的专场，这个建议未被采纳，但同意有兴趣的学者可以就此专题发言。

会议期间，蔡义江先生的《蔡义江新评红楼梦》（龙门书局 2010 年 7 月版）一书由龙门书局职员做现场签名售书活动，于是购买一部，并得蔡先生签名："高淮生兄惠正　蔡义江二〇一〇年八月于北京"。笔者当即表示："回去将认真拜读！"蔡先生则郑重其事地说道："我倒是期望能有人撰写批评文章！"笔者脱口而出："学生愿为！"此诺既出，一发不可收，"当代学人的红学研究综论"系列课题便由《蔡义江的红学研究——当代学人的红学研究综论之一》此一篇开端。至今为止，不仅出版了第一部红学史新著《红学学案》（新华出版社 2013 年 3 月版），第二部《港台及海外红学学案》即将由知识产权出版社于 2019 年底出版，第三部《民国红学学案》正在不断写作中。

2010 年 9 月 11 日，《蔡义江的红学研究——当代学人的红学研究综论之一》（计 2.2 万余字）的长文结稿，并发给时任《河南教育学院学报》主编的闵虹女士，责编这篇文稿的则是张燕萍副主编。不久，闵虹女士升迁他任，张燕萍女士任学刊执行主编。据笔者切身的经历和了解，"红学综论系列"这一学术课题，张燕萍主编在整体编审构思方面可谓高瞻远瞩，其魄力之大尤其令笔者钦敬。

《蔡义江的红学研究——当代学人的红学研究综论之一》一文刊发于《河南教育学院学报》2010 年第 6 期。自 2010 年第 6 期之后，由于此前的一份"君子协定"的缘故，"红学综论"文章基本上交给《河南教育学院学报》刊发了。

事情的过程是这样的，《河南教育学院学报》"百年红学"栏目的创办者闵虹主编曾连续几年给笔者邮寄每一期的学报样刊，于是，关注这个栏目并给予应有的支持也是情理之内的事情，笔者觉得应该给主编一篇文章支持"百年红学"栏目。需要说明的是，之所以此前没有投稿给她，那是因为《河南教育学院学报》既不是核心期刊，彼时的学术影响力也有限，彼时高校教师投稿时往往有这样一种自觉：宁给“大学学报”，不给“学院学报”；宁给“核心”“C刊”，不给“普刊”。（其实，至今也是首选“核心”“C刊”啊！这与高校教师的业绩考核有直接关系。）

《蔡义江的红学研究——当代学人的红学研究综论之一》一文邮件发给闵虹主编之后，她回复笔者：“呵呵，等待你此研究系列大作啊！君子协定，均给我‘百年红学’了啊！”（2010年9月11日日记①）当然，这一“综论”系列文章均由时任副主编的张燕萍具体负责编辑，张燕萍副主编在责编第2篇“综论”文章时已任主编。历经两年有余的时间，12篇已刊发的“综论”文章经过笔者修订后结集出版了第一部《红学学案》，这个过程彼此是同舟共济的。笔者曾在《红学学案》“后记”中道：“我曾好奇地问过张燕萍女士：两三万字的学术长稿，一篇又一篇地连载不辍，不计版面地催生出一种学术史长编著作，这在新中国成立以来的高校期刊编辑历史上，有过前例吗？张燕萍女士笑而未答，我的疑惑则至今没有消解。”②

2011年3月30日，收到张燕萍主编发来短信问候：

> 高先生好：因您的辛勤耕耘使“百年红学”栏目又一次焕发了生机，“红学研究系列”能产生反响，足以显示先生在红学研究领域的学术功力。谢谢您的鼎力支持，只惜本学院因扩建新校区，债务沉重，付先生稿费不但可怜且不及时，还望先生能给予谅解。

张燕萍主编短信里说了两层意思：一则“综论”文章能够光耀《百年红学》栏目门楣；二则支付的稿酬有限。其实，从第二篇《“两点两论”：胡文彬的红学研究成就——当代学人的红学研究综论之二》一文起即支付笔者每篇1000元的稿费，在笔者看来不低了，已经是前任主编闵虹女士给付的5倍了。据说，这是《河南教育学院学报》编辑部从未有过的先例，由此可见张燕萍主编的魄力。

---

① 本书中所引笔者日记均标记年月日，不再一一注明出处。

② 高淮生：《红学学案》，新华出版社2013年版，第327页。

试问：为什么如此待遇笔者呢？

记得笔者将《考论结合、建构新说：张锦池的红学研究——当代学人的红学研究综论之三》一文电邮发给张燕萍主编不久即收到回复（2011－05－30）如下：

> 高老师：
>
> 辛苦了！
>
> 宏文收到，真正是劳苦功高。当今红学研究，经您这般学术梳理，我相信，一旦您心中所筹划的工程竣工，将是为新时期红学研究做了一个学术的、平和的、较为完整的总结……我为有幸与您合作感到骄傲。在我们传统节日来临之际，衷心祝您节日快乐，好好休整，以备再战。

可见，张燕萍主编非常赞赏这一“红学研究综论”课题。

2013年2月17日上午，笔者接张燕萍主编电话，告知已经收到寄去的《红学学案》。她接着说：我为什么能做到不计版面地刊发“综论”长稿，因为，我以前是做出版的，所见到的书稿都是几十万字，所以，并不计较1万或2万字的版面。此前，笔者与胡文彬先生的一次对话交谈中，胡先生曾赞扬张燕萍主编敢于编发“综论”系列长稿，需要“有眼光、有魄力”。由此可见，这魄力相当部分是来自她此前的工作经历和经验。

“蔡义江综论”因是“综论系列”第一篇，一经刊发便引来了诸多“物议”，譬如“立案未显等级”“取舍尚有可议”之类。按照有些学者或读者的思考习惯：“立案”的第一人应当在周汝昌和冯其庸之间选定。况且，活人写活人，能够真正做到客观公正地评议吗？

笔者曾在《红学学案》“序言”中回应道：“既然学术百年之后论升降焉，而笔者竟于此百年之内为现代学人立案考述，以臧否其学术之高下得失。‘升’耶？‘降’耶？‘升’乎？‘降’乎？论定何其难哉！读者其谅之。”[①] 笔者彼时的考量乃基于以下两个方面：一则“现代

① 高准生：《红学学案》，新华出版社出版2013年版，第327页。

（当代）红学学人”研究十分薄弱；二则“现代（当代）红学史”尤其红学学人研究大有作为。

至于“物议”中的“立案未显等级”疑问，笔者彼时的考量并非为了有意地打破固有的学术史“思考习惯”，而是从如何撰述“相对精善”的红学学术史的角度考量的。这一考量也在《红学学案》“后记”做了交代——

> 读者诸君若问：既然是“学案性质”的写法，可曾考虑立案的“排序”呢？我的回答是：实在地说，此一难题非笔者之心力或精力所能胜任。无论序“齿”也罢，序“爵”也罢，序“泰山”“东山”也罢，皆非本项学术史课题所要亟待解决的首要问题，首要的问题则是如何写得好，以及写出来能否立得住。①

其实，笔者一直在思考如何回应如此这般的“物议”，当读到蔡义江先生 2013 年 5 月 15 日致笔者信中的一段话时，竟然如同醍醐灌顶一般：

> 选学案也如选诗，好诗漏了不要紧，个人所见不同；坏诗恶诗一首也不能选，选了就表明你不懂诗。

蔡先生的这番话铮铮有力，不仅顿开笔者之茅塞，且顿释笔者之履冰之怀。由此可见，蔡先生对红学史的思考同样保有可取的“新见”。从此，“综论”文章越写越自信起来了。

值得一提的是，《蔡义江红学研究综论》刊出后，随即得到红学名家吕启祥先生的肯定，认为“这一篇写得好！”无独有偶，对这篇《综论》的肯定还来自新疆师范大学胥惠民教授的当面奉告。事情是这样的：2013 年 11 月 22 日至 24 日，河北省廊坊市新绎贵宾楼酒店举办“纪念伟大作家曹雪芹逝世 250 周年大会暨学术研讨会”。一天晚饭后，笔者到蔡先生的房间里聊天，胥惠民教授随即不期而至，他见面就对笔者说：你写蔡先生的那篇写得好！写周汝昌的那篇还不够充分！可见，胥教授不仅关注“综论系列”的写作，而且尤其关切有关周汝昌的评

---

① 高淮生：《红学学案》，新华出版社出版 2013 年版，第 327 页。

论。胥惠民教授曾因著《拨开迷雾——对周汝昌〈红楼梦〉研究的再认识》（新疆青少年出版社 2014 年出版）一书影响红学界，该书“序言”乃蔡义江先生所作。蔡先生“序言”开篇道：“胥惠民教授《拨开迷雾——对周汝昌〈红楼梦〉研究的再认识》（新疆青少年出版社）与杨启樵《周汝昌红楼梦考证失误》（上海书店出版社）、沈治钧《红楼七宗案》（江苏人民出版社）同为今年批评周汝昌红学谬误的三部重要著作。”① 可见，蔡先生对这部书的推重非同一般。记得蔡义江先生如此称道胥惠民教授：“红学的现状确实令人忧虑。越荒谬的东西越走红的怪现象越演越烈，近期也看不出有好转的迹象。我曾经对红学的前途表示过乐观，相信真理终将战胜谬误。从长远看，必定如此，尤其在今天恶劣的气候下，仍有一批不为名利所惑、坚持走科学发展正道的红学研究者，其中像北京语言大学沈治钧教授、新疆师范大学胥惠民教授，在我看来，可称得上是与红学歪风邪气做斗争的勇敢斗士，还有清史研究功力极深、只凭证据说话的杨启樵教授等，都对维护红学的健康发展做了杰出的贡献。但要在短时间内‘拨乱反正’、改变红学现况，恐怕还难以实现。”②“红学斗士”之说的首倡应属蔡义江先生，笔者归纳了“四斗士”之名即梅节先生、沈治钧教授、胥惠民教授、杨启樵教授等，他们对周汝昌其人其学（红学）的批评已经蜚声学界内外，他们的批周著作（文章）同样颇为畅销。

《蔡义江红学研究综论》一文之所以被一定程度上认可，主要因为该文鲜明地呈现了蔡先生的红学概貌，并彰显了蔡先生的学术个性。当然，评述文字之生动活泼以及撰述笔法之契合立案学人的学术风貌等，可能也是加分的因素。

《蔡义江红学研究综论》一文刊发之后，笔者曾写信请蔡先生发表他对该文的评价和建议，此后所刊发的学人“综论”大都如此操作。2011 年 9 月 25 日收到蔡义江先生来函，信中略谈了对曹雪芹的评价和撰写学术评论的两点感想，推荐杨启樵著《周汝昌红楼梦考证失误》

① 胥惠民：《拨开迷雾——对周汝昌〈红楼梦〉研究的再认识》，新疆青少年出版社 2014 年版，第 1 页。

② 高淮生：《红学学案》，新华出版社 2013 年版，第 315 页。

（上海书店出版社 2010 年 6 月第一版）一书供笔者写作“综论”文章参考，并特别告知：“他人评论我的文章很难表达意见。”蔡先生这一谨慎而宽容的态度，令笔者尤为感佩。因为彼时“综论”文章所评述的红学学人均仍在世，常言道：百年后论升降！这“得罪人”的压力尤其考量笔者的学术勇气，如果说“综论”课题越来越受到关注，也与这一学术勇气备受瞩目有着直接的联系。

蔡义江先生红学研究的主要代表作即《红楼梦诗词曲赋评注》（又称《红楼梦诗词曲赋鉴赏》）、《〈红楼梦〉校注》（修订本《蔡义江新评红楼梦》）等，尤其《红楼梦诗词曲赋评注》流播甚广。这些代表作能够充分彰显蔡先生鲜明的学术个性：详于文本辨析，精于艺术鉴赏；持论平易，烛隐探幽。《蔡义江红学研究综论》一文对其“学术个性”的把握和概括是比较准确的，这应是蔡先生“很难表达意见”的一个主要方面吧！

记得 2011 年 6 月 26 日在江西庐山参加北京曹雪芹学会第一次年会期间，曾于蔡先生房间里请教古诗写作心得。蔡先生说：给我留下最深印象的是我的老师夏承焘先生的作诗之法，他概括了“六字诀”——“少、小、了；常、藏、长”。诗歌讲究起承转合，起，要抓题目；合，要能推进。由此可见，《红楼梦诗词曲赋鉴赏》之所以畅销，其中便有蔡先生诗学经验以及古诗鉴赏方面的影响。

《蔡义江新评红楼梦》则堪称“当代评点四家评之一”。“四家评”是笔者在《当代〈红楼梦〉评点“四家评”综论之一——以周汝昌、冯其庸、蔡义江、王蒙为例》一文中提出来的，该文刊于《中国矿业大学学报》（社科版）2011 年第 3 期。笔者将蔡义江的《红楼梦》“新评”、周汝昌的《红楼梦》“校评”、冯其庸的《红楼梦》“重校评批”和王蒙的《红楼梦》“评点”合称“当代《红楼梦》评点四家评”，因其在当代《红楼梦》评点中影响相对比较大而得此名。蔡先生《红楼梦》“新评”的鲜明特征在于以“艺术鉴赏家”的质素和视角把握《红楼梦》的“意义”和“艺术价值”，注重对《红楼梦》文学审美价值的精微欣赏，而非对《红楼梦》思想价值的深刻阐发。这种善于将艺术鉴赏力和判断力与精神世界的经验整体结合起来批评文学作品的批评方式，正是蔡义江所擅长的批评方式，也即将考证文本、分析文本、评论文本合一的《红楼梦》研究，或者说将历史考证与文学批评结合的“文学考证”的模式。“文学考证”的模式可谓直接承续俞平伯先生著《红楼梦辨》一书中的《红楼梦》研究范式，区别于《红楼梦》的感悟式鉴赏。

蔡义江先生始终坚持自己的学术个性，对那些“大谈义理”者也有明确的批评。蔡先生在 2011 年 9 月 25 日致笔者的信中毫不隐晦地说：“因为崇敬曹雪芹与《红楼梦》，很多人都喜欢往高处说，我觉得多半言不由衷。在我看来雪芹和世上许多大文学家的特点在于是一面‘镜子’而非‘灯塔’或‘火炬’，所以巴尔扎克不妨是保皇派，托尔斯泰有时像‘一个傻头傻脑的地主’（列宁语），他们的了不起，在于反映、表现而非说明、指导。有些会讲、会写的名人，谈红楼，好说假话、大话、势利话，其实与真正的研究、科学的真理并无多大关系。”蔡先生的这一番话说得很中肯，笔者认为这番话关乎红学学风，关乎《红楼梦》经典传播，应该引起《红楼梦》读者（包括研究者）的警惕和反思。

蔡义江先生始终关注红学的学风问题，他在 2013 年 4 月 17 日上午于中国艺术研究院召开的“《百年红学》创栏十周年暨《红学学案》出版座谈会”上旗帜鲜明地说：我想写“红楼梦研究与科学发展观”这么一个题目。科学发展观，最精华的就是“实事求是”，就是“求真务实”。讨论什么东西都要从最根本的地方出发，就是从事实、从证据出发。当然，即便这样，推论出来的观点，每一个人可能都不一样，但要使真理在讨论中得到发展，这是非常重要的。没有这样的学术规范的话，讨论起来就不科学。当前的红学研究的社会环境，或者说学术研究环境，并不是非常好，这有两方面的问题。一方面，前段时间把学说、把文化方面的问题过多地和政治搅在一起，强调阶级斗争、学术要为政治服务。这个影响是很大的，一直到今天，我们很多人的思想还是脱离不开这种模式。我把自己归为想脱开僵化的思想而没有完全脱开、还想突破的这一类。……另一方面，更严重的，是目前随着我们社会的发展，学术方面也出现了商品化，或者说是娱乐化。这个倾向更严重，所以五花八门的奇谈怪论都出来了。《红楼梦》是谁作的这个问题，其实是明明白白的，是有过结论的，在《红楼梦》创作当时就有人记录的，上面都讲得清清楚楚的。但是今天还有不同的说法，有十几种之多，还有人统计有二十几种，这不可以信。……在红学界掀起风浪来的，都是我们主流的媒体。没有很好地、正确地引导，乱七八糟的东西就都出来了。强调百家争鸣，但百家争鸣还要有个监管问题。海纳百川，这是一个比喻，就是说心胸要宽阔，但并不是说什么河流进来都可以。[①] 蔡义江先生对红学学风问题的忧患不可谓不深沉，不可谓不真切，虽没有彻底的失望，并不抱一时的乐观。

最值得笔者欣慰的是，正是在“《百年红学》创栏十周年暨《红学学案》出版座谈会”上，蔡义江先生同时发表了对笔者“综论”课题阶段性成果即《红学学案》的肯定意见：《红学学案》这样的文章，花费多大的力气，搜集多少的资料，我都写不出来。为什么呢？因为有些搞红学研究的人跟我的观点是针锋相对的，我怎么写他呢？违心写不可能。淮生现在写的十二个人里面，观点互相冲突的很多。既要客观，不能因为观点不同，就抹杀人家的成就；又要保留人家的特点，是赞同他，还是批评他，措辞是很难的。但是高淮生同志有一个办法，他用别人的、其他名家的说法来谈这个特点，至于怎么评价你自己去看。譬如有位学者的文章里面往往有刺激性比较强的、对抗性比较强的语言，淮生引了吴组缃先生的信及沈治钧同志《红楼七宗案》里的材料，让读者评判。作者在褒贬问题上面有困难，但是提供了这些东西，读者可以自己判断这样的一种尖锐的、带刺激性的风格是好的特点，还是不好的、要改的。《红学学案》写出来就很不容易了，这是一个很大的贡献。[②] 蔡义江先生所发表的这一番评价可谓中肯之言，这一评价对于《红学学案》后续课题的研究和写作具有极其难得的激励作用。

2013 年 4 月 28 日，蔡义江先生签赠他的新书《红楼梦答客问》（龙门书局 2013 年 2 月出版）寄给了笔者，该书中的一段对话值得玩味：

---

① 编辑部：《〈百年红学〉创栏十周年暨〈红学学案〉出版座谈会实录》，《河南教育学院学报》（社科版）2013 年第 3 期。

② 编辑部：《〈百年红学〉创栏十周年暨〈红学学案〉出版座谈会实录》，《河南教育学院学报》（社科版）2013 年第 3 期。

客：《红楼梦》中的“真”与“假”谈的人不少，说法不尽相同；这个问题重要不重要？我们读《红楼梦》，不管它“真”与“假”行不行？

义江：我以为读《红楼梦》不管它“真”“假”是行的，只要你把它当作小说来读；如果你把它当作小说之外的别的什么东西来读，那我可以肯定你是弄错了“真”“假”；倘若要对此书进行深入研究，那么弄清“真”“假”的含义，还是非常必要的。①

是的，《红楼梦》是文学经典，应该把它当作小说来读；而《红楼梦》研究是一门学问，对它“考论”一番还是非常必要的。当然，对于《红楼梦》研究而言，文学考证则是最为切近“本真”的研究途径。

① 蔡义江：《红楼梦答客问》，龙门书局2013年版，第108页。

胡文彬：

“红边看客”的《红楼梦》情缘

题记：1977 年初离开了校订小组回到了出版社，还没回过神来，又被送到河北正定国务院五七干校劳动锻炼。在一年的劳动中，我对自己的专业和个人喜好作了深刻的思考和抉择，下定决心永远只读《红楼梦》一本书，终生厮守。于今已是四十年过去了，我仍然是一个道地的“红边看客”，但我并不后悔。

2010 年 12 月 8 日，《“两点两论”：胡文彬的红学研究成就——当代学人的红学研究综论之二》（计 2.2 万余字）结稿。

该文刊发于《河南教育学院学报》2011 年第 1 期。不久，新浪博客主文熙发表了一篇读后感即《这两天读了两篇红学好文章》（博文发于 2011 - 07 - 01 22：25：19），摘要如下——

> 一篇是发表在《河南教育学院学报》2011 年第一期上的《“两点两论”：胡文彬的红学研究成就》，作者是中国矿业大学文法学院教授高淮生。文中介绍，胡文彬的红学研究大体可用“两点两论”来表述。所谓“两点”，即两个基本关注点：一是《红楼梦》与红学传播交流史，二是《红楼梦》版本包括抄本与程高本研究；所谓“两论”，即“红楼人物论”和“红楼文化论”。“两点两论”可谓胡文彬文学批评观点和学术思想的集中体现，也是胡文彬解悟《红楼梦》的着力点。“胡文彬红学研究的兴趣很广泛，可谓文献考证（包括文学考证）与文学批评兼善，而且成果颇丰，在新时期红学学人中虽非仅见，亦不多见，用红学名家吕启祥的话说，可以建一个‘胡文彬文库’。”虽然读过一些胡文彬老师的书，但这篇文章让我更加了解胡老师红学研究的体系。这样一个红学大师却极其平易近人，他的红友来自不同阶层。

应当说，文熙谈论阅读《胡文彬红学研究综论》后的感受还是很准确的。她所欣赏的这篇《综论》文章，此前已经获得了红学名家吕启祥先生的多次肯定，认为“这一篇写得好！”

此前，笔者曾将刊发过的“综论”转发给时任《中国矿业大学学报》（社科版）责任编辑、笔者的弟子肖爱华责编审阅，请她从编辑的视角谈谈意见和建议，以便进一步改进完善，她的意见给了笔者更大的鼓舞。以下附录一段肖爱华责编读过《“两点两论”：胡文彬的红学研究成就——当代学人的红学研究综论之二》一文的观感（腾讯QQ留言）——

肖爱华 2011－4－26　19：00：16

高老师，您的大作我读了胡文彬红学研究评论的那一篇。

总体感觉是：

1. 摘要写得简明扼要，使读者只读摘要即可明了全文主旨。这是学术训练有素的人能做到的，一般的作者，摘要尚写不好。

2. 用词很准确，行文没有佶屈聱牙之感。

3. 读了全文，对胡文彬研究《红楼梦》都做了什么就一目了然。

4. 您显然借鉴了赵宪章的研究方法，不吝使用统计表。统计表的好处是一目了然，直观清晰，比大段的文字来得更直观。

不过，现在社科研究领域高度膜拜数学统计方法，有些矫枉过正的感觉。（我不是说您啊，别误会。）现在的经济学论文，篇篇有数学模型。数学模型往往依赖很多假设条件，和实际并不吻合，以致研究成果成了书斋里的学问。对现实问题缺乏深刻关怀，以致学术研究成了少数人小范围内的阳春白雪。窃以为，学问还是要从现实中来，回到现实中去。正所谓经世致用么。

写这么长的论文，需要吃透所涉文献并形成自己的观点，这是一件费心劳神的工作。

佩服！

这种研究成果评述，一般人写不好。因为必须熟悉研究动态，并能予以高屋建瓴的点评。这就是学报不喜欢研究生写的综述文章的原因。

评论写好了，引用率是极高的。

可以说，以后的研究者要继续这个研究这个话题，您的这篇论文是不能忽略的，这篇论文能让后来者省时省力不少。

笔者按：肖爱华就职于《中国矿业大学学报》（社科版）编辑部，编辑学报论文已经有些年头了，她经手的稿子锻炼了她敏锐的手眼。她的意见是中肯的，有内容的，当然也是笔者所看重的。笔者刊发于《中国矿业大学学报》（社科版）的论文基本上都是由她审订的，她是能够理解笔者的行文风格和写作笔法的，所以，她的审订往往能够锦上添花。

2010 年 12 月 8 日，《胡文彬红学研究综论》结稿，即刻发给张燕萍主编，此后才将写作完稿的信息告诉了胡先生，很期待听到他的指导意见。2010 年 12 月 29 日收到胡先生的电邮，内容如下——

> 29 日信诵悉。这几个月够你辛苦了，要看很多书，综合，评论，我想你该休息一阵子，放松一下。然后再看再写，实现“一本书”的愿望。我相信你会调整好的。
>
> 写评论要有内容、言之有物，又要评到要害处，对读者有启迪才能达到目的。当然，我并不赞同一味地“歌功颂德”，要敢于说真话，指出不足，乃至错误，这需要勇气和识断力。你写我当然高兴，但不希望拔高，拍马屁的话更是说不得。我说自己是一个红边看客不是自谦，而是实话，是我一直坚持的真话。

所谓“‘一本书’的愿望”即彼时拟议 12 篇“综论”稿成一册；所谓“红边看客”不过是胡先生的自我期许，其实，胡先生已经出版的红学著作颇丰，并且，他收藏的《红楼梦》研究资料亦颇丰，因此之故，吕启祥先生以“胡文彬文库”之说予以敬称。

2011 年 3 月 15 日，胡先生回信谈阅读《胡文彬红学研究综论》文章之后的意见，现摘录如下——

> 淮生学友：
>
> 今天收到寄来的《河南教育学院学报》2011 年第一期，仔细读了你的“长篇”评论，而“学报”竟然“舍得”这么大的篇幅刊出，让我背上直冒冷汗。标题有点夸大其实，我哪里有什么“成就”呢！你竟然用了这两个字，怎么想出来的，不是“臭”我吧！
>
> 你写了这么长，而且还能写下来，一定累坏了。待见面时一定浮一大白，以表谢忱。
>
> 你的许多分析入情入理，只是批评的地方太过含蓄，一不留神

就会滑过去了。不过，我注意到了，很希望再直接些，分析还可以深一些，让我有一点痛感就更好了。

把这一组一组文章写下来，可以集成一本书，是一个很有眼光的选题。最近我思考，红学研究界缺少像你一样的批评家，能坐下来深入研究红学的过去、现在，同时也能指出未来的方向。总结过去是为了未来，为了整个红学事业的发展。这种研究要站得高，还要认真地读，全方位地思考，这比做一个专题的考证、评论还要困难。你已开始了“玉田稻”的试验，如此下去必然会收获“玉田胭脂米”，祝愿你成功！

胡先生这封信对于“红学学人综论系列”（即《红学学案》）撰述的影响很大，他那“‘玉田稻’的试验”的期许，不仅可以看作是对于笔者撰述红学史课题的极大鼓励，同时还应当看作是对于红学发展的殷切期待。

2012 年 10 月 4 日，笔者给胡先生发去我为《红学学案》书稿完成而作的七绝，诗曰：“喜酿新醅待客尝，今番作计费思量；留仙饮罢长歌去，蛮素排场正换妆。”10 月 11 日，收到胡先生的电邮——

你的诗甘醇厚重，字词考究，读来朗朗上口，学人诗味浓重，改稿更含蓄了些，将来不妨书写一幅置于卷首，当可为大作增辉！

第二本已开笔了，可以从前十二篇中吸取些经验，为你后期减轻些负担。但我更关心你的身体承受力，连续写作极易疲劳乃至透支体力，还是要加强活动，营养方面也需加强，如此方可葆旺盛的精力去阅读与思考。万勿疏忽，切记、切记。

笔者即刻回复道——

您的建议很好，我也觉得这首绝句写出了我的心声——为了学术，为了我的人生！我采纳您的建议，把它收入书中。我一定努力将后面的写好，不辜负您的期望！

以上几段追述，姑且可以看作是对文熙博主“这样一个红学大师却极其平易近人，他的红友来自不同阶层”评价的几行注脚吧！

同样最值得笔者欣慰的是，在“《百年红学》创栏十周年暨《红学学案》出版座谈会”上，胡文彬先生发表了对笔者“综论”课题阶段性成果即《红学学案》的高度推许的评价意见：

> 《河南教育学院学报》开辟红学专栏以来，十年之间，有两本结集，《百年红学》和《红学学案》，这很不容易。
>
> …………
>
> 出了两本书，两个成果，怎么来评价这两个成果？都是《百年红学》这个专栏出的，都是成绩，但是也有一个比较。我认为，第一本《百年红学》出了很厚一本子，但是它的学术含金量，相比较而言，还不是那么足，而今天的第二本《红学学案》，其学术含金量，开创意义，与以往的红学文章比，价值要高得多。特别这个开创的意义，当我们把所有的、红学界写的红学史都拿到一起来看的时候，就更清楚了。已经出版的这些红学史著作，基本上是从事件和文献两个方面来做的。陈维昭的《红学通史》，基本是走大事件的这样一个路子，《红学：1954》也是事件性的专题。所以，红学史到了应该改革，应该打破过去的、旧有的局面的时候，应该出现一种新的创造。高淮生开始了第一步，开始了试验，这个就应该鼓励。张燕萍能够提出这样的一个构想，也是值得我们当编辑的人来学习的，应该得到肯定。对于高淮生来说呢，我觉得，确确实实，刚才大家说的都是实在话。有的时候，你要借着别人话说，可我就等着看你高淮生怎么说，这是在你这本书中经常遇到的一个问题。当然，有的时候，比如这期你写梅节，那确实是太难。高淮生引了吴组缃先生的信及沈治钧同志的《红楼七宗案》里的材料。借用了几位先生的话，把这个事解读得就比较好，使得梅节这个话马上就消融了，使得一种对立的情绪就化解了。我觉得这个办法是好办法。但是，你老是借别人的话来说传主，最后，我就老想看，你高淮生到底要说什么？你说到位没呀？写史，不外乎是史才、史德、史识，就这三个方面吧。我就觉得，你有才华，文字挺漂亮，写得还不错；史德嘛，基本上也应该是肯定的；但在史识上，还要下功夫呀。我是学历史的，那些大史家，基本上都会强调史识，这是非

常重要的。你要给人做结论，没有相当的实力，做不出好的结论。我希望以严要求的这样一种标准，使你这个路越走越好。[①]

胡文彬先生对《红学学案》的中肯评价尤其令笔者感怀，之所以如此感怀，不仅因为他自始至终支持“学案”（“综论”系列）课题写作的学术道义之感人，还由于他的支持有助于排解来自红学界内部的某些压力或误解。譬如2013年第3辑《红楼梦学刊》刊发的4月17日的“《百年红学》创栏十周年暨《红学学案》出版座谈会”报道严重失实，笔者自然是失望和气愤的，胡先生不仅表示失望，同时鼓励笔者向前看，这种学术道义的支持无疑激发了笔者继续写作的斗志。2013年4月7日上午10时50分，与胡先生通电话，谈张燕萍通知笔者将于4月17日在北京中国艺术研究院召开“《百年红学》创栏十周年暨《红学学案》出版座谈会”事宜，胡先生说：无论有没有《学案》座谈议题，都要高高兴兴地来、大大方方地来。

现将有关严重失实的报道摘录如下——

曹雪芹逝世二百五十周年暨《河南教育学院学报》
“百年红学”创栏十周年座谈会在京召开

2013年4月17日，中国艺术研究院红楼梦研究所与《河南教育学院学报》在中国艺术研究院共同举行了纪念曹雪芹逝世二百五十周年暨“百年红学”创栏十周年座谈会。

李希凡、蔡义江、张庆善、胡文彬、吕启祥、杜春耕、陈曦中、曹立波、李明新等著名红学家，以及河南教育学院党委书记白威凉，《北京师范大学学报》社科版主编蒋重跃，《北大学报》社科版副主编刘曙光，河南教育学院副院长李树桦等人都参与了此次座谈会。同时参与座谈会的还有红楼梦研究所及河南教育学院学报编辑部的全体人员。

座谈会上，与会学者们分别就曹雪芹逝世二百五十周年的纪念

① 编辑部：《〈百年红学〉创栏十周年暨〈红学学案〉出版座谈会实录》，《河南教育学院学报》（社科版）2013年第3期。

意义以及“百年红学”栏目的创办意义进行了热烈讨论。张庆善说，从五十年前由中华全国文学艺术界联合会、中国作家协会、中华人民共和国文化部和故宫博物院四家联合，在故宫博物院文华殿成功举办了“曹雪芹逝世二百周年纪念展览”，到十年前由中国艺术研究院、北京市对外文化交流协会、北京市人民政府新闻办公室、北京市宣武区人民政府、中国红楼梦学会联合主办的“纪念伟大文学家曹雪芹逝世二百四十周年大会”，红学研究在其广度与深度上取得了有目共睹的进展。

与会专家还充分肯定了《河南教育学院学报》“百年红学”栏目对红学研究领域的影响。蒋重跃说，“百年红学”栏目的成功证明在综合性高等学校创办特色专题栏目是可行的，这对全国高校学报来说意义重大。在目前40个教育部重点建设的专题栏目中，“百年红学”栏目在特色与水平、学术研究与学术期刊之间取得了良好的平衡。刘曙光尤其赞扬了“百年红学”十年前创栏的眼光与魄力。

从《红楼梦》诞生、脂砚斋评点，到真正学术意义上的红学开始，关于《红楼梦》的研究涉及了文学、文本与文献等众多领域。正如蔡义江先生所言，期间虽然不断出现许多商业化、娱乐化的声音，但严肃、朴实、认真的学术研究也从未停止脚步。面对百年红学的泥沙俱下，我们需要审慎回顾，继续以求真务实的态度推动新世纪红学的发展。(子木)

笔者按：该文发表于《红楼梦学刊》2013年第3辑，报道的标题与座谈会现场横幅所题明显不符，且通篇未提及“《红学学案》”。

自《红楼梦学刊》1999年第1辑刊发拙作《“红楼”之“淫”的启示》之后，笔者开始进入《红楼梦》研究的学术领域，于是，《红楼梦学刊》也就自然而然地成为笔者肃然敬意的学术期刊。回顾当初，敬意生成的基石何在？“学术为先，后学不弃”而已，“学术为公，求真务实”而已。

2013年5月2日，《中国文化报》发表了署名李海琪的文章，标题为“‘百年红学’聚文苑英华　十载春秋显学术特色”。该文毕竟各有一处提到了“《红学学案》”以及作者“高淮生”，至少给人以相对客观公正的印象吧！现摘录两段如下——

中国红楼梦学会会长张庆善、中国高校文科学报研究会理事长蒋重跃、高校全国文科学报研究会执行秘书长刘曙光及著名红学家李希凡、蔡义江、胡文彬、吕启祥、陈熙中、杜春耕、曹立波、孙伟科、雷广平、李明新、张云、闵虹、高淮生、任晓辉、孔令彬等40余人出席了座谈会。会议由中国艺术研究院红楼梦研究所所长孙玉明和河南教育学院学报主编、“百年红学”栏目主持人张燕萍共同主持。河南教育学院党委书记白威凉致欢迎词。

蒋重跃认为《河南教育学院学报》力推“百年红学”名栏，眼光非常敏锐。10年来，“百年红学”栏目曾经两次获得全国高等学校文科学报研究会的“特色栏目”奖，成为全国高校学报“特色栏目”中的优秀代表，在特色和质量之间做到了很好的平衡，其经验值得总结和推广；10年来，“百年红学”栏目所刊发文章始终坚持了自己的学术规范和学术方向，既注重学术名家的点评，又接纳新人新作，已经成为红学研究的一个重要阵地，获得学界广泛好评。在刊发大批红学研究文章的基础上，该栏目主持者还结集出版了《百年红学》、《红学学案》两部红学著作。

2013年5月6日，中国政协新闻网发表了署名宁宁的文章，标题为“红学依然具有生命力”。该文的客观真实性则更加鲜明，现摘录如下——

由中国艺术研究院红楼梦研究所和河南教育学院联合主办的“《百年红学》创刊十周年暨《红学学案》出版座谈会”4月17日在北京举行。《百年红学》是河南教育学院院报的著名栏目，多次获得国家及省级优秀奖项；《红学学案》是中国矿业大学教授高淮生多年来在《百年红学》栏目上发表文章的合集，最近出版。本次研讨会以该红学栏目和该书为切入点，探讨了当前红学研究中的问题。

2013年5月30日，《“〈百年红学〉创栏十周年暨〈红学学案〉出版座谈会”实录》一文刊发于《河南教育学院学报》第3期，该文对这次座谈会进行了全面客观真实的报道。

2018年1月13日，继“《百年红学》创栏十周年暨《红学学案》出版座谈会”之后，由知识产权出版社、江苏省红学会共同主办的“《周汝昌红学论稿》出版座谈会”于北京知识产权出版社召开。这次座谈会上，胡文彬先生再度发表了对笔者“学案”课题延展成果即《周汝昌红学论稿》的高度推许意见：

> 这次来参加这个会议，我是非常高兴的。第一，要祝贺知识产权出版社，抓住这么一个非常好的选题。应该说，当周汝昌先生诞辰一百周年即将到来的时候，推出这样一本书，这对广大的红学研究者来说，感到非常的高兴。从我个人和广大读者的角度，非常感谢知识产权出版社的领导，非常感谢知识产权出版社这些辛辛苦苦的编校人员。这是我想表达的第一点。第二点，我就要对看到这个书的时候，（表达）我的一种感觉。当出版社把样书送到我的家里，我用一个晚上从头到尾地翻了一遍，使我感慨良多。因为这个题目，很可能是大家很多人看到了，或者是也想动笔写，但是真正第一个写出来的是淮生。淮生在写这部书的前前后后，我们也交换过意见。我觉得我们红学界特别应该感到高兴的是，有这么一个踏踏实实、脚踏实地的学者，把这本书写出来。这是近几十年来，或者说近百年来红学研究当中遇到的难题之一。应该说，特别是在当代红学当中，近几十年来，也是一个大争论的题目。淮生抓住了传主的一生当中治学的态度、处事的态度，以及他对整个红学研究的影响。这几个方面，都是我们共同关心的。但是谁要写，谁敢写，比如说我，我想写，我也不敢写，因为马上就会给我画一个符号，我批评哪一个方面，很可能都会出问题，使得我犹豫犹豫再犹豫，犹豫到今天。终于有一位年轻的学者走在我前面，他就是高淮生。他从做学案的时候开始，已经把自己的目标锁定在学案体上，当他做了一定基础的时候，他又写出了这么一本《周汝昌红学论稿》。这样一本书，我们想（写）的人可能是很多，但是能够扎扎实实把这本书写出来，我觉得才是最重要的。

我读完了之后，我觉得淮生对周先生一生的观照，应该说大的方面，没有什么问题，有很多细节，当然还需要进一步的补充。我想再有第二本书的时候，很可能就会有一些新的补充。但是不管怎样，我想对我们整个红学界，特别是，咱们不用讳言，今天的红学界，已经走到一个节点了，确确实实需要我们有勇气打破这个现状，有勇气创造出新的作品，新的研究作品。在这一点，我的感受非常深。我就两句话，一句话就是希望我们红学界治学需要的是耐得住寂寞。现在我们浮躁的情绪太严重，动不动就打倒这个，动不动就要打倒那个，我看还不如像淮生这样，耐得住寂寞，能够老老实实地做一点扎扎实实的总结性的工作。尽管我们还可以从淮生的著作当中，看到还有一些不足点，还有一些值得商讨的观点，但就总体来讲，敢于碰这个问题，这就是一种勇气；打破这种寂寞，也是一种勇气。我们现在红学界应该支持这样一种治学精神，应该有勇气去攻坚，拿下一些类似这样的题目，我认为这样好。我觉得淮生给我们做了一个很好的榜样。知识产权出版社出版这本书，也给我们出版界树立了榜样。

我是出版人出身，我认为我们的出版界能否对这样的一些学术著作加以更多的支持。对于那些流行的，普及的东西当然要做，但是目前的情况看，学术著作出版更难。所以我来到这里参加这个会，最感到高兴的是这两点。但是我更期待红学界的朋友们，耐得住寂寞，经得起风雨，把我们的红学推向一个新的历史阶段。

胡文彬先生以上评价涉及的内容很多，有几个主要方面：（1）知识产权出版社抓住了一个非常好的选题；（2）《周汝昌红学论稿》能够写出来不容易；（3）今后的红学研究需要有问题意识和创新意识；（4）红学的学风仍然堪忧；（5）应该倡导一种求真务实敢于攻坚的治学精神。

2016年7月30日下午4时左右，笔者拜访胡文彬先生，交流了学术近况。当笔者告知他即将完成的“港台及海外红学学案”课题获批2016年度教育部哲学社会科学研究后期资助项目，胡先生认为，这对于笔者在学校的学术地位和影响有一定的意义。胡先生很支持“港台及海外红学学案”课题申报，2016 年 2 月 10 日，他所拟专家推荐信十分恳切：“高淮生教授的‘港台及海外红学学案’课题已经完成过半，这一红学史选题的创新意义十分鲜明。我从 20 世纪 70 年代初即关注海外红学的研究动态，应当说，像‘港台及海外红学学案’这种整体性学人研究，此前未之能见。这一选题开启了红学史研究新体例，丰富了红学史写法。并且，从已经完成的部分来看，其收集文献资料的方面的确下了很大功夫。该课题以文献为基础，微观研究与宏观研究相结合，学理性很强，已非仅做文献整理的基础性工作了。本人愿意推荐该课题申报教育部后期资助项目。”

彼此交谈中，胡先生叮嘱道：《红学学案》的写作应该注意收集反映学人的活的材料，不能仅从纸上材料来写。接着，谈起了笔者曾在河南邓州红楼梦研究会主办的《红学研究》上发表的几篇有关红学学人的随笔，即《李希凡与〈红楼梦〉》《梅节与〈红楼梦〉》《蔡义江与〈红楼梦〉》《胡文彬与〈红楼梦〉》这几篇短文，赞赏这些文章不仅有史料价值，而且文笔活泼，读者更好读。此前的一次学术研讨会期间，邓州红楼梦研究会郝新超副会长约笔者给《红学研究》新设的《名人与〈红楼梦〉》栏目写几篇文章，之所以有这一次约稿，是因为《红学学案》写了 12 位红学学人的缘故。胡先生自己就写了很多小文章，所以他对这样的文章感兴趣是可以理解的，这次谈话竟提醒了笔者可以在闲暇时多写一写，积少成多之后不妨出版一部学术随笔小册子，也是很有意思的。值得一提的是，乔福锦教授大约 5 时来拜访胡文彬先生，我们是提前约定的，他因故晚来了一个小时。此后的交流过程中，乔福锦教授说：淮生的两篇会议综述写得好！胡先生说：他有怨气（不平之气）！笔者接着说：物不得其平则鸣！（笔者按：“两篇会议综述”即《“纪念曹雪芹诞辰 300 周年学术研讨会”综述》《“回顾与展望——〈红楼梦〉文献学研究高端论坛”学术综述》，这两篇“综述”分别刊发于《河南教育学院学报》2015 年第 3 期、2016 年第 3 期。）胡先生所说的“怨气”究竟是指哪一种意思，笔者并未深究。不过，笔者在《红学学案》写作过程中的确保有一种“忧患”意识，这显然是受钱锺书先生《谈艺录》序言中所说“忧患之书”的影响。钱锺书先生说：“《谈艺录》一卷，虽赏析之作，而实忧患之书也。”①

2015年12月19日上午，胡文彬先生受邀请来徐州参加“纪念曹雪芹诞辰三百周年书画展”，下榻半山假日酒店。午宴后与胡先生聊天，他说我俩都属兔，属兔的首先善良，其次有责任担当，再就是具有某种常人不具备的才能。他又说，属兔的往往长寿，晚年不愁钱用。这些说法正如命相术一般，听得颇有意思。他还告诉笔者，李希凡先生也属兔，我很是惊讶，想想说得很有道理。我把此前抄写的2016年春拟于河南省郑州市举办“红楼文献学建构高端论坛”的六项议题给胡先生看，他说很有分量！笔者的某种学术“忧患”意识是否与属相（兔）有血缘关系呢？至今并未深信不疑。

《红学学案》一书附录“胡文彬先生自述”道：

> 1977年初离开了校订小组回到了出版社，还没回过神来，又被送到河北正定国务院五七干校劳动锻炼。在一年的劳动中，我对自己的专业和个人喜好作了深刻的思考和抉择，下定决心永远只读《红楼梦》一本书，终生厮守。于今已是四十年过去了，我仍然是一个道地的“红边看客”，但我并不后悔。……我对红学的未来充满信心，也充满期待。大道之术，光世在诚！②

大道之术，光世在诚！笔者对于《红楼梦》研究之“诚”日月可鉴，至于对于红学的未来则虽充满期待却并非充满信心，红学至今陷入“烂泥潭”而不能自拔。笔者“烂泥潭”之说首倡于“2015年纪念曹雪芹诞辰300周年学术研讨会”上，《“纪念曹雪芹诞辰300周年学术研讨会”综述》如下：

> （一）红学是学术的“风向标”，抑或是学术的“烂泥潭”？
>
> 分场研讨之前，高淮生做会议筹备情况的简要介绍，主要介绍会议议题和会议重点研讨课题的由来。当谈及红学的学科危机时说：红学从一度的学术“风向标”，成了现在的“烂泥潭”。红学

① 钱锺书：《谈艺录》，中华书局1984年版，第1页。
② 高淮生：《红学学案》，新华出版社2013年版，第316页。

“烂泥潭”说一出，引起了参会者的关注与热议，这个命题最先成为本次研讨会的“热词”。北京语言大学段江丽教授则认为：就算红学研究是一个烂泥潭，烂泥之上也会生长出许多灿烂的花。否则，我们今天研讨的价值又在哪里？中国艺术研究院吕启祥研究员针对个别学者的不同意见做了回应：淮生说“红学曾经是风向标，现在成了烂泥潭”，红学当年确实是“风向标”，红学的学术水平是很高的。有人对此有看法，我在一定意义上是赞成的。红学研究要走学术的正道，不要走学术的歪道。（按：“歪道”说与“烂泥潭”说可谓异曲同工。）

红学的“烂泥潭”是怎样形成的呢？一则走学术的歪道；二则陷入意气之争的深渊。这两者的本质是相通的，即名利二字，走名利之途，为名利而争。红学已经成为“俗学”也正是从这个意义上说的，“俗学”即“泥潭”，“泥潭”之“烂”，在于其污染学术环境，而且积重难返。所以，红学的历史反思以及红学的学科危机的话题成为本次会议最关心的议题。本次会议最关心的这一议题，从邢台师范学院教授乔福锦提交的《学理分歧·学术对立·学科危机——曹雪芹诞辰300周年之际的红学忧思》一文中能见较为全面的辨析。文章中的几个关键词“分歧”“对立”“危机”等，无疑可看作是对“烂泥潭”说的一种学理评估。乔福锦说：受观念分歧与体制化运作双重制约，红学研究陷入学术方向迷失、问题意识丧失及研究方法失效之困局。面对历史记忆断裂、文化自觉丧失与学术观念混乱之局势，固有学术重建之进程异常艰难，民间性研究的学术正当化难以实现，主流学术也找不到自身存在的合理性依据。以上评估是否能够达成共识，尚有待于时日，不过，由此评估可见红学学人的学术理性和学术信念。这种学术理性和学术信念还可在河南教育学院学报范富安主编的闭幕致辞中看到：钱锺书先生说，都市显学，必成俗学。红学当年的喧嚣，不免伴随着功利性的东西。这些功利性的东西淡化之后，才更有利于红学事业。昨天的“风向标”未必是好事，今天的“烂泥潭”未必是坏事。这一段话指出：红学即便已成“俗学”，或者说已经成了“烂泥潭”，但并非没有希望。希望所在即远离“喧嚣”，远离“功利”，还“红学”以“学术”。①

“烂泥潭”之说的首倡并非即兴发挥，而是既有《红学学案》写作过程中对百年红学的理性反思，近几十年来红学乱象丛生，已然失去了客观的公正的学术评价或学人评判的标准。尤其是周汝昌与冯其庸之间的是是非非风起云涌，俨然演绎成了红学界的两条路线的斗争。正可谓：剪不断，理还乱，是红学！再有当下红学界有识之前辈学者的肺腑之言，譬如李希凡2013年4月4日致笔者信中说：“‘红坛’一片混乱，我们只有一个曹雪芹，现在又要把‘他’变成‘洪昇’了，而且居然还在学术界引起共鸣，岂非怪事?”再譬如蔡义江2013年10月14日致笔者信中说：“如果领导不力，不让学术讨论规范，不能使学术界有批评与自我批评的风气，不把‘百家争鸣’方针与‘科学发展观’结合起来，各说各话是必然的。”总之，那些与笔者交往的无论去世的或在世的前辈红学学人中，每当谈及红学的发展前途，大都似有“流水落花春去也”之感慨，又往往有“零丁洋里叹零丁”之无奈。

2012年11月28日晚7时，应胡文彬先生之请吟成《咏红香书巢》一首。“红香书巢”乃胡先生书斋，他此前嘱托笔者吟咏一首，再写就书法一幅，笔者欣然会意。于是，书作完成之后，便即刻寄给胡先生教正了。诗曰：

红楼梦里品仙茗，香满书巢自多情。
谁解人生痴共悟，孤栖幻境总零丁。

① 高淮生：《“纪念曹雪芹诞辰300周年学术研讨会”综述》，《河南教育学院学报》（社科版）2015年第3期。

李希凡：

“毛泽东学派”的坚守者

题记：前两年我看过一本《毛泽东读〈红楼梦〉》（按：董志新著，万卷出版公司 2009 年出版），讲得很详细，有不少是我头次听说。我认为，是可以称之为红学的“毛泽东学派”的，我和蓝翎文章中的观点应属于这一学派。

《李希凡红学研究综论》刊发于《河南教育学院学报》2011 年第 5 期，标题为《坚守成说、拓展新境：李希凡的红学研究——当代学人的红学研究综论之五》(2.5 万字)。

2011 年 12 月 22 日上午 10 时，笔者收到李希凡先生写成于 12 月 15 日的来信，这封长信发表了他对《李希凡红学研究综论》一文的意见。笔者于信中得知：李希凡先生年届 84 岁高龄，2011 年是他的本命年。李先生能够在阅读《李希凡红学研究综论》一文后及时回信，笔者颇感意外，当然也甚是感念。于是，笔者及时回信表达了衷心祝愿李先生健康长寿的心愿以及由衷的敬意。彼时，各自不同的意见和看法均在一种“坦率的态度”中交流着。当然，笔者“温情的敬意”中不免带有执着的成分。于是，引起李先生在 12 月 28 日致笔者信中的一段评价：“长信收读，你很坦率，也很傲气，坚持自己的观点，不易被人说服，我很喜欢。但我们的观点不一致，我本可以不对你的评论发表意见，因为我的人和文都是客观存在，应当任人评论，只是你又来了第二封信，我只好把我的点滴感受写给你，结果引来了你的长篇反驳。”这“第二封信”中的“长篇反驳”是笔者对李先生的第一封回信中发表的意见所做的必要的“解释”(或者“辩解”)。

其实，李希凡先生自己的个性同样是既“很坦率”且“也很傲气”的，譬如笔者 2013 年 3 月 11 日晚拜读李希凡先生惠寄的《往事回眸——李希凡自述》一书，其中的第 245 页即谈到何其芳先生在文学研究所召开的一次学术研讨会上对李希凡、蓝翎的观点进行批评时，李先生很不服气。他说：“我当时虽有收敛，内心的傲气，是决不饶人的。此后几十年间，同其芳同志的争论皆由于此。所以，我起草的《后记》，就留下了个尾巴。”① 可以说，李先生当年与何其芳先生的学术论争不仅

① 李希凡：《往事回眸——李希凡自述》，东方出版中心 2013 年版，第 245 页。

坦率，而且傲气。由此说来，李先生在笔者“长篇反驳”的回信中已然看到了当年他自己的面影。并且，尤为难得的是，这种“傲气的面影”直到晚年仍保持如初，譬如《往事回眸——李希凡自述》一书的第432页谈到鲁迅对《红楼梦》的“崇高评价”之后说：“用不着我‘接着说’，我是永远说不出鲁迅对《红楼梦》这种真知灼见的评论语言的。因为我没有伟大作家深入作品的敏感和体验，而且鲁迅是无可逾越地表述了《红楼梦》在中国文学史上的独有的价值。”① 以上这一段所谓“接着说”的表态，正是李先生对笔者撰《坚守成说、拓展新境：李希凡的红学研究——当代学人的红学研究综论之五》一文“接着说”的回应。笔者说：“尽管李希凡沿着鲁迅的红学批评之路遭遇到‘接着讲’的巨大难度，即鲁迅灌注于《红楼梦》深解过程的那种对于人生感悟的深刻、人性自审过程中的精神超越境界都是常人难以企及的。”② 李先生由此所表现出的坦率与傲气，笔者同样是极为欣赏并引为楷模的。在笔者看来，这种并非一味恭维的“坦率与傲气”的人生态度和个性，不仅是做人必备的品格，也是做学术必备的品格。

李希凡先生所说的“长篇反驳”究竟是怎么一回事呢？

2011年9月13日下午，《坚守成说、拓展新境：李希凡的红学研究——当代学人的红学研究综论之五》一文刊发之后，笔者撰写了一封“致李希凡先生”的信邮寄李先生，希望他读了该文后谈谈读后观感，以便结集时修订。于是，李先生回复了第一封致笔者的信，彼时，先生遭遇家事变故，心情郁闷，费了数日时间写成了5页长信。信中谈了6条意见，主要是针对《李希凡红学研究综论》一文的不同意见，尤其对该文所引“李杜文章万口传，至今已觉不新鲜”这两句很不满，误解自然甚深。于是，笔者不得不回应李先生的这些“意见”。因李先生不希望发表这第一封信的内容，笔者只能将“致李希凡先生的信”呈现如下，以见彼时的真实情景：

① 李希凡：《往事回眸——李希凡自述》，东方出版中心2013年版，第432页。

② 高淮生：《坚守成说、拓展新境：李希凡的红学研究——当代学人的红学研究综论之五》，《河南教育学院学报》2011年第5期。

尊敬的李希凡先生大雅：

新年快乐！

值此新年将至之际，收到先生回信，晚生甚为高兴，先生能不顾晚生薄学少识而与晚生接谈，其长者之平易宽厚之风实乃晚生之楷模。

晚生恭敬奉书以略陈鄙陋之见，聊供先生破闷而已：

先生所指点之问题如关于资本主义萌芽，关于秦可卿之评价，关于现实主义、典型论，关于精神家园等，均为红学史所不可回避之问题。晚生自当深思，在此谢谢先生之直陈发蒙之见解。当然，正如先生不会同意晚生之有些意见，晚生自然也是不会完全彻底地同意先生的有些意见，此乃常态，不足为怪。

一则，红学史写作需要不需要比较研究，晚生回答是肯定的！若无此方法，则学人之学术个性、学术贡献如何准确评价？晚生所撰写此综论系列乃当代红学史之学人学案研究——研究之研究。晚生不能妄加定评，故取二径：一则学人之文本，二则学术史之比较。舍此二端，难以客观准确。

二则，资本主义萌芽问题必须于各家之观点并参考历史学之讨论以疏通之。虽难定论，仍可提供深入研讨之学术线索，晚生正与此方面历史学专家请教，待撰写冯其庸先生综论时还要论及。晚生所撰之系列，从未有妄加论评之企图，均来自所评学人之著述及各方专家之评论。晚生之取舍必有倾向，客观与否难定，然菲鄙之念绝无！

三则，晚生建议所评之学者能比较阅读其他学人之综论，若全观更佳。然后对晚生之课题方能于通观后建立其圆照之见解，不知先生以为如何？

四则，不少学者对刘再复、李泽厚有微词，甚或怒目视之，此乃晚生不甚在意者，也不足以构成对所撰综论之影响。晚生乃将刘、李、王蒙、周汝昌先生之学术观点视为一家之言耳。既（笔者按：应为“即”）便是这些先生之评论成了某位所论学人红学思想之对立观点，亦不足怪！因为大一统的学术观点并非有助益于学术争鸣与学术进步，如计算机的改良一定与病毒软件的侵袭密不可分。

五则，先生说“不喜欢人家用轻薄的口吻谈论我的观点”；又说“我就是我，你评价我就是了”。晚生先与先生谈谈第一句的理解：轻鄙人是不厚道的，谁都不会高兴。时下学界一些浮躁之徒借与“大人物”商榷或酷评之法成就浮名，实乃今日学术不健康发展之怪现象，当全民共诛之可矣。晚生所选之十二位学人均非一时冲动，若怀“轻鄙”之意，何必点灯熬油，竭尽心力体力而笔墨“侍奉”如此众多之先生，择其于今日名声日隆者一两位而“轻薄”之，岂不省时省力且易更轻快暴得大名。先生以为您与周汝昌老先生相较，谁可首选？先生一定挥手而截铁斩钉：周先生耳。恕晚生以上文字之直率直道。晚生早已懂得“敬惜字纸”之为德，故先生万不得再以“轻薄”二字相加，晚生则会汗发于背而不止，惶恐而难安！晚生以为：先生所言当有缘故：一则鄙薄之徒，先生多见而不胜其烦。二则先生回信之时正值家庭不幸而心情悲痛，故先生有此评论加于晚生，既（笔者按：应为“即”）便如此，晚生此番仅陈明心迹，并非与先生计较得失也。况晚生所受之教育使晚生早存敬老之信念！行文至此，晚生诚恳地表示（笔者按：应为“达”）对先生所遇家庭之故的悲痛至情，且衷心祝愿先生身体健康。晚生早于十年前曾与中矿大（即中国矿业大学）某位书记谈及请先生来校讲座，唯恐先生拒绝，故此未启齿。

晚生之所以不敢存“轻鄙”之信念乃源自家教与师教。晚生是在棍棒搓衣板下成长的，严父之教忆犹在耳。故常读贾宝玉挨打而泪盈于眼眶矣！晚生大学之耳提面命之师有两位影响甚巨：一位即训诂学与桐城派研究名家吴孟复师，吴师乃三五年考入无锡国专，早于冯先生十余年（笔者按：吴孟复师 1937 年无锡国学专修学校毕业，冯其庸则于 1948 年毕业于无锡国专）；一位是历史学专家汪庭奎师，汪师于我毕业后调入广东社科院历史所。故晚生早已将“有一份证据说一份话”烂记于心，晚生至今收藏两位先生所列书单。晚生此书并非出于自我表白，而是果如先生所言，则晚生实乃家严与吴汪尊师之不肖子孙矣！晚生则寝食难安，肠一日而九回也！废指罢笔而已！

再谈先生第二句话之理解：先生以为您就是由您的著述而呈现的，这是很对的。那么，先生可曾想道：学术史需要分出高下方可见出何时何人有何独特贡献，“照着讲”还是“接着讲”，这样学术史上呈现出的才是或进步，或退步，或徘徊的景状，以供后学明鉴。晚生之比较只分高下并不波及善恶，望先生明察之为盼。

六则，先生热爱“李杜文章在，光焰万丈长”，按先生所写“光芒”是误记。晚生也很喜爱，此番抄录于宣纸以赠奉先生留念。晚生极端期待学人之思想皆能“光焰万丈长”，皆为中国学术史留存恒久的思想之光，则国家之大幸，民族之大幸矣！

晚生之评论先生尤其对先生之学术信念、学术精神、学术活力均有积极之评价，而先生则回信中未置回应。先生应知，晚辈最应于鼓励中成长！

晚生此信乃一气而成且言犹未尽，能与先生接谈更助益晚生成长，仰望泰山者其心胸则易生层云也。

此信可以公布，可以引用。

恭奉

大安

晚生高淮生拜

“此信可以公布，可以引用”不免显得稚气了，但绝非“置气”哈！

笔者在《坚守成说、拓展新境：李希凡的红学研究——当代学人的红学研究综论之五》一文中如是说：“20 世纪 80 年代以来，李希凡的红学批评依然保持着反思和批判的能力，即学术对话的能力。尽管出于他的批评立场和批评观念而形成的成果的思想启悟性并不十分充分，尽管他的那些基本观点也正在遭遇‘李杜诗篇万口传，至今已觉不新鲜’的命运，而就其曾占尽‘风骚’且风韵至今犹存的影响力以及他那不随时转移的学术精神而言，笔者以为，视其为这‘少数几家’之一，应是理所当然的。”① 如果读者从红学史的视野细读以上这一段评述，应能做出

① 高淮生：《坚守成说、拓展新境：李希凡的红学研究——当代学人的红学研究综论之五》，《河南教育学院学报》2011 年第 5 期。

平心而论吧！不过，李希凡先生毕竟不喜笔者所引用的“李杜文章万口传，至今已觉不新鲜”（赵翼《论诗》绝句）这两句诗句，他尤其欣赏“李杜文章在，光焰万丈长”（韩愈《调张籍》）这两句诗语。于是，挥毫洒墨，便将“李杜文章在，光焰万丈长”这两句诗语写成一则条幅附于回信中奉寄，并不知李先生收到条幅之后做何感想。总之，笔者是诚恳而尽心的。

2013 年 3 月 4 日，沈阳师范大学马国权教授收到笔者邮寄的《红学学案》之后，致信笔者读过关于“李希凡红学研究”这一章的看法：希凡的态度是对的，你的态度也是对的，不必强求一致。……李、蓝的文章在先，毛泽东的介入在后，在那么特殊的历史环境下，李、蓝不可能不紧跟，以致后来的文章就带有政治色彩，说了一些过头的话。

据笔者了解，马国权教授对李希凡先生其人其学是比较了解的，他的评价应可视为平心而论。其实，李希凡先生同样保有历史反思的自觉意识，他曾说：“我们的批评的确有些粗暴。但我并不认同‘误读’，即使是吴组缃先生的那几点批评，定性为他的研究是唯心主义的，说他‘红学才子’误读了《红楼梦》，都并不为过。……我是喜欢论争的，但这两篇文章引起这么大的‘祸端’，确也是我们没有思想准备的。”① 李希凡、蓝翎当时根本不可能预料将被毛泽东视为“两个小人物”，至于后来的带有政治色彩的文章即便并非本愿，也无法“退避三舍”了。

李希凡先生一直对“红学家”的顶戴倒是“退避三舍”的，他曾在致笔者信中称：“我不觉得成为‘红学’的一家，有什么光荣。”当然，这种情形并非仅见，笔者不止一次地从其他先生的文字或谈话中看到或听到了，似乎都希望与“红学家”划清界限，如避瘟神一般。譬如，张毕来先生说自己是个红学“票友”（贵州省红楼梦研究学会主编《红楼》2011 年第 4 期）；周思源先生也说自己是个红学“票友”，并解释说“红学加（夹）”，“夹塞”之意（《红楼梦创作方法》文化艺术出版社 1998 年）；胡文彬先生则称自己是“红边”看客（《冷眼看红楼》“后记”，中国书店出版社 2001 年）。胡先生的著作或拟写的书名总喜欢

① 李希凡：《往事回眸——李希凡自述》，东方出版中心 2013 年版，第 192 页

“红边”这个词，如《红边脞语》《红边屐痕》《红边书话》《红边影视》等。还是由周汝昌说出了其中一个奥秘：“‘红学’是个挨‘批’的对象，欲发一言，愿献一愚，皆须瞻前顾后，生怕哪句话就犯了‘错误’。”（按：《红楼夺目红》作家出版社2003年版）所以，真正的红学家却害怕自己被称作“红学家”，这不能不说是一种特殊的人文景观。至于刘梦溪先生则一再说要“告别红学了”（《红楼梦与百年中国》“题序”河北教育出版社1999年版），然而，为什么总是“告而不别”呢？笔者以为，还是因为那割舍不了的“红楼情结”或“痴情”。正如1987版电视剧《红楼梦》作曲家王立平所说：我是一朝入梦，终生不醒。

2012年1月8日，笔者阅读李希凡先生惠寄的《苦乐人生的轨迹》（南京师范大学出版社2011年版），有所感触，特记下几则读后杂感以表达自己的心情。现摘录如下。

（一）狂——有想法的人皆如此

李希凡先生在给我的第二封信的开头说：“高淮生同志：长信收读，你很坦率，也很傲气，坚持自己的观点，不宜被人说服，我很喜欢。”我从今天阅读先生《苦乐人生的轨迹》的一篇旧文即《〈岂好辩哉？予不得已也〉——关于蓝翎〈四十年间半部书〉一文的辩证》一文中看到了这样一段自述：“我也不想隐瞒，我当时思想有点‘狂’，在一些文艺理论问题和作品的评价上，与老师，甚至最尊敬的老师，都有些不一致的看法。”这一段自述是在李先生的《红楼梦艺术世界》（文化艺术出版社1996年版）一书中已经读过的，只是没有像今天这样印象深刻而已。我以为，先生说我“也很傲气”自然是与他的“狂”有些相似的缘故吧，惺惺相惜不敢说，总归是先生看出了自己当年的一些形状吧。

我在先生关于“狂”这一段自述旁边是这样批点的：“狂，有想法的人皆如此。”“狂”，也可以看作是有想法的人的一种共性吧，有着些许名士的劲头。

先生这样解释自己的“狂”：吾爱吾师，吾尤爱真理。先生此言正是我写给先生回信整个过程的心声，也是我写作“综论”系列论文的心声。还有一句座右铭一般的话我也很喜欢：老师就是老师，尊师在情。此刻，我一定要深情地说：李先生，后生向你致敬了！

（二）“轻薄”不是“鄙薄”

李先生在第一封回信中谈及自己在关于明清人文思潮与资本主义萌芽问题上与杜景华之间有争辩，先生面对杜景华的“质疑”不以为然，因《红楼梦学刊》主编们的劝说而就“听人劝吃饱饭”，不与他争辩了，足见先生雅量。先生同时指出：其实，正是这位杜先生，就曾用低俗的趣味鼓吹过“资本主义萌芽说”，而且就发表在学刊上。

尽管不与杜先生争辩，李先生还是在2006年文化艺术出版社出版的《传神文笔足千秋：红楼梦人物论》中将2002年9月25日客居香港时撰写的《〈红楼梦〉与明清人文思潮》作为“代序”刊布，以申明自己一贯坚持的观点。而我在发表于《河南教育学院学报》2011年第5期的《坚守成说、拓展新境：李希凡的红学研究——当代学人的红学研究综论之五》一文中曾有这样一段评述：“可以说，由于继承远大于创新之故，李希凡对于‘资本主义萌芽说’阐发难见新的创获，他‘照着讲’推论的成分更大，如上表述中的‘都要求’、‘都不该’、‘该是’等表述便是明证。所以，面对杜景华对‘资本主义萌芽说’的质疑，李希凡也难以更明晰地讲清它的准确含义，也不容易能拿出被大多数人认可的标准。”就是这一段评述使李先生心中大不快，所以在第一封信中申明：“我从来认为，见之于文字的，就是社会存在，应当任从别人的评价，但我不喜欢人家用轻薄的口吻谈论我的观点。”我当时读到这一段文字时是深感困惑的，文学批评就是要用事实说话，如何可以牵连上人格的问题呢？即便这用了事实说的“话”，不见得就果真客观准确，也是仁者见仁智者见智而已！可以允许继续研究，把自己的见识逐步提高到客观准确的水平。天地良心，我绝无“轻薄”的动机，更何况是一位大家、名家、老者、长辈呢？我于是只得回信辩解一番，便有了2011年12月23日给李希凡先生的信，当然，即便不是这个原因，我也是要礼貌性地回函表示感谢的。我申明：“轻鄙人是不厚道的，谁都不会高兴。”“晚生所选之十二位学人均非一时冲动，若怀‘轻鄙’之意，何必点灯熬油，竭尽心力体力而笔墨‘侍奉’如此众多之先生，择其于今日名声日隆者一两位而‘轻薄’之，岂不省时省力且易更轻快暴得大名。”这里出现了两个词：“轻薄”与“轻鄙”，实在是写信时激动所致。先生可爱，在第二封信中竟加以耐心纠正：“你谈到这件事（按：我文中关于李先生对杜先生的‘质疑’难以更明晰地讲清它的准确含义的评述），仿佛在笑话我无言答对了，我认为这是‘轻薄’。我没有说你‘轻鄙’，这是两个概念，不能用错。”先生接着又提道：“我笔误把‘焰’错成了‘芒’，引得你奋笔大书一联，这是不是也有点‘轻薄’老人的意思?”哈哈！在我看来，先生真的可爱！我不仅不怪先生的“误读”，更喜爱先生的这一真性情了。说实在的，我为先生书写一联：“李杜文章在，光焰万丈长”，确实没有“轻薄”老人的意思，而是一种善意的敬仰，其中不免在先生面前表现一下自己书法的能力，以期引起先生的关注，可惜先生来信没有对我的书作的夸奖之词，我是真的失望的。我把这幅书作拍照发给胡文彬先生看过，他说写得甚好。

我于是复函道：晚生早已懂得“敬惜字纸”之为德，故先生万不得再以“轻薄”二字相加，晚生则会汗发于背而不止，惶恐而难安！晚生以为：先生所言当有缘故：一则鄙薄之徒，先生多见而不胜其烦。二则先生回信之时正值家庭不幸而心情悲痛，故先生有此评论加于晚生，即便如此，晚生此番仅陈明心迹，并非与先生计较得失也。况晚生所受之教育使晚生早存敬老之信念！行文至此，晚生诚恳地表达对先生所遇家庭之故的悲痛至情，且衷心祝愿先生身体健康。我的揣测竟然是对的，可以列举两例以看出“鄙薄之徒，先生多见而不胜其烦”。一则即《〈岂好辩哉？予不得已也〉——关于蓝翎〈四十年间半部书〉一文的辩证》一文中详谈的蓝翎先生对于李先生的“轻薄”，蓝先生显然激怒了李先生而不得不“开骂”了。我却以为，如果是来自昔日战友和伙伴的“轻薄”，先生还是能一忍再忍的，毕竟彼此大家都一起战斗过，能顾的情面总是要顾的。而受到一位晚辈的“轻薄”，尤其一位不讲职业道德的女青年、女记者（按：《南方人物周刊》记者刘××，先生接受《大众日报》记者访谈时指称她为香港“狗仔队”）的“轻薄”，先生实在是愤怒了：“太恶劣”“太缺德”了！并且指出：“她显然是觉得丑化、侮辱一位像我这样的老者是很开心很荣耀的事。”为什么当今中国也会出现这样的“狗仔队”式的人物呢？显然是世风日下的结果，人心不古，何谈良知？

不过，李先生自己年轻时也着实“轻薄”甚或“鄙薄”过一位文化名人、著名的学者胡适先生，在谈及1954年自己撰文与俞平伯商榷时先生这样说：“从当时我自己的思想来讲，只是对于自称为‘新红学’的胡适和俞平伯先生研究《红楼梦》的观点和方法有不同的看法，最多也只是受鲁迅先生影响，鄙薄胡适的‘特种文人’的身份，而不满意当时胡适在大学文学教学中的影响，却并未意识到这在思想文化战线上有什么现实意义。”（按：《关于建国初期两场文化问题大讨论的是与非》一文）“我们当时虽鄙薄他的‘特种学者’的为人，但批评的仍是他的学术观点。何况毛泽东同志当时一再严厉批评的也是在思想文化战线上共产党员不宣传马克思主义。”（按：《传神文笔足千秋：红楼梦人物论》）

（三）“速朽”与“光芒万丈”

我在《坚守成说、拓展新境：李希凡的红学研究——当代学人的红学研究综论之五》一文中曾有这样一段评述：“李希凡新时期的红学批评依然保持着反思和批判的能力，即学术对话的能力。尽管出于他的批评立场和批评观念而形成的成果的思想启悟性并不十分的充分，尽管他的那些基本观点也正在遭遇‘李杜诗篇万口传，至今已觉不新鲜’的命运，而就其曾占尽‘风骚’且风韵至今犹存的影响力以及他那不随时转移的学术精神而言，笔者以为，视其为这‘少数几家’之一，应是理所当然的。”李先生尤其对我引用赵翼论诗绝句评论他的“那些基本观点”是很不高兴的，他将这两句诗理解为“速朽”之意，并与“马克思主义基本观点”联系起来解读我的评述文字了，那还了得，非同小可，怎能等闲视之！且不说我绝无李先生的那种“联系”，即便有某种“联系”，那也是指不按照实事求是的马克思主义原则和辩证法的方法论“误读”《红楼梦》的观点和现象。

我是认同这样的看法：思想多元化必然催生了方法的多元化，关于《红楼梦》的阐释则在现代语境中总是展现出多种多样的面孔，它们各自尽显风骚。当然，社会历史批评的身影依然是构成百家争鸣局面的一道不可或缺的风景。事实上，今天的社会学的研究方法不仅没有停滞，还有新的发展，譬如社会学研究已经注重以接受美学的理论去阐释一部作品的传播史和接受史，这一理论方法已经成为社会学研究的分支。

于是，我便与李先生通信以交流我的看法：先生热爱“李杜文章在，光焰万丈长”，晚生也很喜爱，此番抄录于宣纸以赠奉先生留念。晚生极端期待学人之思想皆能“光焰万丈长”，皆为中国学术史留存恒久的思想之光，则国家之大幸，民族之大幸矣！我的期待是再明显不过了，我并不希望学人之思想“速朽”，而是希望它们“恒久”。不过，“速朽”也罢，“恒久”也罢，都不是哪一个人包括权威者或组织所能决定的。

其实说到“速朽”，那是谁都难以回避的话题。从先秦时人们就有“三不朽”的想法，“立言不朽”成为中国文士矢志不移的追求，中华文化的绵延不绝自然是与此信念密切相关的。那么，赵翼论诗绝句的那一联语其实是在肯定了“万口传”即“不朽”的前提下，告诫时人“至今”已经“不新鲜”，却并没有因此否定“万口传”。这一告诫一则是说时人有时人的“新说”，“新说”已成为“时尚”，这又有什么值得惊怪的呢？二则是说，“新说”可成“时尚”，已然会遭遇“不新鲜”的命运。这是什么？这是历史发展的辩证法，学术发展也不能例外。什么是学术史？这就是学术史即“不新鲜”而“新鲜”，“新鲜”而“不新鲜”，学术史就是这样一个层累的过程。

我以为，欲使自己的“立言”“不朽”，那就要向司马迁学习。我在《学术史与方法论的不倦阐释：郭豫适的红学研究——当代学人的红学研究综论之六》一文中就有这样一段评述——笔者坚持认为：红学史的撰著还要能够将方法论与“立言”的目的结合起来，才能提升其著书立说之境界品格，譬如司马迁写《史记》的目的是“究天人之际，通古今之变，成一家之言”，而班固写《汉书》则是为了汉王朝“追述功德”。众所周知，由于司马迁那种相对独立的学术立场和深刻的批判意识《汉书》中并不充分，《汉书》体现的正统气、儒学气的大大增强，使得其正统思想的迂腐气相对鲜明了，这就注定了《汉书》绝难成就为“无韵之《离骚》”“史家之绝唱”那样的著述。可见，“相对精善”的红学史撰著不仅需要一种更新、更好的理论与方法来阐释，更需要“究天人之际，通古今之变，成一家之言”的远大目标，否则，便会落入一种格套之中而不能超拔。

所谓成“一家之言”，就是努力为中华学术史、思想史、文化史等或多或少留下些恒久的思想之光。所谓成“一家之言”，正如刘勰所道：生也有涯，无涯惟智；文果载心，余心有寄（《文心雕龙·序志》）。余心有所寄托而已，何必计较是“万口传”耶、非“万口传”耶？又何必计较“新鲜”耶、非“新鲜”耶？

（四）“破闷”与“无闷”

李希凡先生惠赠给我的《苦乐人生的轨迹》一书题签是这样写的：“高淮生同志破闷　李希凡 二〇一二岁末”。这是对我第一封回信“晚生恭敬奉书以略陈鄙陋之见，聊供先生破闷而已”的回应。先生着实可爱，似老顽童心态。

我之所以以“破闷”回信，其实是受曹雪芹的影响，也为了使李先生消消气，老人上火，于身体不利。曹公著《红楼梦》就有“悦世之目，破人愁闷”之说，我之取意源于此，没有别解。

“破闷”自然是为了“无闷”，先生一生历遭烦闷，而处之泰然，即便没有我着意令先生“破闷”之善意，先生亦泰然处之，予小子多虑如此，岂可谅哉？

无闷者何以修成焉？独行而高蹈，有得于己，不求于人，何闷之有哉？

2013年2月24日，乔福锦教授发来电邮，谈了他浏览拙著《红学学案》的感想和建议。他如是说：

> 大著收到后，数日拜览，不能释手。重要章节仔细阅读，畅快惬意之感，几年间不曾有过！想说的话很多，只能等到见面时再详谈。概而言之，兄之视野开阔，持论公允，文笔灵动。从体例创新、学术创获乃至文字表达等方面观，置大著于当代学林，堪称一流。相信面世之后，对时下红学界学风、文风及中青年一代为学方向之改变，均会有极大帮助。这些看法，不怀有偏见的学人，很容易得出。即使短期内难以获得更多读者认同，时间也会给予证明。于公于私，我都希望兄之大著能成为传世经典，故这几日思考最多的，是大著将来之修订。我觉得，最难写的李希凡先生、刘梦溪先生两章，写得最好。张锦池先生一章，述论也十分到位。周汝昌先生一章，学术空间极大，却不易切入。兄下了大功夫，一些具体论断，虽还需进一步明确，但结构设计很合理。关于文彬先生，兄所占有之材料最多，情况也最熟。其主要学术贡献即文献搜集整理一项，却难以体现，恐与已然设定的"小说批评"范围有关。冯其庸先生一章，以"资本主义萌芽"说与"超前"论为核心，涉及对欧洲中心论、线型文明史观及当下意识形态之认识评判，且与目前学术体制及具体人事相关联。受到诸多限制，不好把握，但也最为关键。将来有机会修订，本章应是重点。

乔教授以上读后感中特别提及"最难写的李希凡先生、刘梦溪先生两章，写得最好"，李希凡先生这一章之所以难写，是因为他的红学研究曾经影响甚大而难以做客观全面准确的学术史评价。

李希凡先生称自己的红学观点应属于红学的"毛泽东学派"，这是实至名归的。他说："前两年我看过一本《毛泽东读〈红楼梦〉》（按：董志新著，万卷出版公司2009年版），讲得很详细，有不少是我头次听说。我认为，是可以称之为红学的'毛泽东学派'的，我和蓝翎文章中的观点应属于这一学派。”[①] 李先生的这一声明的确体现了他始终如一的学术个性，以及红学研究的鲜明旨趣。正如他在《红楼梦艺术世界》“后记”中所说：“自1954年与‘红学’结缘以来，我仍坚持50年代提出的那些基本观点，虽则平生谬误甚多，但从不善变，如某些人昨日自称马克思传人，今日又依附异国的金元豢养，‘告别革命’，是所不齿也。本书以三十三年前纪念曹雪芹逝世二百周年的《悲剧与挽歌》作为代序，所收十五篇文章，虽间断写出，却自觉一以贯之。”[②] 可见，李希凡先生一直都保有着坚持发掘《红楼梦》的思想价值和艺术价值的学术真诚和责任，尽管曾一度因彼时的政治环境的影响而不免有过度阐释之弊。董志新首倡红学的“毛泽东学派”，这一倡导显然有他的深思熟虑的考量，不过，至今为止的红学研究领域，除了李希凡先生积极认同之外，尚没见更多积极的回应。总之，李希凡先生自1954年与“红学”结缘以来，这位曾经声名远播的“小人物”已然对现代红学史产生了不可磨灭的影响。其实，何止红学影响呢？“李希凡”三个字，已然成了现代思想史、现代文化史的一个不容忽视的文化名片。

由此可见，李希凡先生这一章的确难写。

笔者曾在《红学学案》“前言”中感慨道：既然学术百年之后论升降焉，而笔者竟于此百年之内为现代学人立案考述，以臧否其学术之高下得失。“升”耶？“降”耶？“升”乎？“降”乎？论定何其难哉！读者其谅之。

值得一提的是，李希凡先生在“《百年红学》创栏十周年暨《红学学案》出版座谈会”上最先发表了对笔者“综论”课题阶段性成果即《红学学案》的评价意见：

> 刚才几位先生都讲了《百年红学》十年来的成就，讲得很好，我就谈得具体一些。最近两三年我已经收不到学报了，不赖学报，人家都给了，是我们院里给丢了。前些年的《百年红学》我都看

① 李希凡：《李希凡驳〈“红楼梦研究”大批判缘起揭秘〉》，《红楼梦学刊》2012年第3辑。

② 李希凡：《红楼梦艺术世界》，文化艺术出版社1997年版，第481页。

过，的确，编辑部、主编有意图，每期都有特点。特别是高淮生这个论题，还是挺吸引红学界的。栏目有了这个，增色不少，很吸引大家注意。可能他评价的人，大家有不同意见，有不同看法。他的书现在已经出来了，我给他通过信，不知道他年纪多大，大概有四十岁？（高淮生：我虚龄五十一）。虚龄五十一？我还以为你是四十多岁。不止他，几乎是在座的、北京的写红学文章的人，都在栏目上发表过文章。老蔡跟吕先生发表的多一点吧。这个栏目办得很有特色。①

李先生肯定了“综论”课题，这种推许对于彼时笔者的学术坚守而言，无疑是雪中送炭了，何啻锦上添花。

① 编辑部：《〈百年红学〉创栏十周年暨〈红学学案〉出版座谈会实录》，《河南教育学院学报》2013年第3期。

吕启祥：

“敬畏经典”才能“投下自己精神气质的面影”

题记：《红楼梦》除了作家构筑的精妙鲜活的经验世界而外，还有一种超验之美，敬畏经典，是从中领悟艺术和人生的真谛。所谓“悟”，包括艺术的感悟、人生的解悟、哲学的了悟、生命的体悟诸多层面。倘有余力，我愿在寂静中守望《红楼梦》的文学家园，出于良知，也出于兴趣。

记得山东大学马瑞芳教授曾在《河南教育学院学报》（哲学社会科学版）2010 年第 6 期发表了题为《新时期红学研究的“定海神针”——漫话冯其庸先生和红学》的文章，该文提出了这样一个大判断：冯其庸先生等老红学家是新时期红学的“定海神针”。有趣的是，笔者多年前又曾听到另一种说法：吕启祥先生才是名副其实的“定海神针”。无论这两个版本的“定海神针说”或对或否，均非学术性判断无疑，更非新时期红学的学术定评无疑。各自立场态度不同罢了，姑妄言之听之而已。总之，冯其庸和吕启祥，这两位红学学人的联系颇为红学界中人所熟知吧！现胪列吕启祥先生评述追念冯其庸先生的文章如下：

《熟知非真知——其庸先生周年祭》（《红楼梦学刊》2018 年第 5 辑）；

《风雨长途 笔底乾坤——追思冯其庸先生》（《红楼梦学刊》2017 年第 2 辑）；

《亦师亦友四十年——长忆冯其庸先生》（《红楼梦学刊》2017 年第 3 辑）；

《大处落墨 曹红兼容——冯其庸的大红学》（《红楼梦学刊》2017 年第 4 辑）；

《艺学双璧 文献至珍——记冯其庸小楷精抄庚辰本〈石头记〉》（《曹雪芹研究》2017 年第 2 期）；

《一梦红楼五十年——评冯其庸〈瓜饭楼重校评批红楼梦〉修订本》（《出版广角》2013 年第 21 期）；

《地灵人杰——写在冯其庸学术馆开馆之日》（《红楼梦学刊》2013 年第 1 辑）；

《万劫不灭求学求真之心——感受冯其庸先生治学为人的精神力量》（《河南教育学院学报》2010 年第 6 期）；

《阔大恢宏 坚韧执著——感受冯其庸先生治学为人的精神力

量》(《社会科学论坛》2010 年第 6 期);

《积学集成 大家风范——初读冯其庸〈瓜饭楼重校评批红楼梦〉》(《博览群书》2005 年 2 期)。

令笔者记忆犹新的是，当吕启祥先生收到并读罢刊发于《河南教育学院学报》2011 年第 4 期的《寻求艺术真谛、人生真味、精神家园：吕启祥的红学研究——当代学人的红学研究综论之四》一文后，随即寄来一封书信，信中首先揭明笔者“学案”写作的旨趣。吕先生说：“首先要向你表示由衷的敬意，学术史或曰学案性质的工作吃力费心，很不易作。我个人的研究不足道，但你的整体设想和学术追求则是很有意义的，将随时日推移而彰显。”（按：这封用毛笔书写的长信据吕先生说是平生极少的一次，乃“为郑重而破例”之举。笔者理解：一则因为“学案”之学术史工作值得“郑重”，二则一些师友视笔者为“书家”之缘故。吕先生信中说：“你是书家，当不会见笑。”“见笑”当然不会，但读信时的“喜悦”是显而易见的。）吕先生信中的这段话的确出乎笔者意料，令笔者暗自叹服。

吕启祥先生是一位十分谨慎的学者，她对笔者撰述《吕启祥红学研究综论》一文是心存顾虑的。事情需要从头简要说起：笔者撰述当代学人的红学研究综论系列的第一篇是《蔡义江红学研究综论》一文，刊发于《河南教育学院学报》2010 年第 6 期，原计划是一直连载的。当《河南教育学院学报》2011 年第 2 期拟刊发《吕启祥红学研究综论》一文时，时任主编的闵虹教授临时暂停刊发这篇两万余字的长文。2011 年 6 月 26 日清晨，笔者抵达庐山，受邀请参加为期三天的北京曹雪芹学会 2011 年年会，当笔者见到吕先生时便急切地询问缘故。吕先生回答道：写我的这一篇，还是不要放在前面刊发为好！笔者听罢表示理解，并告知她“综论”系列的写作动机和过程，既无人为排序之预设，又无着意分出高下之用心，纯然出于考察红学之学术演进轨迹之考量。于是，吕先生释然了。不过，完稿于《吕启祥红学研究综论》之后的《张锦池红学研究综论》一文已经排版于 2011 年的第 3 期，第 2 期只好空缺了，这个遗憾是无法预料的。不过，此后“综论”系列的连载则一帆风顺，即从 2011 年的第 3 期直到 2013 年的第 2 期，总计连载了 12 篇“综论”系列文章（每篇字数大多两万至三万字之间），这在学报编辑历史上也是十分难得了。遗憾的是，由于笔者日后的学术工作日益繁忙起来，加之体力透支的缘故，连载难以为继，只能断断续续地发稿了（按：第二册《港台及海外红学学案》基本完稿，第三册已经写了两篇。2013 年 6 月 8 日收到吕先生的电邮："望放慢节奏，最好隔期发一篇，便于'消化'，更利健康。"）

吕先生在中国艺术研究院召开的"《百年红学》创栏十周年暨《红学学案》出版座谈会"（2013 年 4 月 17 日）上说："对于淮生的这个选题，开始的时候，淮生也知道，我是泼冷水的。我说：'淮生，这个很难做，吃力不讨好。'他来跟我要旧书，我说：'你写别的先生吧，我就免了。'他就是不管，就是实干，做了，也写出来了。有一点我是佩服而肯定的，就是实干。书出来了以后（《红学学案》新华出版社 2013 年 2 月出版），我说：'我真是没想到，你能结出这样一个果子。'所以，实干才能兴学。《百年红学》栏目给了淮生很大的支持，那么，淮生呢，也给了《百年红学》栏目很大的支持，应该说是相得益彰。淮生，在这里，我也祝贺你的书，也希望能改得更好，我把刚才的两句话，'彰显特色，持之以恒'，也送给你。"吕先生在说明由不支持至"佩服而肯定"的由来时充分肯定了笔者的学术工作，彼时，无疑是"锦上添花"了。

2012 年 12 月 23 日吕启祥先生发来了简短的电邮，并圣诞贺卡。电邮对张燕萍主编在《〈百年红学〉栏目主持人与高淮生教授访谈辑要》（《河南教育学院学报》2012 年第 6 期）所说的"篇篇精彩"之评价认为"过分了"，她说："12 篇其实是不平衡的。"张燕萍说："首先，感谢高教授对《河南教育学院学报》的《百年红学》栏目的鼎力支持，我们共同策划的 12 位红学研究者的综论到今年第 6 期圆满结束。您在 2010 年 9 月至 2012 年 9 月的两年间，为我们这个《百年红学》栏目连续撰写了 12 篇的长文，可谓劳心劳力，篇篇精彩，我代表编辑部的全体同仁，真诚向您道一声：辛苦了！"[①] 燕萍主编说这番话主要是对笔者

① 《〈百年红学〉栏目主持人与高淮生教授访谈辑要》，《河南教育学院学报》2012 年第 6 期。

"劳心劳力"的敬佩和感激，至于"篇篇精彩"之评价并非出于"溢美"之意，是对笔者的激励而已，笔者是心领神会的。不过，吕先生的告诫的确可视为"诤友"之作为，同样是难得的。吕先生座谈会上再次谈道：老实说，他已经写出来的，我没有每篇看，大致看了，觉得是不平衡的。我个人感觉，写蔡先生、胡先生那两篇，是比较好的。但是有些篇是很难驾驭的，是非常难的。

吕先生的这种高标准严要求无疑是笔者学术进步的动力，笔者时时以此为警。

12月23日，笔者回复电邮如下：

吕老师：

圣诞快乐！！！

看到温馨的贺卡，真诚地感动！

您在冯其庸先生无锡开馆的照片，我都看过，高兴您始终葆有很好的精神面貌，与每次开会所见一样地开心快乐！

访谈的"篇篇精彩"之评过分了，我是认同的——我不会为了她的厚爱抬举之词而飘飘然，这一点请吕老师放心。我知道我还有更艰苦的工作要做，如您教导，不断进取，勤以补拙！

向燕萍主编转致意之美意，我一定转达！她编的刊物每一期都是寄去的，不知何故未收到，我一并转达。

12篇不平衡是实情——这是我能预料的！我希望能够听到各种意见和建议，力争把这一课题写好，这不仅是我的事情，也是大家的期待，所以，渴望吕老师一如既往地耳提面命，我当不辜负您的教诲！

诚颂

康安

淮生　拜　12.23

吕先生撰写研红文章的文笔是颇令红学界中人称赞的，尤其她发表的这篇《秦可卿形象的诗意空间——兼说守护〈红楼梦〉的文学空间》（《红楼梦学刊》2006年第4辑）一文，近来多次被"红迷驿站"的红迷转发评论。她对文章的作法和笔法颇为用心，自然十分留意如“篇篇精彩”之类的评价，笔者是颇为敬畏的。

记得吕先生在嘱托笔者再做修订《吕启祥红学研究综论》一文的来信道：“文章无论短长，要量体裁衣，点面结合，详略得当；文字要干净，句子勿太长。从见解、逻辑到表述的积累和训练是一辈子的事，不能苛求于你，但愿与你共勉。”（2012 年 7 月 28 日信）吕先生最为在意《吕启祥红学研究综论》一文修订一事，她建议笔者将《寻求艺术真谛、人生真味、精神家园：吕启祥的红学研究——当代学人的红学研究综论之四》（《河南教育学院学报》2011 年第 4 期）一文中关于“续书研究”的部分删去，增加“比较研究”的内容（“我对后四十回研究不多，可以略去不提。或者将此节内容更换比较研究当更充实。”——节录辛卯暑日致笔者信。）的确，事后想一想，吕先生所说正是实情。于是，在出版《红学学案》时删去了“续书研究”部分，换成了第四节的新标题：人性关怀立场尤其女性关怀立场的《红楼梦》比较研究。这一次的增删，是笔者至今所撰述的 27 篇红学学人“综论”的特例，别无他例。

值得一提的是，“《百年红学》创栏十周年暨《红学学案》出版座谈会”开会之前，笔者提前准备了记事本，请蔡义江先生、吕启祥先生以及陈曦钟先生分别题写笔者的旧作一首——“镜湖堂上说惶恐，引玉抛砖我不羞。莫道红楼天地小，九州四海大红楼。”蔡先生题罢说：这首诗有一处不合律？“羞”和“楼”不合呀！笔者说：我就是喜欢后两句！吕先生则说：诗只要自己喜欢就好！此后，笔者查阅了《诗韵合璧》以及王力著《诗词格律》，感觉还是蔡先生记错了韵。为此写信讨教，果真是蔡先生“因方言差别记错了”（2013 年 4 月 28 日信），“羞”和“楼”合韵。吕先生对于诗的态度令我愉快，这种愉快此前已经有过一次经历，即吕先生前一次用毛笔书写长信时附题的一首《题红诗》——“花谢花飞飞满天，红消香断谁不怜。一曲葬花吟未尽，诗魂玉骨铸新篇。”（吕先生自注：变通红楼梦句自娱。同样是毛笔书写，笔力劲健可观。）

最值得回忆的还是吕先生前来徐州中国矿业大学参加“2015 年纪念曹雪芹诞辰 300 周年学术研讨会”的情形。这次学术研讨会的会风给参会专家学者留下了深刻的印象：独立思考，敢于交锋，不避敏感话题；不唱太平歌，也不计较情面；会上激烈争辩，会下平易交流。记得2015年1月初，笔者给吕启祥先生发去了邀请函，却一直没有收到吕先生的回复。2015年2月25日，胡文彬先生发来电邮：（吕先生）“考虑到身体状况，故迟迟未作回复。考虑到本届会议讨论的议题重大，决定参加会议面聆群贤高论；因年龄与身体原因，拟由黄安年教授（美国史专家）一路陪同照顾，其往返费用自理。”黄安年教授是北京师范大学历史系教授，吕先生的爱人，他的“黄安年博客”曾对这次学术研讨会做了多篇报道。起先，笔者对胡先生所说的吕先生“身体状况”并没有特别留心，当吕先生来到徐州时，笔者发现她的确比上一次所见虚弱憔悴了许多。当参会学者陆续签到时，才从一些师友那里耳闻了吕先生于2015年春节前后遭遇到人生的一个大事件的大概情况，据说这次大事件对她身心打击极大（笔者按：红楼梦研究所内部的矛盾）。会议期间，有一个细节参会者均没有注意：吕先生会议发言结束后起身刚离开座位，身体便一晃，笔者在她身后不远处一个箭步近前搀扶，吕先生低声道：最近一些日子，安眠药不吃睡不着觉，精神有些恍惚了！（笔者按：笔者根据师友们的介绍便暗中一直注意吕先生的情绪变化了。）

2015年3月30日上午，吕先生的会议发言持续了近50分钟，虽然十分激动，一度哽咽，发言却很有条理，大家都不忍心打断吕先生的发言。吕先生发言的题目即“红学基础工程的坚守、充实、更新与提高”，显然是会前认真思考、认真准备了的，这是她一贯认真严谨作风的体现。吕先生发言中的两点引起了笔者特别关注：一则是对“烂泥潭”说的积极回应。分场研讨之前，笔者做会议筹备情况的简要介绍。当谈及红学的学科危机时笔者说：红学从一度的学术“风向标”，成了现在的“烂泥潭”。吕先生则对随后的质疑之声做了积极回应：淮生说“红学曾经是风向标，现在成了烂泥潭”，红学当年确实是“风向标”，红学的学术水平是很高的。有人（笔者按：北京语言大学段江丽教授最不赞同“烂泥潭”说，她认为：就算红学研究是一个烂泥潭，烂泥之上也会生长出许多灿烂的花。否则，我们今天研讨的价值又在哪里？）对此有看法，我在一定意义上是赞成的。红学研究要走学术的正道，不要走学术的歪道。二则是对“学术为公”的阐述。什么是“为公”？即不沽名钓誉，不据一己之私。吕先生恳切地说：“我是渴望一个风清气正的学术环境的。”① 李金齐主编则在闭幕致辞中对“学术为公”做了积极回应，他说：这次会议，我们是以学术为先。今天，我又有幸听了吕先生刚才的发言，我受益了四个字：学术为公。有学术是我们的第一宗旨，其他的，我们都可以不谈。这次会议之后，李金齐主编与笔者交流道：学术为先，学术为公，正可以作为我们今后办刊的宗旨和原则。（按：笔者自2014年起主持《现代学案》栏目，故此经常交流。）其实，“学术为先，学术为公”，一直是我们近年来的各项学术活动的宗旨和原则。

其实，“学术为先”不易，“学术为公”实难，说出来容易，做起来难啊！譬如，笔者在《周汝昌红学论稿》写作过程中发现，《红楼梦学刊》在对待周汝昌先生、冯其庸先生这两位红学大家的态度上反差太大：周汝昌仙逝之后，《红楼梦学刊》上除了刊发一篇由中国红楼梦学会、《红楼梦学刊》编辑委员会署名的《沉痛哀悼周汝昌先生》（2012年5月31日）一文外，至今并未见专题追悼和纪念文章发表于《红楼梦学刊》某一期。冯其庸逝世之后则享受着特殊的荣光，2017年，《红楼梦学刊》合计刊发至少45篇追悼和纪念文章（其中2017年第2辑3篇、第3辑7篇、第4辑33篇）。笔者曾不无感慨道：“这一巨大的反差似乎在验证着沈治钧所指称的‘如泰山磐石，如黄河砥柱’的‘学术共同体’之说并非虚话。噫嘻！公器乎？私器乎？为公耶？为私耶？岂莲舌之口技，宝鉴之两照矣！”②

此一景观亦非吕先生所愿看到的，真可谓往事不堪回首啊！吕先生曾恳切地祈望：我是渴望一个风清气正的学术环境的。

笔者同样恳切地祈望：学术为先！学术为公！

① 高淮生：《“纪念曹雪芹诞辰300周年学术研讨会”综述》，《河南教育学院学报》2015年第3期。

② 高淮生：《周汝昌红学论稿》，知识产权出版社2017年版，第19页。

张锦池：

“红楼梦考论”是恩师吴组缃教授的期望

题记：王瑶先生曾经说过，年过六十，不做学问是坐以待毙，再做学问是垂死挣扎。我年已六十有一，可谓垂垂老矣。我不能也不愿坐以待毙，只能挣扎向前。愿老天假我以年，让我继《西游记考论》和《红楼梦考论》的出版，再完成《三国演义考论》和《水浒传考论》，然后带着这中国四大古典小说考论见恩师吴组缃教授于泉下，说一声：“先生，我虽有负您当年对我的期待，可我工作在北大荒，已尽了最大努力了。”

2011年2月28日，笔者撰写的《考论结合、建构新说：张锦池的红学研究——当代学人的红学研究综论之三》（计2.7万余字）结稿，此后刊发于《河南教育学院学报》2011第3期。这一篇撰成于《吕启祥红学研究综论》一文之后，由于其间出现的“小插曲”，反而刊发在《吕启祥红学研究综论》之前了，这一“小插曲”已在《吕启祥：“敬畏经典”才能“投下自己精神气质的面影”》一文中交代了，此处不再赘述。

值得一提的是，这篇《张锦池红学研究综论》文稿的字数比较的多了，这显然占用学报的很大版面，彼时的学报大都乐于刊发七八千字的文稿。而“百年红学”栏目乃《河南教育学院学报》品牌栏目，曾陆续被评为全国高校学报以及全国社科期刊优秀栏目，已经引起国内外红学研究者的瞩目。由此可见，笔者的隐忧实在是事出有因，隐忧中过意不去的情绪显而易见。然而，意想不到的是，为了打消笔者的顾虑，张燕萍主编主动电邮相告：“我绝不计较长稿占用大量版面的情况，只要稿子有价值，照发!”她斩钉截铁地说：“你的稿子无论多少字，全文照发！我们学报财力比较困难，虽然付不了你可观的稿费，但我可以给你提供足够的版面。”燕萍主编的这番话语无疑深深地打动了笔者，彼时彼刻，笔者耳边仿佛听到了一种召唤：士为知己者死，女为悦己者容。无憾矣!

2011年6月30日，《考论结合、建构新说：张锦池的红学研究——当代学人的红学研究综论之三》一文刊发后，便收到周思源先生从北京寓所发来的电子邮件，周先生恳切地说：“日前已从《河南教育学院学报》上匆匆拜读了您关于评论张锦池先生红学研究的大作。材料丰富，对张先生的主要观点做了梳理。您确实下了很大功夫。”周先生的“您确实下了很大功夫”的评价，笔者是心领无愧的！当然，至今为止所撰述的30余篇红学学人“综论”都“确实下了很大功夫”的，如果一定要说出这30余篇学人综论文章的子丑寅卯来，又要花费节外生枝的些许笔墨，此处仍不再赘述。

需要交代的是，笔者与周思源先生的书信交流缘自“综论系列”的规划中列出了《周思源红学综论》专章，该文写作前后，周先生给笔者提供了尤为可取的建议和期许。2012年12月7日致笔者信中说：“《访谈》已拜读，河南教育学院学报连载两年，有眼力有魄力。大作也为刊物增色不少，可谓相得益彰。……您的选题就是发现了一个大油田，怎么充分开采，就大有讲究了。希望您在从纵横两个方面拓展的同时，对已有的十二篇进一步修订充实。其中对周汝昌先生这篇尤宜推敲。……清理周汝昌的红学遗产，是今后红学研究值得一做的工作，可以成为一个很好的博士论文题目。”信中所说的《访谈》即张燕萍主编对笔者所做的《〈百年红学〉栏目主持人与高淮生教授访谈辑要》（《河南教育学院学报》2012年第6期），周先生所说的“相得益彰”说显然早于2013年4月17日上午于中国艺术研究院召开的“《百年红学》创栏十周年暨《红学学案》出版座谈会”上吕启祥先生有关“综论系列”选题与河南教育学院学报（“百年红学”栏目）“相得益彰”说。尤其对“清理周汝昌的红学遗产”这个“很好的博士论文题目”的洞见，的确颇具红学史眼光。不过，周思源先生此后毕竟想不到，博士论文至今并无以“周汝昌红学”为选题的记录（中国知网CNKI），只不过有一篇《周汝昌书法美学思想研究》而已（2013年河南大学曹阳硕士论文），2017年12月则出版了笔者著的《周汝昌红学论稿》（知识产权出版社）一书，这部书稿可谓“周氏红学”研究的第一部论著。

大约半年之后，《学术与创作并举　拓新与旁通兼善：周思源的红学研究——当代学人的红学研究综论之七》一文便刊发于《河南教育学院学报》2012年第1期，这篇文章的刊发出乎彼时的红学中人的意外（笔者按：同样令周思源自己感到意外）。当然，笔者也因此听到过一些不同的看法，这些“物议”集中涉及的问题即“立案的标准是什么？”这同样是笔者一直思考的关键性问题。令笔者欣慰的是，2013年5月15日，蔡义江先生致笔者的信极富启发性地回答了这一问题。蔡先生说：“选学案也如选诗，好诗漏了不要紧，个人所见不同；坏诗恶诗一首也不能选，选了就表明你不懂诗。”

2012 年 6 月 7 日上午 7 时 30 分，笔者参加学院毕业生大合影完毕，随后从学院教职工信箱中取回两封信件：一封是关四平教授从哈尔滨师范大学文学院寄来的信，其中附了一份张锦池先生学术简介和由四平教授的博士生代笔再由张锦池先生签名的短信；另一封则是曾扬华先生从广州中山大学寄来的信，信中附《曾扬华自述》。《辨红学公案、探红楼艺境：曾扬华的红学研究——当代学人的红学研究综论之八》一文刊发于《河南教育学院学报》2012 年第 2 期。

笔者即刻展读关四平教授寄来的信，当看罢张锦池先生“颤书”签名的短信后，一股暖流顿然涌起……此后，征得先生允可，笔者将这封短信全文呈现于《红学学案》“后记”之中，并略加几句读后感想：

> 张锦池先生身患帕金森综合征，仍于 2012 年 5 月 30 日来函道：“淮生教授：您寄给我的《河南教育学院学报》还没收到，不知在哪一个环节出了问题。关四平让学生把他的一本给我拿来了，因为身患帕金森综合征，手颤不能写字，眼花不能看书，是让四平的学生念两遍给我听的，文章写得非常好，您费心了。承蒙抬举，这是对我的鼓励，也是对我的鞭策，心领了。文章是费了心血的，我很感动。《薛宝钗性格》是我的处女作，弹指五十年过去了，好几次想给她‘落实政策’，可就是落实不了，可能我对这一类人太厌恶了。因为我感到薛宝钗是大官僚、大地主、封建大商人三位一体的雏形，也就是今天‘官倒’的远祖，最好把这句话加到您的文章里。”（按：此短信乃关四平先生的博士生代笔，张锦池先生口授，然后由先生“颤书”签名。）实在地说，当笔者读着这封短信的时刻，眼睛不由得湿了，一口气读了好几遍，仰天而叹：予小子复何言哉！予小子复何言哉！

笔者于 2012 年 5 月 16 日参加由北京曹学会与镇江市政府在江苏镇江联合主办的“曹寅与镇江暨《红楼梦》程乙本刊行 220 周年学术研讨会”期间，曾主动与关四平教授畅谈，并拜托他代为问候张锦池先生，同时请教张先生谈谈对笔者已刊发的《考论结合、建构新说：张锦池的红学研究——当代学人的红学研究综论之三》一文的意见和建议，并拟写一份学术简历。返回学校后，四平教授即刻拜访了张先生，并将先生的口述意见和学术简历寄来了。四平教授是张先生的高徒，委托他做这件事情，笔者心中踏实多了。

镇江一聚，曾墨书相赠，彼时留下的快乐时光可供来日追忆。四平教授对笔者的墨书谬奖有加，笔者也是欣然领情了。镇江会议之后，我们又曾在徐州会议（“纪念曹雪芹诞辰300周年学术研讨会”）、北京会议（“历史回顾与未来展望——红学学科建设高端论坛”）相见了，总是相谈甚欢。值得一提的是，徐州会议上，四平教授对笔者撰述《红学学案》的奋不顾身以红学界的“拼命三郎”表彰一番，笔者也是欣然领情了。古人读书有“马上、厕上、枕上”之说，而笔者体验深切，为了“综论系列”长稿连载的顺畅，“厕上、枕上、沙发上”均手不释卷（一年多不看电视节目、极少参加约会）。

“拼命三郎”之说出自2015年1月11日四平教授的来信：“从《学案》的写作，我就真切地感到你是个拼命三郎，知难而进，做事精益求精，追求完美，深感钦佩！从这次会，又印证了这个印象，希望由你开个好头，以后国内开学术会议，都能够向海外学习，这也是和世界接轨的表现之一吧。”这封来信是徐州会议之前，笔者电邮发布给即将参会的学者们“《纪念曹雪芹诞辰300周年学术研讨会（2015）》简讯【004】”，并委托四平教授做学术评议人，引发了四平教授的感触。他对以简讯的形式及时与邀请代表沟通的做法极为认可，并认为这对提高会议效果大有益处，以后其他学术会议，应该仿效之。

总之，在与四平教授的长期交往中，笔者总是如沐春风，其君子之风和仁厚之德最令笔者向往。

2013年11月22日至24日，“纪念伟大作家曹雪芹逝世250周年大会暨学术研讨会”于河北省廊坊市新绎贵宾楼酒店举行，这次会议由中国红楼梦学会、文化部恭王府管理中心、北京曹雪芹学会、新奥集团联合主办。开幕式后，张锦池先生在一位小伙子的搀扶下走到主席台前，笔者快步走向张锦池先生，同时握住先生的手，低声告诉先生：“我是高淮生，写《红学学案》的作者，为先生的红学研究立案的作者。”张先生连声说："谢谢！谢谢！"笔者说："谢谢先生对我写作的支持！"先生则连声道："谢谢你！谢谢你！"此刻，雷广平兄瞬间拍照以供笔者留念。此番握手相谈，满足了笔者面谢先生的心愿。

最为难得的是，张锦池不仅对笔者这样的晚辈诚恳地致谢，尤其对其恩师吴组缃先生更是恭敬有加且格外地感念，这主要还是因为他的"考论"的学术道路是很深刻地受教于吴组缃，这可从吴组缃的弟子齐裕焜的回忆文章中看得出。齐裕焜说："吴组缃先生研究古代文学最重视基本功，但不拘泥于考据，不为考证而考证。已故的赵齐平教授是他的研究生，在他的指导下写出了《红楼梦成书过程》一文。吴先生很赞赏他这篇论文，因为赵齐平对曹雪芹及其家世有着充分的了解，在版本、校勘等方面也做了很多极为扎实的工作。在这些工作的基础上研究作者身世、思想对创作的作用，研究作者在'披阅十载、增删五次'的过程中艺术技巧与思想的演进，对文学本体、文学创作本身进行研究。吴组缃认为只有这样研究版本、搞作家生平考据，才有意义。他这个见解对我们几个北大毕业、主要从事古代小说研究的学者，影响很大，我们都是走这个路子。如刘敬圻《嘉靖本〈三国志通俗演义〉中的曹操性格》、张锦池《西游记考论》，特别是其中取经四众形象演变的考论等。我当时的毕业论文，在两位先生（吴组缃、吴小如）的指导下，选了《〈水浒传〉的成书过程》这一论题。两位先生就要求我注意各种思想、时代烙印、文艺思潮等等对《水浒传》的影响。"① 可以认为，吴组缃指引了张锦池的学术方向，明确了张锦池的学术态度和学术方法，从而使僻居于"北大荒"的张锦池能够以"考论"中国古典小说而形成自己的学术影响。

值得一提的是，张锦池先生弟子吴光正、孙志刚主编《张锦池先生八秩称觞集》（北方文艺出版社 2017 年出版）收录了笔者撰述的《张锦池红学综论》一文，题为《考论结合、建构新说：张锦池的红学研究》，该文列入"附录三：张锦池先生学术著述学界评论选粹"。"选粹"收录

---

① 方锡德，刘勇强编：《嫩黄之忆——吴组缃先生诞辰一百周年纪念文集》，北京大学出版社 2012 年版，第 407 页。

了三篇文章，其他两篇即《宏观下的微观研究——读〈中国四大古典小说论稿〉》（陈曦钟）、《材料为根　思辨为翼》（陈洪）。

学脉承传，欣然称庆可矣！

附录：

《纪念曹雪芹诞辰300周年学术研讨会（2015）》

简讯【001】

经与部分学者商量讨论，形成以下共识：

1. 本次研讨会成果原则上以学术论文形式提交给会议联系人，以供两家学报刊用，以便充分地体现本次研讨会的务实精神和学术水平；如因时间关系或其他难以克服的困难不能于会议期间提交参会论文，希望于会后尽量将发言提纲修订成论文，提交给会议联系人。

2. 本次研讨会拟效仿高端论坛的形式，以主题发言、质疑答疑、辩论商榷相结合的形式展开学术研讨。不提倡照本宣科，不提倡隔靴搔痒，不提倡非学术辩论，目的是使本次研讨会取得有效实用的成果，切实回答红学发展中的难题或困惑。

3. 本次研讨会一天半时间，研讨会期间，既希望畅所欲言，又希望把握发言节奏；有话则长，无话则短，珍惜宝贵的研讨时间，取得充分而有效的成果。

中国矿业大学学报编辑部

河南教育学院学报编辑部

2015年1月5日

《纪念曹雪芹诞辰300周年学术研讨会（2015）》

简讯【002】

徐州，古称彭城，江苏省省辖市，地处苏、鲁、豫、皖四省接壤地区，北倚微山湖，西连宿州，东临连云港，南接宿迁，京杭大运河从中穿过，陇海、京沪两大铁路干线在徐州交汇，素有“五省通衢”之称。

徐州，彭祖建大彭氏国之地。历史上为华夏九州之一，有超过6000

年的文明史和2600年的建城史，是两汉文化的发源地。汉高祖刘邦故乡，楚王陵发掘于此，项羽戏马台至今犹在。

徐州，《金瓶梅》评者张竹坡的故里，金学研究的重要基地，多次召开国际金学大会和全国金学大会。徐州，国家授予的第一批书法城市，“彭城画派”的领袖李可染故居地。

中国矿业大学乃百年老校，几经迁徙，居于徐州。中国矿业大学是国内211重点高校，985平台高校，其国际知名学科即矿业学科，目前已经成为理科、工科、文科、管理等学科门类较多的综合性大学。

《中国矿业大学学报》（自然科学版）是“中国最具影响力学术期刊”之一，《中国矿业大学学报》（社会科学版）从2014年起实行“栏目主持人”负责形式，其中《现代学案》栏目由本次学术研讨会联系人高淮生教授主持，试图把该栏目打造成为全国学术史研究，尤其学人研究的学术高地。

《河南教育学院学报》的《百年红学》栏目已经成为全国社科优秀名栏。

中国矿业大学学报编辑部

河南教育学院学报编辑部

2015年1月7日

《纪念曹雪芹诞辰300周年学术研讨会（2015）》

简讯【003】

本次研讨会参会专家的选题基本选定，大体可分为以下几个方面：

1. 百年回顾：红学研究得失谈；
2. 红学发展：方法与评价思考；
3. 学术史体例研究；
4. 曹学与红学的争辩；
5. 红学与红楼文化反思；
6. 美国红学学术史反思；
7. 曹雪芹生卒与家世研讨；
8. 红楼梦版本研讨。

以上议题若撰成论文，将直接交由两家主办单位刊发。现将行文格式附上，以备参考。见附件——

中国矿业大学学报编辑部

河南教育学院学报编辑部

2015 年 1 月 8 日

《纪念曹雪芹诞辰 300 周年学术研讨会（2015）》

简讯【004】

本次研讨会会议规模原则上不超过 30 人，截至目前，参会专家数额基本饱满。自 2015 年 1 月 2 日中国古代小说研究网发布会议消息以来，陆续收到希望参会的电邮和电话，皆被婉言敬谢。

为了使参会学者能够集中精力深入地研讨会议的主要议题，会议研讨期间，原则上不邀请列席人员。

中国矿业大学校党委书记十分重视本次学术研讨会，强调以诚待客，认真地为各位与会专家提供热情而周到的服务。

《中国矿业大学学报》（社科版）执行主编李金齐教授，以及《河南教育学院学报》主编范富安主任均为办好此次研讨会殚精竭虑，会议联系人高准生教授正以饱满的热情做着大会召开前的各项服务工作。

中国矿业大学学报编辑部

河南教育学院学报编辑部

2015 年 1 月 9 日

《纪念曹雪芹诞辰 300 周年学术研讨会（2015）》

简讯【005】

为了及时地向学界公布本次研讨会取得的学术成果，扩大本次研讨会的学术影响，同时为了向关心红学发展的读者、红迷传播本次研讨会取得的学术成果，扩大本次研讨会的大众传播方面的影响，大会主办方（两家学报）表示将于会议结束后及时刊发参会专家的会议论文。

两家学报刊发参会专家会议论文原则：1. 先定稿者先发表；2. 论文刊发即付稿酬；3. 优稿优酬。

两家学报主编表示：欢迎参会专家在本次学术研讨会结束之后，能够长期为两家学报赐稿。学报将一如既往地为参会专家提供学术交流与传播平台，积极推进红学事业发展的同时，进一步拓展学术交流的领域。

中国矿业大学学报编辑部

河南教育学院学报编辑部

2015年1月12日

《纪念曹雪芹诞辰300周年学术研讨会（2015）》

简讯【006】

本次研讨会的参会专家基本确定，尚有个别待定者将于会前确定。研讨会二周之前将把会议日程安排、参会专家名录、参会论题等信息发给与会者。

本次会议学术研讨期间，将由评议人兼主持人全面合理地掌握每一学术研讨时段：1. 负责评议主题发言人围绕主题的发言；2. 有序引导提问答疑环节；3. 把握研讨节奏。

本次研讨会共分四个研讨时段：28日上午开幕式、合影之后的时段（A段）；28日下午4时前后两个时段（B段/C段）；29日上午闭幕式前一个时段（D段）。每一时段分别由一位评议人兼主持人主持。

以下是确定参会专家的选题，若有变更，及时告知联系人——

1. 苗怀明【南京大学文学院】一百多年来红学研究的得与失；

2. 宋广波【中国社科院近代史研究所】略谈20世纪的中国红楼梦研究史；

3. 乔福锦【邢台师范学院】红学的历史回顾与未来展望；

4. 董志新【沈阳白山出版社】试论新中国毛泽东时期的三次红学大潮；

5. 张惠【香港珠海学院中文系】美国红学的学术史反思；

6. 赵建忠【天津师范大学】红学流派与学术史建构；

7. 段江丽【北京语言大学】红学史"体例"谈；

8. 高淮生【中国矿业大学】学案体红学史撰著述略；

9. 郑铁生【天津外国语大学】制约红学发展的瓶颈是研究方法问题；

10. 关四平【哈尔滨师范大学文学院】关于《红楼梦》学术评价的反思；

11. 孙伟科【中国艺术研究院】红学与红楼文化；

12. 樊志斌【北京曹雪芹纪念馆】论“红学”的研究范畴；

13. 顾斌【北京曹雪芹研究编辑部】何为曹学 曹学何为——21世纪曹学研究的理性思考；

14. 刘广定【台湾大学】曹雪芹的生年与生父；

15. 黄一农【台湾“清华大学”】曹雪芹家族亲友与清初政争中的悲剧身影；

16. 高树伟【中华书局】走出红学的疑古时代——对《枣窗闲笔》辨伪公案的反思。

尚有几位未确定选题者，希望尽快确定。

中国矿业大学学报编辑部

河南教育学院学报编辑部

2015年1月14日

郭豫适：

现代红学史著述“第一人”

题记：红学研究中的新老索隐派的问题，我很不赞成把科学考证和主观猜测混为一谈，有人提倡两者结合，实难苟同。当然，《红楼梦》和红学问题，只能各陈所见而已。……清理《红楼梦》研究的历史过程，批判地总结《红楼梦》研究的历史成果和经验教训，包括批判地阐述《红楼梦》研究过程中唯心论的各种形态及其演变，对我们今天研究《红楼梦》和古典文学，可以提供一种有益的借鉴，是一项很有意义的研究课题。

2011 年 8 月 22 日，《学术史与方法论的不倦阐释：郭豫适的红学研究——当代学人的红学研究综论之六》（2.8 万字）结稿。

《郭豫适红学研究综论》这一篇可谓颇费笔者心力，表达时的文字斟酌方面并不容易，当然，更主要的还是学术史评论或评价方面。一则需要相当大的学术勇气，二则需要熟知学术史知识和理论。笔者选择这一课题已经表明学术勇气具有相当的饱和度了，并且随着这一课题的推进而愈加地高涨起来。至于学术史知识和理论方面则尤其需要“恶补”一番了，此前积累显得捉襟见肘了，虽然“恶补”的难度比较大，竟也能乐此不疲。

《郭豫适红学研究综论》一文的写作过程使笔者取得了意外的收获，即这一“学案式”写作的学术目的更加鲜明了，也就是通过“综论系列”以寻绎并表彰那些在现代学术史或学术发展过程中更具有恒在意义的东西！笔者因此“意外的收获”而快慰，犹如武陵人探访桃花源一般。这一学术史意识在笔者此后阅读刘梦溪著《中国现代学术要略》一书中找到了“共鸣”：“学术发展必须有前人的成果为依凭，每一个时代都要经过整理和重估前人成果的过程：清代学术是对宋明学术的一次整理，民初对清代学术的评价也包含有整理的内容；我们之所为只是一次初步的整理工作，意在寻找现代学术史中更具有恒在意义的东西。”[①] 这就使笔者写作过程中的学术意识更加自觉了，学术信心和学术见识与日俱增起来了。

笔者把《郭豫适红学研究综论》发给张燕萍主编之后的第二天即 8 月 23 日，便收到她的问候——

高老师：

看到您的信息又进邮箱，两个文件都看了。又费了您多少脑细

① 刘梦溪:《中国现代学术要略》，生活·读书·新知三联书店 2008 年版，第 137 页。

胞啊，这样的高速度（您正好姓高）写学术论文，且写作内容难度之大，把握角度之妙，涉及人物名气之隆，展与收拿捏之自由，在我的作者队伍中是极为少见的（绝非夸饰之词）。当然其中的苦与乐也是无能为之之人所难享受到的，我有幸作为您的第一读者（自猜的），在编稿过程中已领悟其味，三个字“很感动”。

接下来，我强烈规劝您真的要歇歇了，把您累垮了，我于心不忍啊！

今日出伏，天赐凉爽，趁着还没开学，放松放松吧。

“把您累垮了，我于心不忍”，这句话尤其令笔者安慰。是啊！《郭豫适红学研究综论》的确写得很累。这一写作过程中出现了最不惬意的状况，即身体的某些器官相继地闹出毛病来。无可奈何，笔者彼时正处于写作的亢奋状态中，正如驶入快车道的跑车，一路狂奔，又焉能刹得住！笔者尊敬的师友——河海大学尉天骄教授一语点破：你已经进入了写作的“井喷期”啦。彼时，天骄教授兼任中国写作学会现代写作委员会会长，询问笔者能否参加暑期于江苏盐城召开的写作研讨会，笔者告之正全身心地投入“综论系列”的写作，心无旁骛，欲罢不能啊！

2011 年 12 月 5 日下午，笔者于南湖校区取回《河南教育学院学报》2011 年第 6 期。于是，迫不及待地将《郭豫适红学研究综论》仔细阅读了两遍，心情大好。（笔者按：每一期“综论”出刊后总是迫不及待地读上几遍，这一过程足以将写作过程导致的疲惫消解大半。）

5 日晚 8 时，胡文彬先生打来电话，笔者与胡先生通话一个多小时。胡先生热情地说：我也是下午阅读了你的这一篇郭豫适的《综论》。你把这么难写的话题竟然写出来了，很不容易啊！不过，有些材料你没有读到，有点不足。接着，笔者与胡先生集中谈了两个话题：如何写史（尤其学术史）？如何评价周汝昌？彼时，我们之间这样的学术通话已经不止一次了，这次则有些不同，彼此就像心有灵犀似的，同一篇文章，笔者在阅读，胡先生几乎同时也在阅读。那一晚，即便胡先生不给笔者通话，笔者也一定要与他通话的，所以印象极深。

《郭豫适红学研究综论》的撰成与刊发，以及胡先生的首肯，毕竟使笔者自我陶醉了一段时日。其实，每一篇《综论》刊发后的阅读过程，笔者都会处于自我陶醉的状态之中，并且也会不时地在阅读过程中嘀咕着：“还可以写得更好！”

此后，在与张燕萍主编的交流中，她认为笔者撰写的李希凡先生的《综论》这一篇能够看出来是写得最累的了。笔者说：你的感觉很对！不过，在这一组“综论”稿中，比较满意的是《胡文彬红学研究综论》《张锦池红学研究综论》，最满意的则是《郭豫适红学研究综论》，主要因为这一篇关涉现代红学史甚至思想史、学术史方面的认知和评价，毕竟写出来了。该文有些评论足以触动一些人的神经末梢，不吐不快啊！

12 月 6 日上午，南湖校区办公室，伏案写就三封书信：一封给郭豫适先生的信，并附上复印的《郭豫适红学研究综论》，期望郭先生谈谈读后感或意见；二封给李希凡先生的信，期待李先生谈谈《李希凡红学研究综论》读后感或意见；三封给蔡义江先生的信，并附上笔者复印的评论蔡先生《红楼梦》评点的拙作（即《当代〈红楼梦〉评点“四家评”综论之一——以周汝昌、冯其庸、蔡义江、王蒙为例》一文，刊于《中国矿业大学学报》社科版 2011 年第 3 期），期望蔡先生谈谈读后感以及对《红楼梦》当代评点的看法。

遗憾的是，12 月 5 日开始胃病复发，一年来的积劳与饮茶过量而致。（笔者按：一日三个时辰饮茶：上午九时左右、下午三时左右、晚上九时左右。因为没有抽烟喝咖啡的习惯，竟养成了喝茶的习惯。）于是，写作进度受到了影响。那一日，无意间翻阅龚自珍《己亥杂诗》，读到其中一首：“未济终焉心缥缈，万事翻从缺陷好。吟道夕阳山外山，古今谁免余情绕。”是啊！万事都翻缺陷好啊！兼美，何其难哉！

2011 年 12 月 9 日下午，收到一份中通快递，是笔者的一位弟子委托家人寄来的风味熏肉腊肠。不幸的是，若遵医嘱，吃药期间不宜享用此等美味。笔者彼时所想：尽听医嘱不如无医，少食无妨。

2011 年 12 月 13 日晚，读《吴宓诗话》至第 250 页，宓公录存《五苦诗》五首，作者乃北周释无名氏作，原载唐释道宣撰《广弘明集》卷四十。笔者有感于近日胃疾所致精神不畅，特录存以求自我宽解而已——

（1）《生苦》：

可患身为患，生将忧共生。心神恒独苦，宠辱横相惊。

朝光非久照，夜烛几时明？终成一聚土，强觅千年名。

(2)《老苦》：

少时欣日益，老至苦年侵。红颜既罢艳，白发宁久吟。

阶庭惟仰杖，朝府不胜簪。甘肥与妖丽，徒有壮时心。

(3)《病苦》：

拔剑平四海，横戈却万夫。一朝床枕上，回转仰人扶。

壮色随肌减，呻吟与痛俱。绮罗虽满目，愁眉独问隅。

(4)《死苦》：

可惜凌云气，忽随朝露终。长辞白日下，独入黄泉中。

池台既已没，坟陇向应空。惟当松柏里，千年恒劲风。

(5)《爱别离苦》：

谁忍心中爱，分为别后思。几时相握手，呜咽不能辞。

虽言万里隔，犹有望还期。如何九泉下，更无相见时。

2011年12月30日晨，早餐后返回文昌校区家中的校园小路上，遇见文法学院的张晓虎教授。他说：你的气色不很好，应去看看中医，开些滋补的药调理一下。你这样给自己加压，我看你是“心理强迫症”。我自己每年写一篇论文稿子，能完成教学量即可。（笔者按：张教授正是在读博期间熬出了深度失眠的毛病，一直困扰至今。）“心理强迫症”一词很准确地描述了彼时笔者的精神状态，彼时，笔者竟总以如下联句以自我劝勉——“苦处休言苦，乐时只须乐！”“无功名则易受辱，有默守则能圆通！”

2012年1月13日下午，于南湖办公室书写春联，收到郭豫适先生来信，先生信封将“高淮生”误写成“江淮生”，学院办公室值班学生收信后询问笔者：这封信是老师您的吗？笔者肯定地回答：一定是的！这封来信签署日期即2012年1月8日，笔者展读后得知先生因癌病化疗影响十指而提笔困难仍坚持亲笔回信，的确感动不已。此后，征得先生允可，于《红学学案》“后记”中引用此函：“高淮生教授：来函询问意见，我只能说，尊文及尊文所涉评论，彼此见解有同有不同。顺便寄奉一点资料供您参考……至于红学研究中的新老索隐派的问题，我很不赞成把科学考证和主观猜测混为一谈，有人提倡两者结合，实难苟同，请酌。当然，如您所知，《红楼梦》和红学问题，只能各陈所见而已。鄙见供大家参考。来函说尊处该课题已完成过半，盼望继续努力完成。”

郭先生随信附寄诗作二首以供笔者存念，即《感悟生命、时间与自由——重病后感言》：

> 癌魔无端袭击我，万幸手术得成功。桑榆非晚乃古训，人生当求夕阳红。（其一）
>
> 哲人新解“自由”义，身健无病即自由。有病必须及时查，切莫延误酿祸尤。（其二）

尤其难得的是，郭先生又对此二首做了如下注释：

> ①“无端”，原以为不沾烟酒不会得癌症。
>
> ②“万幸”非套语，我同时患有睡眠呼吸暂停症，此病也因拖延多年所致。手术需要七八小时，倘若施术过程中呼吸暂停那怎么办？故我这次开刀增加了困难和风险。
>
> ③周策纵先生（美国威斯康星大学）、陈庆浩先生（法国科研中心）曾先后转告，北大张岱年先生说：“什么是自由？自由就是身体好，没有病。”张老所言甚是，他突出阐释人们应当爱护人类个体的生命和自由。
>
> ④至今友人中尚有因“爱惜时间”不肯及时医检者，因小失大，实为不智。如能及时医检，我这次就不会吃足苦头，酿至必须全胃切除。实际生活中有些人就因不及时医检而丧失救治的机会，此为必须吸取的惨痛教训。

当晚 8 时，回函表示对郭先生的由衷感佩：“先生所言极是：红学之论，各陈己见。晚生以为：‘文果载心’，则‘余心有寄’，不知先生以为然否？晚生愿将刘彦和之句书于纸上奉寄先生，请先生雅正。”信函于第二日上午特快专递寄出，笔者之由衷感慨一时竟难以释怀——“疑义相析，快意在心；愧疚犹在，小子何忍？”（笔者按：距离郭先生惠寄《感悟生命、时间与自由——重病后感言》的 8 年多时间，即 2019 年 6 月 3 日，当笔者因积劳成疾而躺在手术病房时，先生那句“身健无病即自由”箴言方得切肤之感矣！又按：自 1 月 13 日起，笔者在电脑上敲字时，右手食指端疼痛难忍，只好抬起食指不去触碰键盘，坚持写完《曾扬华红学研究综论》再短暂休息。）

值得一提的是，郭先生的来函很认真且很用心，随信附上了五则剪报，标题分别为：《纪念王元化90诞辰——清园长者讲谈会在举行》（文汇读书周报2010－12－10）、《感悟生命、时间与自由——重病后感言》（文汇读书周报2011－01－28）、《郭豫适：实事求是，严肃谨然——〈郭豫适文集〉四卷本近日推出》（文学报2011－09－08）、《郭豫适：闯过生死关推出〈文集〉四卷》（文汇读书周报2011－11－25）、《郭豫适与红学》（新民晚报2012－01－04）等，另附一张名片，叮嘱笔者道："来件切勿寄我校新区或老区办公室！"由上可见，先生雅量格局之大！这的确令笔者感佩。

2012年1月29日下午，收到郭豫适先生惠寄的《半砖园居笔记》（东方出版中心2010年5月版）以及《拟曹雪芹"答客问"——论红学索隐派的研究方法》（华东师范大学出版社2006年9月版）两部大著。同时收到胡文彬先生惠寄的大著《历史的光影——程伟元与〈红楼梦〉》（时代作家出版社2011年12月版），北京曹雪芹学会编《曹雪芹研究》总第二辑（中华书局2011年12月版）一册。郭豫适先生的《半砖园居笔记》一书对于笔者修订《郭豫适红学综论》颇有助益，先生在红学索隐派的研究方法问题上颇为用力。

2012年1月31日上午，拟写两封信函：一封给郭豫适先生，感谢惠寄先生之著作；一封给张锦池先生，征询《张锦池红学研究综论》写作意见和建议。

2012年5月25日下午，于南湖校区邮局收发室收到郭豫适先生拟于5月22日的信函，内有复印的个人学术简介、"治学与做人"笔记五则，以及一张便条。便条上写道："淮生同志：遵嘱寄去现成二段文字供刊用。如需增加关于拙著红学史稿的成因，请从《郭豫适文集》第一卷《说明》中摘引即可。收到此信后，请回信给我。"

2012年6月23日，端午节，胥惠民教授发来电邮。此前的13日，我曾寄去一封信，主要是希望胥教授能够谈谈对周汝昌红学的意见。因为，《周汝昌红学研究综论》即将刊出，想多方听听师友们对周先生红学的看法，以有助于《红学学案》结集出版前的修订。胥教授告诫“务求立论准确才好”，因为，“周汝昌是个争议人物，除过郭豫适先生小史稿做了正确评价以外，其他史作似不够准确。这篇写好了会成为大作的亮点！”胥教授对于郭豫适著《小史稿》（《红楼研究小史稿》《红楼研究小史续稿》二书收入《郭豫适文集·红楼梦研究史稿》第一卷）关于周汝昌红学的评价情有独钟，他对笔者所撰述的《周汝昌红学综论》一文“亮点”说确是很中肯的，因为笔者撰述《周汝昌红学综论》一文过程颇下了更多的案头功夫。

谈及“亮点”二字，笔者曾有如下感慨：蒋星煜曾说“郭豫适著的《红楼研究小史稿》所花的功夫更大，虽称‘小史’，称‘稿’，却是具有严密的系统性的专著。在这一学术领域，发生过多次讨论或论争，有的还带有某些非学术性的因素，郭豫适都得十分冷静而客观地对待，是很不容易的。”① 然而，“很不容易的”不仅是学者的学术态度，“很不容易的”更应是学者的学术成果能否恒久留存其思想和方法的启示意义。一代有一代之学术，赵翼的“李杜诗篇万口传，至今已觉不新鲜”这两句话可以作为红学史论者的“警世通言”。让我们的“一家之言”或多或少地不仅成为红学史，甚或思想史、文化史恒久留存的思想亮点吧！

2012 年 7 月 30 日上午，再于南湖邮局收发室收到郭豫适的信，并同时收到胡文彬先生、曾扬华先生的两封信，可谓收获颇丰。当晚 20 时至 20 时 40 分，笔者与郭豫适先生通了电话。

值得一提的是，笔者在撰写“综论系列”大稿子的同时，勤于草拟一些短篇诗文随笔以放松心情，至今已经积累了可观的篇幅了。特附录一则拟于 2011 年 8 月 3 日的对话文字，题为《对话“高铁”——我与中国新时期学术“大家”的对话》，以见彼时情态：

问：你正在写谁的评论呢？怎么还没有结稿啊？

答：我在写郭豫适的评论，越发地收不住了，正在借力发力呢！

① 蒋星煜：《郭豫适与红学》，《新民晚报》，2012 年 1 月 4 日。

问：你写这么多，人们读过了会以为你很喜欢他，显得他很重要。

答：我所写的都重要，不是独独地喜欢谁。我与他们对话是在与新时期以来一流的或重量级的学者对话，就仿佛是乘坐在高铁上；假如我与那些不入流者对话，就像乘坐在绿皮车上，自己进步的速度就太慢了！

问：你在夸他们吗？

答：怎么可能只是在夸他们呢，那就不如不写了！

问：那你批评他们的地方，他们能看得出来吗？周立波说过，得罪谁，都别得罪作家。

答：我写的不是作家，他们是大学者，他们一定能看得出来我的批评，否则，就不是“大家”了！

问：那你要注意别得罪他们了！

答：如果把他们比作中国的高铁——如果不“趴窝”“撞车”，谁又怀疑它的速度和科技含量呢！

周汝昌：

独树一帜的“周氏红学”

题记：陈维昭说：周汝昌是红坛的独行侠。他的才气，他在红学上的超前性，他的诗人气质和学者素质，使他的《红楼梦》研究顺着以下图式而展开：以文献研究为基础，然后把文献研究所得升华为人文价值阐释。韦力说：藏书，要有占尽人间春色的志向与豪气。当然，有没有这个能力和体力，自是另外一个话题，但只有这样对待传统文化，才是真爱的表现。由此说来，周汝昌之于《红楼梦》研究，其在百年红学史上之志向与豪气竟无人堪与匹敌，即不遗余力地阐扬曹雪芹和《红楼梦》的中华文化精神气象，并痴心于曹雪芹和《红楼梦》的精神状态，的确堪称“真爱的表现”。总之，周汝昌提出“红学是中华文化之学”的“初心”是在救活红学，这一用心隐含于此命题之中了；周汝昌提出“红学四学”之说亦在救活红学，这一用心极少有人能够看出来罢了。

2012年5月31日傍晚，频频收到来自师友和学生们的信息：周汝昌先生驾鹤仙逝了！于是，即刻打开电视机，期望听到关于周先生的这一消息，结果并未见此方面的报道。接着，再与胡文彬先生通话，谈及此事以求得印证。笔者的遗憾以及遗憾之外的情绪难以名状，何以如此呢？

笔者自2010年9月以来，一直专注于撰写当代学人红学研究“综论”系列文章（12篇结集《红学学案》出版），这一学术史（红学史）系列文章是在《河南教育学院学报》“百年红学”栏目连载（该刊一年六期双月刊，该栏目是全国社科学报优秀栏目）。彼时彼刻，笔者撰写的《非求独异时还异，难与群同何必同：周汝昌的红学研究——当代学人的红学研究综论之十》（3.7万字）一文正由张燕萍主编审校，即将刊发。笔者的第一反应是：真是太遗憾！周先生再不能“听读”这篇长文了。笔者为什么会有如此这般的第一反应呢？那是因为此前9篇“综论”刊出后，均交寄“案主”提出“宝贵意见和建议”，除了冯其庸先生没有反馈其“宝贵意见和建议”（据此后吕启祥先生给笔者的电话来看，冯先生知道了《冯其庸红学研究综论》这篇文章并把“意见”告知了吕先生），其他8位“案主”均反馈了“宝贵意见和建议”。此刻，张燕萍主编的遗憾是与笔者大体相同的。于是，彼此一番沟通的结果是：由于《周汝昌红学研究综论》这篇文章很长，2012年第4期《百年红学》栏目就只刊发这一篇吧，有必要为这一篇特加一则“编者按”以为纪念。“编者按”道：“本刊《百年红学》栏目连续刊发的‘当代学人的红学研究综论’系列（十二篇）已发表了九篇，正当我们编校本文之际，惊闻周汝昌先生与世长辞，不胜感慨。一代红学大家虽离我们远去，但遗留下的研究成果和学术课题将有不尽的发掘空间。如期刊载本文，以寄《百年红学》栏目对周汝昌先生的缅怀之情。”① 需要说明

① 高淮生：《非求独异时还异，难与群同何必同：周汝昌的红学研究——当代学人的红学研究综论之十》，《河南教育学院学报》2012年第4期。

的是：《周汝昌红学研究综论》提出了周汝昌研究“专学”的概念，这一概念是笔者此后提出“周氏红学”的初步构想。

2012年6月1日上午9时49分，笔者在前一晚酝酿的腹稿基础上，一挥而就这篇题为《非求独异时还异，难与群同何必同——悼念周汝昌先生》的纪念短文如下：

非求独异时还异，难与群同何必同

——悼念周汝昌先生

周汝昌先生走了，据亲属说走得很安详……

周汝昌先生终年95岁，而他的老师胡适之先生则终年71岁。中国古称“仁者寿”，这一说法在周汝昌先生身上的确是印证了。

胡适这位“但开风气不为师”的新红学开创者生前说过：“周汝昌是我的‘红学’方面的一个最后起、最有成就的徒弟。”（宋广波《胡适红学研究资料全编》）没有胡适，就没有周汝昌；治学者积薪，后来居上。作为徒弟的周汝昌先生并没有辜负师父的厚望，着实在一些方面是“青出于蓝而胜于蓝”了。

季羡林在《站在胡适之先生墓前》这篇祭文中说过：历史毕竟是动了。不过这“毕竟是动了的历史”仿佛是重复着过去的身影。近读余英时《重寻胡适历程》一书，其中一节谈及胡适先生就任北京大学校长的短暂经历，令我回望起周汝昌先生来。余先生说：“胡适1946年7月回国，就任北京大学校长，他的社会角色（social role）已经改变，和1937年去国前的北大教授兼文学院长不同了。从一方面看，他的俗世地位已达到了高峰，不但是教育、文化、学术界的领导人物，而且也是政治界的象征性领袖。说他是政治界的象征性领袖，其确切含义是指他并无实质的势力，但有巨大的影响。这是时世的推移把他推到这个特殊位置上去了，并不是出于他自己的选择。从另一方面看，他也为这一显赫的俗世虚名付出了极大的代价。他变成了他所说的‘公共人’（public man），私人的时间几乎被剥夺得一干二净，从此他身不由己，随着中国局势的动荡而动荡。这一特征也充分表现在他的日记上，他不再有闲暇，从容记录‘私人生活、内心生活、思想演变的赤裸裸的历史’(《留学日记·序言》),相反的,整体而言他的日记流为简单的记事日程,仅仅只有缩写的人名和约会的时间、地点,已不再能提供丰富的史料。”(上海三联书店 2012 年版,第 81 页)其实,周汝昌先生的“俗世地位”也早已在他的成名作《红楼梦新证》出版以后便已达到了“高峰”。《新证》受到了他的老师胡适之先生的高度嘉许,周汝昌先生生前也一直以为荣耀,并在 2005 年撰著《我与胡适先生》一书,将这种荣耀广布人世间。他这几十年的人生旅途又的确“随着中国局势的动荡而动荡”,他是如此“身不由己”。时世的推移把他推到这个“红学泰斗”“红学大师”位置上去,他再也走下不来了,他作为一个“公共人”(public man),自然要为这一显赫的俗世虚名付出极大的代价:他被俗世大众赤裸裸地“消费”着,没完没了,甚至被娱乐至死也不会轻易散场的。看官,不信么?咱们就拭目以待吧!

有学人说:“周汝昌是红坛的独行侠。他的才气,他在红学上的超前性,他的诗人气质和学者素质,使他的《红楼梦》研究顺着以下图式而展开:以文献研究为基础,然后把文献研究所得升华为人文价值阐释。”(陈维昭《红学通史》)这位“独行侠”也曾自许道:“非求独异时还异,难与群同何必同!”于是乎,周汝昌先生毫无选择地被当作一个箭垛式的人物,承受着来自四面八方的长矛、匕首、冷箭,直到他驾鹤西归,飘然而去,悄然留给那忘情于投掷长矛、匕首、冷箭者难以释怀的落寞与惆怅。

仰望着西归鹤影,不禁怅然地想啊:没有了周汝昌的当代红学,将来的“家境”又将是什么景象啊?黯然地“告别红学”么?抑或孤独地“自娱自乐”么?

冯其庸先生说:大哉《红楼梦》,再论一千年!只要《红楼梦》在,红学就在。假假真真求解味,红楼梦里逍遥游啊!

有人曾在胡适之先生仙逝之时撰写一副挽联道:先生去了,黄泉如遇曹雪芹,问他红楼梦底事;后辈知道,今生幸有胡适之,教人白话做文章。

笔者郑重恭敬地拟仿一联，泣悼周老先生千古：先生去了，黄泉如遇胡适之，问他新红学底事；后辈知道，今生幸有周汝昌，教人脂砚即湘云。

敬撰于周汝昌先生仙逝之际。

2012年6月1日上午9时49分

2012年6月18日上午8时第二版

记于槐园

这篇纪念文字发布之后，竟收到一些师友的若干反响，其中一条意见说："'今生幸有周汝昌，教人脂砚即湘云'这句话很不妥，'脂砚即湘云'正是周汝昌的唯心主义观点典型代表。"显然，提出这意见者并没有读懂笔者的这篇纪念文字，此刻的任何解释其实是多余的。笔者由此联想：倘若属文，未知其人，何以论文（论学亦然）？无知者无畏也，自欺欺人，害莫大焉！

说起"周氏红学"，笔者在《周汝昌红学研究综论》中曾有如下述评："周汝昌积六十年之力精心构筑了一个看似精密的宏富的红学学科体系，至于这一体系的集红学考证派大成之功无人可与匹敌，这一认识已然成为常识。遗憾的是，通观其红学体系则可谓：体大而虑不周备，证悟而辩难精审；摒弃小说学而显门户之见，出入新索隐则又悖乎常理。"[①] 当然，这一认识仍将有待于深化。于是，为了更充分、更全面、更准确地认识"周氏红学"，同时也是为了更充分、更全面、更准确地认识"百年红学"，笔者作为《百年红学》栏目特约撰稿人召集筹办了一场于2017年1月14日在北京召开的学术座谈会即"'周汝昌与现代红学'专题座谈会"。

"'周汝昌与现代红学'专题座谈会"的邀请函写道："周汝昌先生积60年之力精心构筑了一个宏富的红学体系，这一体系集红学考证之大成，影响了半个多世纪红学研究的理路和走向。当然，这一体系同时引来各种非议和批评。该如何在学理上审慎、理性地评价周氏红学在现

① 高淮生：《非求独异时还异，难与群同何必同：周汝昌的红学研究——当代学人的红学研究综论之十》，《河南教育学院学报》2012年第4期。

代红学发展史上的功绩与不足，以及周氏红学对于今后红学研究的启示，这将成为红学学科建设不可回避的重要问题之一。鉴于此，河南教育学院学报编辑部、天津红楼梦研究会联合主办‘周汝昌与现代红学’专题座谈会，座谈会由河南教育学院学报‘百年红学’栏目特约撰稿人高淮生教授主持。这次座谈会同时也将揭开周汝昌诞辰一百周年纪念活动的序幕。素仰先生热心于红学事业，且对该专题素有研究，诚邀拨冗莅会，特致谢忱。”彼时，参会学者都保有一个共同的期待：“周汝昌与现代红学”专题座谈会的成果将为“周氏红学”研究开出新局面，同时将为新“百年”红学研究开出新路径。

“周汝昌与现代红学”专题座谈会之后，笔者竟被某些别有用心者划成了“周派”，的确匪夷所思！彼时的笔者一直心存抒发自己对于这种“别有用心”做法的质疑，机缘凑泊，便促成了《在 2017 年全国〈红楼梦〉学术研讨会上的演讲》（深圳银湖会议中心）这篇发言稿：

在 2017 年全国《红楼梦》学术研讨会上的演讲

我在演讲之前先回应一下苗怀明教授发言中的观点：1. 我们有没有资格批评潘重规？2. 与其批评或批判，不如学理反思？我认为，以上两句话可以作为下一个红学百年的基本原则。

近三年来，我与乔福锦教授在中国矿业大学学报编辑部主编李金齐教授以及河南教育学院学报编辑部范富安主编的鼎力支持下，策划并举办了五次高端论坛和座谈会，即 2015 年春在徐州召开的红学学术史反思高端论坛、2016 年春在郑州召开的红楼文献学高端论坛、2017 年春夏之交在北京召开的红学学科建设高端论坛，以及 2016 年 10 月和 2017 年 1 月在北京召开的两次座谈会，其中“周汝昌与现代红学”座谈会影响很大。我们集中研讨了红学学术史的回顾与建构、红楼文献整理与文献学建构、红学学科反思与建构三个方面的议题。我们集中讨论的主要是下一个阶段应该做什么以及应该怎样做的话题，至于“红学是什么？”这一敏感问题，可以平心静气地讨论下去，并不断扩大共识。至少在我看来，“鉴赏”不等于“红学”。如果能够认同以上三个方面是红学的范畴，至少说明参加研讨的学者专家们已经达成了共识。

“什么是红学”的论争在刘梦溪撰著的《红楼梦与百年中国》一书中被列为“第十四次论争”，周汝昌首先提出这个问题，应必诚最先回应，这次论争至少在今天看来意义最大，怎么高度评价都不为过。

我的红学工作主要侧重于红学学术史方面，即学案体红学史的初创与完善，为百年红学做“建档归宗”的工作。意想不到的是，在这一学术工作的进展过程中竟分流出红学通论专题，即《周汝昌红学论稿》。《论稿》沿袭了《红学学案》的基本写法，在此基础上增强了评论的力度，即便是评论，仍坚持“论从史出”的原则，而不是“以论代史”。譬如“借力打力”“春秋笔法”，为什么这样写？因为红学的学术生态不尽如人意，谈学术总纠缠着人事纠纷。有一件事情不得不说：我策划组织召开“周汝昌与现代红学”座谈会之后，有人传说我是“周派”，我调侃地说“我是山药蛋派！”（笔者按：胡文彬先生、张庆善会长先后告诉笔者这一外界传说，可见这一传说引起了关注。据查：山药“生则性凉，熟则化凉为温”，有补肺、健脾、固肾、益精之功。）这种传说纯粹闲极无聊！如果说因为我在《红学学案》中写了《周汝昌学案》，且组织策划了周汝昌红学座谈会，于是就成了“周派”，那么，我写《冯其庸学案》就是“冯派”，写《李希凡学案》就是“李派”，我若写《胡适红学学案》就是“胡派”啦？真是一派胡言！如果有人立意要为我划“派”，那就请称我“学案派”吧！尽管能否成“派”尚未可知，不过，可以朝着这个方向努力吧。

我的《周汝昌红学论稿》写了三个月，近二十万字，可以认为是《红学学案》的学术延伸，可以看作红学“通论”的示范性作品。明年初，我们要再办一个《论稿》出版座谈会，继续研讨“周汝昌与现代红学”这一话题。同时，我很期待有人能够写出《冯其庸红学论稿》和《李希凡红学论稿》来，因为周汝昌、冯其庸、李希凡三位先生的红学活动关涉红学的学风建设和红学学科建设。

我认为，批评与建构两者不可或缺，但批评要审时度势，适可而止，适时而变，红学最需要建构，《红学学案》则重在建构。我热切希望大家一起来反思和建构，从而使红学健康发展并永远“红”下去！

2017 年 11 月 27 日午后于槐园

附记：这是会议演讲整理稿。深圳银湖大会给笔者留下了深刻的印象：一则，规模大；二则，新面孔多；三则，与时俱进（学会新增设“艺术与文创委员会”）；四则，精心组织策划。笔者的演讲先后遭到了商榷：北京语言大学段江丽教授、中国海洋大学薛海燕教授分别表示不同意笔者“鉴赏不等于‘红学’”的说法，薛海燕教授称她的大会发言讲题正是“鉴赏”。如果坚持“鉴赏等于‘红学’”的看法，究竟是有助于“建构”红学？抑或是“解构”红学？这个话题需要长时间的平心静气的商量，暂时无法取得共识也无妨，“仁者见仁，智者见智”而已。笔者当然很欢迎这种直言不讳的“商榷”，这可以督促笔者做更深入的“反思”。值得一提的是，笔者在大会期间与梅节先生做了面对面的交谈，弥补了因航班取消而未能参加 2016 年 10 月暨南大学主办的金学大会以便面见梅节先生的遗憾。因为，梅节先生很关心《港台及海外红学学案》的出版，这一部《学案》中有《梅节红学学案》一章。当然，这次深圳大会同样给笔者留下若干遗憾，其中的一个遗憾是没能与陈维昭教授面谈，陈维昭教授因参加同一时间段于云南大理举办的金学大会而未能到会。有趣的是，红学大会竟然与金学大会同期举办，给人以“千载难逢”的印象。笔者的大会演讲能否写入《会议综述》不得而知，至少笔者在 2013 年的廊坊大会上的发言未见写入《会议综述》。廊坊大会的规模也很大，见了不少老朋友。笔者廊坊大会上的发言已经收入拙著《红楼梦丛论新稿》（中国矿业大学出版社 2016 年版）自序中了，聊以自慰。

“我是山药蛋派”的调侃竟收到一些师友的会心认同，这是始料不及的。

不过，所谓“周派”的外界传说则道出了这样的事实：“批周”抑或“拥周”，不仅是近四十年来红学界的一条“红线”即“立场线”（主要不是学术的“立场线”，而是红学宗派的“立场线”，既关涉学术利益，同时也关涉非学术利益），而且，显然是今后相当一段时期的一条“红线”即“立场线”。令人遗憾的是，“批周”与“拥周”之外竟无视第三种立场和路线即客观公正的“中间路线”好路线，也就是说，“周派”“冯派”之外竟没有所谓“客观公正派”。由此可见，红学这个“烂泥潭”的清淤工作已然不容乐观，宗派主义的“淤泥”已然如此耀眼，这显然是一种承传和习惯使然，尽管学界内外皆知其败坏红学学术环境的危害最大。

以上的清明意识促使笔者反思：《周汝昌红学论稿》能否客观上为“烂泥潭”的清淤工作做出力所能及的学术贡献呢？令笔者欣慰的是，在“《周汝昌红学论稿》出版暨纪念周汝昌诞辰一百周年座谈会”（2018 年 1 月 13 日由北京知识产权出版社、江苏省红学会共同主办）中，诸多共识性评价的确令笔者欣慰，以下节录几则相关访谈以呈现诸位师友的若干共识：

《周汝昌红学论稿》出版座谈会访谈录

访谈录之一

胡文彬研究员如是说：

这次来参加这个会议，我是非常高兴的。第一，要祝贺知识产权出版社，抓住这么一个非常好的选题。应该说，当周汝昌先生诞辰一百周年即将到来的时候，推出这样一本书，这对广大的红学研究者来说，感到非常的高兴。从我个人和广大读者的角度，非常感谢知识产权出版社的领导，非常感谢知识产权出版社这些辛辛苦苦的编校人员。这是我想表达的第一点。第二点，我就要对看到这个书的时候，（表达）我的一种感觉。当出版社把样书送到我的家里，我用一个晚上从头到尾地翻了一遍，使我感慨良多。因为这个题目，很可能是大家很多人看到了，或者是也想动笔写，但是真正第一个写出来的是淮生。淮生在写这部书的前前后后，我们也交换过意见。我觉得我们红学界特别应该感到高兴的是，有这么一个踏踏实实、脚踏实地的学者，把这本书写出来。这是近几十年来，或者说近百年来红学研究当中遇到的难题之一。应该说，特别是在当代红学当中，近几十年来，也是一个大争论的题目。淮生抓住了传主的一生当中治学的态度、处事的态度，以及他对整个红学研究的影响。这几个方面，都是我们共同关心的。但是谁要写，谁敢写，比如说我，我想写，我也不敢写，因为马上就会给我画一个符号，我批评哪一个方面，很可能都会出问题，使得我犹豫犹豫再犹豫，犹豫到今天。终于有一位年轻的学者走在我前面，他就是高淮生。他从做学案的时候开始，已经把自己的目标锁定在学案体上，当他做了一定基础的时候，他又写出了这么一本《周汝昌红学论稿》。这样一本书，我们想（写）的人可能是很多，但是能够扎扎实实把这本书写出来，我觉得才是最重要的。

我读完了之后，我觉得淮生对周先生一生的观照，应该说大的方面，没有什么问题，有很多细节，当然还需要进一步的补充。我想再有第二本书的时候，很可能就会有一些新的补充。但是不管怎样，我想对我们整个红学界，特别是，咱们不用讳言，今天的红学界，已经走到一个节点了，确确实实需要我们有勇气打破这个现状，有勇气创造出新的作品，新的研究作品。在这一点，我的感受非常深。我就两句话，一句话就是希望我们红学界治学需要的是耐得住寂寞。现在我们浮躁的情绪太严重，动不动就打倒这个，动不动就要打倒那个，我看还不如像淮生这样，耐得住寂寞，能够老老实实地做一点扎扎实实的总结性的工作。尽管我们还可以从淮生的著作当中，看到还有一些不足点，还有一些值得商讨的观点，但就总体来讲，敢于碰这个问题，这就是一种勇气；打破这种寂寞，也是一种勇气。我们现在红学界应该支持这样一种治学精神，应该有勇气去攻坚，拿下一些类似这样的题目，我认为这样好。我觉得淮生给我们做了一个很好的榜样。知识产权出版社出版这本书，也给我们出版界树立了榜样。

我是出版人出身，我认为我们的出版界能否对这样的一些学术著作加以更多的支持。对于那些流行的，普及的东西当然要做，但是目前的情况看，学术著作出版更难。所以我来到这里参加这个会，最感到高兴的是这两点。但是我更期待红学界的朋友们，耐得住寂寞，经得起风雨，把我们的红学推向一个新的历史阶段。

访谈录之二

苗怀明教授如是说：

首先，我代表江苏省红楼梦学会祝贺高淮生教授，这是我们学会2018年的重要收获。

大家都知道，周汝昌是红楼梦研究史上的一位重要学者，同时也是争议很大的一个学者，对他的研究是比较困难的，难就难在，第一，他的论著非常之多，材料非常之丰富；第二，评价难，因为对他的很多事情都有争议，所以进行评价是比较难的；第三点，就是认可比较难，因为社会上对周汝昌的评价有非常多的争议。高淮生教授从学术史，从客观公正的立场，对周汝昌先生的红学研究，对他研究的成果和特点，进行了系统的梳理，他对周汝昌先生最重要的几个方面，包括文献的研究、对中国文化研究，还有对红学的内涵都进行了认真的梳理，尽量参考正反两方面的意见，所以我个人感觉，他的观点还是比较客观，还是比较公允的。对周汝昌研究的著作，此前也出现了几本，他们的观点应该是趋向两极的，高淮生教授发出了他的第三极的声音，这种是非常有参考价值的。

关于周汝昌的研究，用现在的话来说，是永远在路上，对这个问题，高淮生教授既给我们奠定了一个很好的基础，同时也给我们提供了很多新的话题。我们相信在这个基础上，对周汝昌的研究可以做出更为系统、更为深入的研究。

访谈录之三

赵建忠教授如是说：

我是天津人，周先生是我们天津走出来的红学大家，今天是作为家乡代表吧，对高淮生教授这部书的出版表示祝贺。

这部书，我觉得有几个特点，我简单讲一下。一个就是，这部书，写得很有个性。周先生是很有学术个性的人，他跟一般学人还不太一样，淮生没有把周先生写成那种四平八稳、循规蹈矩的那种语言表述。尽管可能有一些偏激，包括周先生本人的一些言论，甚至一些观点，可能有一些偏激，或者说一些深刻之处，深刻的片面，但是我觉得这种表述，比写成那种四平八稳可能更好一些。它的特点就是写出了周先生的个性，咱们古代就有知人论世，他能结合周先生的性情去谈他的观点，对他的观点进行评述，淮生本身也是一个有个性、有特点的人。这是我看完这本书之后的第一个感受。第二点，这个书，应该说从酝酿到出版，时间不是很长，这也是客观存在。对一个研究了《红楼梦》几十年的人，周先生应该说从二三十岁就涉入红学，到他去世九十五岁，应该是六十五年吧。那么在这么短时间内，要概括周先生一生的红学成就，应该说很不容易。也不能说这部书就概括了，事实上也没做到。但是尽管如此，它还是抓住了一些比较主要的东西。比如我注意到，他把周先生最有特色的红学四学——家世、版本、探佚、脂砚斋，这四个分支，应该说基本涉猎到了。当然对这四个分支，也有不同的看法。在周先生学术体系中，它毕竟是很重要的。这四个分支，对红学的构成，它的地位，学术界是有不同看法的。这个就跟第一个问题有关系了，这也是周先生的学术个性。淮生把这方面抓住了。我刚说了，周先生研究红学几十年，靠短时间内一部书不可能囊括，但是他还是抓住了一些特色，这是淮生的一个贡献。第三点，刚才我们上午发言中，有的研究者也谈到了，周先生晚年比较关注《红楼梦》与中华文化。我记得他在北京大学学报上，曾经有一个发言谈话记录整理，就是把红学定位于新国学，那也就是说对《红楼梦》与中华文化这方面的贡献，周先生晚年也还是写了一些书的。对这个方面，淮生这部书也捕捉到了这方面新的学术信息。

所以说，总的看，这部书，该涉及的主要方面都涉及了，当然肯定还有不足，还需要完善，一些地方需要加细，再深入讨论。

访谈录之四

曹立波教授如是说：

首先祝贺高淮生老师出了这本《周汝昌红学论稿》。其实我今天带几位研究生来参加《周汝昌红学论稿》的新书出版发布会，我其实是想把我的《红楼梦》的课堂带到这里来，来学一学红楼前沿课程当中，我在课堂上不能教给学生的一些内容。希望通过这次座谈会，学生能有更多的收获。

我自己的感慨，我说这样三点吧。我觉得看到高淮生老师这本书呢，第一个感觉就是淮生老师的执行力。因为去年此时，我们也参加了一个《红楼梦》的研讨会。当时，淮生就说他要写一本书，写一本关于周汝昌先生的书。一年当中，他除了繁忙的教学工作，就潜心地写这本书。真的短短一年时间，这本书就放在我的手里了，我非常的感慨。对于他做人、做学问的这样一种执着的精神，我觉得首先是值得我和我的学生好好学习的。这是他的执行力。再有一个，同样作为六〇后，他的责任感还是挺令人感动的。我们几位老师在谈到，从红学研究上，从新红学产生以来，从红学研究的角度，可以说已经有五代人了。在这五代人当中，我们六〇后，可以说是承上启下的一代人，我们这一代人更多的是承载着对上一代学者的研究进行好好的梳理和继承的任务。除了民国年间的学者，最近这几年作古的先生，他们的著作，也可以好好地去梳理和研究。比如这几年，我主要是，自己的研究还有学生的研究，在《红楼梦》的版本方面。像林冠夫先生的著作，我们就要系统地、认真地去好好读一读，甚至也该写一写。淮生老师在周汝昌先生红楼的相关研究的著作以及论文上，潜心所下的功夫，是我们的榜样。再要说的，同样作为大学教师，淮生老师还有这样一种责任感，也是值得我学习的。其实在讲台上讲《红楼梦》，与在其他场合谈对红学的感慨，甚至自己写《红楼梦》研究的论文，我觉得角度都不完全一样。写论文也好，谈感慨也好，也许更多是个性化的东西，可是在讲台上要讲，一定要把相对科学、相对客观的观点呈献给学生。从这些角度来讲，淮生这本书，我想是一本写讲义的体例，他尽可能地呈现出一些比较客观的论点，甚至双方声音都有的论据，这还是值得我们学习的。

就于《红楼梦》研究也好，就于周汝昌先生的相关论题也好，比如最近我跟学生在讨论，就是从胡适到周汝昌，从《红楼梦考证》到周汝昌先生的《红楼梦新证》，一个发表于1921年，一个发表于1953年。其实，看这两本书的同时，我们要看看周汝昌与胡适先生的关系。这两个人，当时在北大的时候，他们的师生的关系还是相对悬殊的，但是因为一本书的原因，因为相关资料的原因，有着密切的交往。比如甲戌本，胡适先生就借给周汝昌先生去抄，等等相关的内容。这二者，从《红楼梦考证》里面提出了，像曹家的自叙传说，高鹗续书说，这两种观点，在周汝昌《红楼梦新证》当中是有所体现的，像曹家的家世生平说，应该是补充了很多资料。但是在高鹗的续书说问题上，胡适先生在《红楼梦考证》当中，其实提出了高鹗续书的说法，但是他对后四十回并没有完全否定，而且说有一些功不可没的地方，甚至于他在出版程乙本的序言当中，也对程本给予很高的评价。可是在周汝昌的《红楼梦新证》中，可以说对程高本还是持否定态度的。可以说，从新红学到今天已经将近百年了，有些问题，是不是要重新地再梳理，再论证。我觉得高淮生老师的这本《周汝昌红学论稿》，开启了相关问题讨论的一个序幕，这也是可喜可贺的事情。

总之，学者普遍认为，《周汝昌红学论稿》是从学术史的立场，从客观公正的立场，对周汝昌先生红学研究的成果和特点进行了系统的梳理；《周汝昌红学论稿》对周先生一生的观照，大的方面没有什么问题，尽管有些细节还需要进一步地补充；《周汝昌红学论稿》能够写出周先生的个性，即知人论世地评述周先生的红学观点；《周汝昌红学论稿》打破了当下红学界沉寂的局面，体现了一种无所畏惧的学术勇气；《周汝昌红学论稿》开启了相关问题讨论的一个序幕，同时也提供了很多新的话题，并为“周氏红学”研究奠定了一个很好的基础。

由以上共识可见：随着“学术为先”“学术为公”理念的深入人心，红学宗派的“立场线”必将被扯断，一种“各美其美”“美美与共”的学术新局面正在日渐形成，红学和谐发展的前途和希望还在。

当然，对于“周氏红学”的批评和批判一直没有歇息过，其中尤以“批周四斗士”的文章更具影响力。“批周四斗士”源自蔡义江先生写给笔者的《我的红学简况和对红学的展望》一文，该文作为《红学学案》的附录文献，主要交代“传主”的学术简介，是《红学学案》的重要组成部分。蔡义江先生说：“红学的现状确实令人忧虑。越荒谬的东西越走红的怪现象越演越烈，近期也看不出有好转的迹象。我曾经对红学的前途表示过乐观，相信真理终将战胜谬误。从长远看，必定如此，尤其在今天恶劣的气候下，仍有一批不为名利所惑、坚持走科学发展正道的红学研究者，其中像北京语言大学沈治钧教授、新疆师范大学胥惠民教授，在我看来，可称得上是与红学歪风邪气做斗争的勇敢斗士，还有清史研究功力极深、只凭证据说话的杨启樵教授等，都对维护红学的健康发展作了杰出的贡献。”① 以上这段文字交代了三位“红学斗士”，梅节先生同样以批周闻名于红学界，故有此“批周四斗士”之说。他们的代表作分别是：《海角红楼：梅节红学文存》（梅节著）、《周汝昌红楼梦考证失误》（杨启樵著）、《红楼七宗案》（沈治钧著）、《拨开迷雾：对周汝昌〈红楼梦〉研究的再认识》（胥惠民著）等。

笔者对于“周氏红学”研究或批评的态度是在2013年的河北廊坊市新绎酒店召开的“纪念曹雪芹逝世250周年”大会上开诚布公地做了一番表达：

> 《学案》究竟该如何写？我在写作过程中建立了这样的信念：既要有仁厚之德，又要有智慧……学术是我所要的，友情，就是人间情谊，也是我所要的……我们既要学术，又要友情即人间情谊，这就需要智慧。譬如周汝昌的学术观点，可以批评商榷，但是，用大批判的方式不可取。全盘否定，彻底打倒，再踏上一只脚，置之死地而后快，这样就可以吗？最起码周汝昌不是阶级敌人，用阶级斗争的方法肯定是不可取的……学术争议就好比夫妻间的矛盾，至少有三种解决办法：一种是拳脚相加，大打出手。这种办法的结果

① 高淮生：《红学学案》，新华出版社2013年版，第315页。

要么是打一辈子，要么是马上散伙。一种是互揭隐私，互相声讨。这种办法的结果必然是增加互相的不信任。一种办法是谈判。谈判需要智慧，要能把各自的利益降到最低，达到彼此都能接受的程度，这样才能和谐。红学里的打打杀杀，无休止的争吵，摧毁的是读者的阅读信念。

笔者十分赞同胡文彬先生的一句话：《红楼梦新证》哺育了几代人啊！

是啊！这位六十年痴情于《红楼梦》的“解味道人”毕竟哺育了几代人，他矢志不渝地“借玉通灵存翰墨，为芹辛苦见平生！”（《诗红墨翠——周汝昌咏红手迹》书海出版社2004年出版）

笔者注意到，自2017年12月《周汝昌红学论稿》由知识产权出版社出版以来，或者说自2018年1月13日召开“《周汝昌红学论稿》出版暨纪念周汝昌诞辰一百周年座谈会”以来，《红楼梦学刊》有关周汝昌先生的纪念评论文章比2017年略有增加，譬如：赵建忠撰《〈周汝昌百年诞辰纪念专辑〉出版》《天津举办纪念周汝昌先生百年诞辰系列活动》等两篇出版信息和纪念活动报道载《红楼梦学刊》2019年第2辑，吕启祥撰《为芹辛苦　缘红存墨——追忆周汝昌著〈献芹集〉的启蒙》载《红楼梦学刊》2018年第3辑，张庆善撰《为芹辛苦见平生——纪念周汝昌先生诞辰一百周年》载《红楼梦学刊》2018年第3辑，如果加上五年前周汝昌先生逝世后《红楼梦学刊》刊发的一篇新闻报道《沉痛哀悼周汝昌先生》（2012年5月31日）一文，至今合计刊发了5篇。

与此同时，纪念冯其庸先生的文章同时也增加4篇：（1）吕启祥《熟知非真知——其庸先生周年祭》（载《红楼梦学刊》2018年第5辑），（2）沈晓萍《落叶归根　魂归故里——冯其庸先生安葬故乡》（载《红楼梦学刊》2018年第3辑），（3）钟夏《为学求真，为艺求美——记冯其庸学术研讨会暨冯其庸研究中心的成立》（载《红楼梦学刊》2018年第4辑），（4）孙玉蓉《冯其庸与俞平伯的交往》（载《红楼梦学刊》2019年第2辑）。加上冯其庸先生逝世之后《红楼梦学刊》刊发的45篇追悼纪念以及评论文章，至今合计刊发了50篇。

以上《红楼梦学刊》刊文数据统计表明：两位所谓的红学大师，即周汝昌先生被称作“现代红学大师”，冯其庸先生则被称作“新时期红学大师”[①]，虽均有文章纪念研究他们，却极不平衡，即对于周汝昌先生的学术评价和研究尚远远不够，并且，对于这两位所谓“红学大师”的学术性研讨尚远远不够。由此可见，真正践行“学术为先，学术为公”其实并不容易，真可谓：口吐的莲花固然炫目，毕竟比不上池塘的莲花真切动人。

值得一提的是，由周汝昌先生发起的“什么是红学”的论争虽然历时三十年多了，却并未时过境迁，红学内外的学者们对“红学”认识上的分歧仍然不小，同时误解仍然不小。笔者可再举一例以生动呈现这种分歧和误解：

2016年4月20日—22日，教育部高等教育司于国家教育行政学院主办“马克思主义理论研究和建设工程重点教材任课教师示范培训班”，笔者参加的是袁世硕主编《中国古代文学》培训班。4月20日下午，北京大学傅刚教授主讲《中国古代文学》第三编编写过程与体会，主讲人讲授之后的提问环节，笔者积极响应主持人（《中国古代文学》责编刘纯鹏）的号召，向傅刚教授提问道：

> 我有两个常见问题希望请教傅教授。在提问之前，我想先回应傅教授的一个说法：《文选》形成了“选学”，《红楼梦》形成了“红学”，“红学”衍生出了“金学”“秦学”；“选学”和“红学”根本不在一个档次。
>
> 首先，“红学”与“金学”，是有区别的，至于刘心武的“秦学”，根本没有“学”的品质。傅教授的态度，正是传统学人对待通俗文学的态度，从文学观念上说是退步的，退到了梁启超、王国维、胡适、鲁迅之前。我此前关心的是先秦两汉文学，对明清小说也是兴趣不大。这不是档次的问题，而是研究水平和研究对象的深度广度的问题。若从“红学”作为“国学”的意义上说，它与“选学”的学术品质没有本质差异。

傅教授听罢，连声说：“对不起！”“很抱歉！”

---

① 张庆善：《一卷红楼万古情——在无锡冯其庸先生追思会上的发言》，《红楼梦学刊》2017年第4辑。

我的问题是：1. 学时少（48课时或32课时），这套教材（袁世硕主编由高等教育出版社出版的《中国古代文学史》）计19章，3个绪论，如何能够把傅教授编写的新内容讲到呢？你给支个招！2. 讲授文学史课程时，如何讲作家作品？

傅教授回答说：北大也是课时少，讲不完，作品要求学生自己看、背诵。这个问题只有让教育部来解决！其实学生课程多，也没有时间看作品。

其实，如傅刚教授对于“红学”的这一看法并不在少数，何谓“红学”至今尚未达成共识，“红学”何为？学界内外人云亦云而已。如果抛开个人成见，笔者以为，诸如此类的情形正说明“红学”有待于进一步地诠释和阐扬，而周汝昌先生所发起的“什么是红学”的论争的学术意义同样有待于进一步地阐发或阐扬。

《红楼梦研究》主编顾斌策划了《还“红学”以学》[①] 文集汇编，其中所选20篇文章以及“序言”“跋语”等，的确已将“何谓红学”“红学何为”之遗意阐发或阐扬得淋漓尽致了，尽管不能说阐发或阐扬殆尽了。笔者以为，《还“红学”以学》尤其对后学者理解“红学”之“学”的本旨具有切实的帮助，其学术影响和价值将日益彰显。谨抄录《还“红学”以学》一书目录如下：

目　录

上　篇

① 《还“红学”以学》，香港阅文出版社2019年9月版。

中　篇

下　篇

笔者以为，“序言”与“跋语”相得益彰，尤其“跋语”对于进一步理解笔者所提出的“周氏红学”具有重要阐释意义，谨全文照录如下：

跋语

乔福锦

5月底的一天下午，青年学友顾斌来电话，告知要编一部以“还‘红学’以学”为题的论文专集。我听后极为高兴，反复寻思，竟至彻夜难眠。

我觉得，从学术反思、学脉传承与学科重建的角度考量，当下最需要编一部以红学学科建设为主题的文集，也没有比这一名称再好的书名了！

顾斌提议让归智兄撰写序言，并托代为催促。从“百年红学与五代学人”之角度看，归智兄洵为觉醒的第四代学人之代表，与第二代红学大家周汝昌先生有学术传承，又通过网络与第五代青年学人建立起密切联系。由他来写序，当然合适。6月19日下午在西直门与归智兄会面，顾斌同时在场。晚饭间谈及《还“红学”以学》专辑出版，我再次向归智兄申明此书编辑的意义，望他撰写大序以表支持。顾斌同时希望我在书后写几段话，于情于理同样难以推辞。

1995年夏，周汝昌先生在《北京大学学报》第4期发表《还“红学”以学——近百年红学史之回顾》，并被《新华文摘》转发，引起学界广泛关注。问题最早提出，则可追溯至新时期初期。自1979年5月河北大学“红学”演讲整理发布始，周汝昌先生在短期内连续发表《红学的几个侧面观》《红学辨义》《石头记探佚序》《红学的艺术　艺术的红学》《什么是红学》《“红学”与“红楼梦研究”的良好关系》等文章，对“红学”之内涵与外延等问题，作系统反思与深入探索。周先生的系列文章不仅为新时期红学理论建设开启先河，也成为红学学科重建的学术基点。先生反复讲明：“红学作为名词，成立实晚；作为实质，发生最早——早在作品一经传出后立即发生了的。红学的真正‘本体’是讨寻‘本事’。综览一部红学史，看不到这一来龙去脉……把《红楼梦》当成与一般小说无所不同（即没有它的独特性）的作品去研究一般的小说技巧、结构、语言等等，那其实还是一般小说学，而并非红学——或并非真正的红学，正宗红学。讨寻本事的学问，才是红学的本义，才是红学的‘正宗’。”周先生以为，晚清民初的红学，处于初创时期，许多文字仅是读书感想；新时期之前的红学，又具有政治特性；进入新时期，红学的学术话语权又被来自西方的文艺性研究占据，同样脱离正常学术轨道。“还红学以‘学’”的学术呼唤，正是在这样的情势下发出的。

近代中国，伴随着外来文化的强烈冲击，华夏传统学术最终解体，现代性分科研究态势得以形成。当下之“红学”研究，从观念、方法到问题意识，几乎全从西方“拿来”。以外来“文学”观念为主导，宰制华夏固有之学，是“主流红学”的主要为学方式。现代学科建制框架内，当今大学中文专业中，红学研究被纳入中国古典小说研究领域，文艺性的小说研究成为一种正当性十足的学术职业。溯历史本源而观，即使在中国的小说传统中，《红楼梦》也是一个特殊存在。早在小说研究观念传入本土之前即已形成的红学，植根于华夏固有的经部之学、史部之学、子部之学乃至诗赋文章之学的土壤，与西方意义上属于文学领域的小说研究，并不完全相同。固有的“红学”被小说研究所取代，“《红楼梦》研究”成为“文人”的职业而非“学人”之事业，并非红学之福。其实，《红楼梦》之文艺学研究，仅是红学研究的一个层面，红学之研究总体取向，应涵盖文、史、义三个方面，此亦是红学学科建设之大体架构。如果说“古典红学”在以经学为主导的中国传统人文学术或中华“古典学”之中本就是一门具有综合性特征的专门学问，当下之学科建设实际是学科重建。唯有回归固有学术之路，红学才能寻到用力之方向。红学一科之学科重建，也是与整个中华人文学术重建相关的学术大业。

在“周汝昌与现代红学”学术座谈会上我曾讲，现代红学史上，还没有哪一位学者如周先生这样，亲承过第一代“开山宗师”的教诲又与后三代学人发生直接联系，以一身而亲历百年学术，见证学界之“四世同堂”。相较于胡适之先生为代表的第一代“五四”学人，周汝昌先生一辈的学者更具有文化保守主义色彩。作为生逢中西文化交汇时代的第二代学人，周汝昌先生与第一代自由主义主流学者有精神隔膜，与第三代激进主义学者的精神差异更大。陈寅恪、吴宓为代表的第一代边缘学者身上特有的传统学人精神，更易获得第二代学者的赞赏。历史不会隔断，文化代代相承，学术志业也会薪尽火传。周汝昌先生的未竟事业与学术命脉，在最新一辈学人身上得以继承与延续，被解构的红学学统被新一代学人重构，是历史之幸，文化之幸，也是学术之幸。我想周先生在天之灵有知，应该感到欣慰！20 世纪 90 年代进入大学的第五代学人，是和平环境中成长起来的一代，是世纪之交成长起来的具有全球化意识的全新一代，也是具有建设性品格的一代。总结百年红学历史，在学科重建的基础上将红学研究推向前进，是 20 世纪所遗留的历史课题，也是新世纪之初崭露头角的第五代青年学人的共同使命。

值得欣慰的是，第五代学人不仅具有宏阔的学术视野，深厚的文献梳理功底，学术问题意识同样十分明确。与周汝昌先生有过直接学术联系的青年红学家顾斌，学术忧患意识与第四代学人几乎一样深重。他所创办的红迷驿站，依托网络平台与民间学人的学术热情，近年来发展势头迅猛。所编刊物与所出专著，已引起学界高度关注，论文专集编纂也已取得不俗成绩。我觉得，“返本开新”，是红学学科建设唯一的路径选择，《还“红学”以学》专题文集的出版，将是沿此路径走出的坚实一步。我为顾斌这一代学人的成绩而骄傲，也深切盼望这批青年学人能给仍然深陷危机的红学带来新的生机。

2019 年 9 月 2 日晨于京北且庐①

“跋语”的作者乔福锦教授提出的百年红学“五代学人”之说，已经受到红学界的日益关注，他对第二代红学大家周汝昌先生的学术承续梳理得很清楚了，接下来的事情应该是对“周氏红学”的理解或阐发了。笔者由此联想到杨联陞先生 1964 年 10 月 28 日“致钱穆”信中的一段话：“先生之《朱子学案》，最好在研究所计划中一并提出。来示所论极精辟，以朱子证朱子，而求其真与全，从而下一评价，自是主要工作。但有一附带题目亦可作（或找研究员研究生帮作）者，为朱子对后世之影响。后人对朱子之见解（包括误解）乃至此种见解与误解在思想

① 《还“红学”以学》，香港阅文出版社 2019 年版，第 413－416 页。

界与社会上所发生之影响，亦是一大题目，值得算一总账（自然此总结只能到目下为止）。先从国内下手，再论日本、韩国、越南等处之影响。以往讨论此类问题者，多就新儒家泛论，恐有不切实处。自然愈到后世，思想上交光互影之处愈多，不负分析亦是事实也。”① 杨联陞先生以上这段话对“周氏红学”的理解或阐发颇具启示意义。

2018 年 12 月 24 日，笔者受周汝昌先生女儿周伦玲女士的邀请赴北京参加文化和旅游部在恭王府博物馆举办的“纪念周汝昌诞辰一百周年暨周汝昌纪念馆开馆系列活动”。笔者之所以作为京外学者受邀参加本次纪念活动，是因为以下学术因缘：（1）《周汝昌红学论稿》的著作者；（2）“周汝昌与现代红学”专题座谈会（2017 年 1 月 14 日于北京）的策划者、组织者和主持人；（3）“周氏红学”的倡导者。尤其《周汝昌红学论稿》一书的问世，不仅受到学界的广泛关注，同时受到周汝昌先生亲属们的热切关注。笔者在座谈会所做主题发言大意如下：

周汝昌纪念馆的开馆对于“周氏红学”研究具有积极意义；学术的薪火承传，自比意识形态之争以及人事恩怨之辨更有价值；学术影响世道人心，对于民族文化精神具有持久的积极影响。

座谈会即将结束之际，笔者向周汝昌先生的亲属赠送了签名本《周汝昌红学论稿》一册，周伦玲女士则现场展示了笔者题赠的书法对联：“赋性显书生本色；为学服解者公评”，会场报以热烈的掌声。北京工业大学的齐儆老教授说：“您的这副对联照亮了恭王府的会场!”（笔者按：对联原拟文为“赋性孤洁显书生本色；为学独异服解者公评”。）

恭王府博物馆系列纪念活动之前拟于天津津南区召开的“纪念周汝昌先生百年诞辰活动”因故取消，笔者 2018 年 3 月 30 日上午为此活动撰成的发言稿此后收录于天津市红楼梦研究会、天津市津南区文化体育局编《周汝昌百年诞辰纪念专辑》（百花文艺出版社 2018 年版），全文如下：

“周氏红学”的整体概观

目前红学界，在如何评价周汝昌其人其学术（红学方面）有三

① 杨联陞：《莲生书简》，商务印书馆 2017 年版，第 57－58 页。

种立场态度：

1. 基本说好处，极少说问题；

2. 基本说问题，极少说好处；

3. 既能说好处，又能说问题。

大家最常见到的是前两种立场态度，要么“捧杀”，要么“棒杀”，第三种立场态度则是客观中立的，显然是不易把握的，或者根本不知道该如何把握。

拙著《周汝昌红学论稿》则是第三种立场态度，作为第三种立场态度的一个代表，如果能够真正获得知音会赏者的认同，尤其值得欣慰。

今年1月13日，在知识产权出版社会议大厅召开的《周汝昌红学论稿》出版座谈会上，一些师友便鲜明地指出并肯定《论稿》秉持的客观中立立场态度，这说明：客观中立的立场态度无疑是周汝昌其人其学术研究的最佳选择。这次座谈会揭开了纪念周汝昌先生百年诞辰的序幕，是否同时揭开以客观中立立场态度研究“周氏红学”的序幕，则应由那些有志于关心红学发展的学人来评估。

《论稿》是红学学案的延伸，其实，早在《红学学案》第一部“周汝昌红学学案”已经确立了这种客观中立的立场态度。可以说，不仅《红学学案》是学人研究的一个范例，《周汝昌红学论稿》同样可以看作学人研究的一个范例，这样评价并不过分。

2017年1月14日于北京召开了“周汝昌与现代红学”学术座谈会，这场学术座谈会的立场态度正是《学案》立场态度的一次实践。事实证明，这一立场态度赢得了广泛赞同。

我在《红学学案》的写作过程中，也就是在回顾百年红学史、反思百年红学史的过程中，逐步建立了这样一种认知：只要值得立案的红学学人在，红学就会在！毋庸置疑，最具有话题价值、最具有学术体系性、最具有学术个性的红学学人首推周汝昌先生。

于是，我提出了“周氏红学”这一概念！

这一概念并不是随意可以套用的，譬如“高氏红学”“乔氏红学”（福锦兄别介意）。或者说，若从学术体系性、学术体系的完整性或者自足性以及学术个性特征的鲜明性诸方面考量，并不是随便一位红学中人的头上就能戴上这顶“某氏红学”的帽子，无论他对《红楼梦》有多么挚爱，也无论他花了多少精力，包括发表了多少研究成果。

以上的认知同样促使我坚持如下认识：

红学这一学科的持久生命力或持久发展取决于各种独具面目的“体系”的建立和完善，否则，红学之“红”并非是作为“学科”或“学术”的“红”！“红”这个词可以指“热闹”，也可以指“繁荣”。“虚热闹”和“真繁荣”根本就是两回事。

从《红学学案》到《周汝昌红学论稿》，不仅是以上认识的明晰过程，同时也是学人研究模式的“完形”过程（借用英语的“完形填空”）。因此说，如果《论稿》的出版足以表明学人研究的某种写作范例的成立，这无疑是对今后红学学术发展的一个扎扎实实的学术贡献，当然，这一贡献是否会被认同，将需要时间的检验。

作为《周汝昌红学论稿》的著者的期许是：这种写作范例如果被认同，它不仅可以被模仿，也同样能够激励更多新的写作范例的诞生，这种新的写作范例的推陈出新，无疑是对红学发展的新贡献。

如前所说，红学之“红”，需要各种体系的争奇斗艳，同时需要各种写作范式的争奇斗艳。如果这两方面兼美了，红学不“红”都很难！（如果把“义理”比作“体系”，把“写作范式”比作“辞章”，那正是“义理”“辞章”的兼美。）

再回到《论稿》，我在这部书稿里表达了这样的认识：“周氏红学”不仅是为了使红学“活”下去，也可以说是为了红学“红”下去！

以上这一认识，据一位可敬的师友告知：“活”下去的说法是一种“常识”。问题恰恰在于，这一常识并非共识，而且至今也没有形成共识！（当然，也许我的认识是误判。）所以，《论稿》鲜明地表达出这一认识，正是期待形成“共识”。

至少在我看来，即使是“误判”，如果这一“误判”能够激起后学对于“周氏红学”的学术批评和学术改造，并由此建构各种红学体系来，这一“误判”也是有价值的。正如阐释学上的“误读”，有所谓“创造性误读”之说，譬如王国维所阐述古今成大事业大学问者之三境界说！

《周汝昌红学论稿》可以看作著者对“周氏红学”的整体概观：

“周氏红学”是有格局的，当然，这取决于周先生的“格局”。因此，并非批周者所指的完全出自“一己之私”，譬如他的红楼文化说视野很开阔，“诗礼簪缨，文采风流”说也正契合了当今时代的文化倡导。由此而言，即便是批周，也是需要“格局”的。显而易见，没有“格局”，当然也建构不起堪与“周氏红学”比肩甚至抗衡的“体系”来。

所以，我与乔福锦教授这些年策划了三场红学的“高端论坛”的本意正在于期待大家把主要精力放在学术建构上，只有这样，“红学”才可能保持其生命力。

今后的百年红学“活”下去的前提应当是抛弃“阶级斗争”，倡导“改革开放”，促进“建设发展”！

否则，红学仍是一个烂泥潭，红学的口碑依然好不起来，红学也会走向消亡。①

总之，笔者提出“周氏红学”之后，之所以坚持不懈地阐扬，其初心正在于为了红学“活”下去，这一初心曾促使笔者提出红学“烂泥潭”说。

值得一记的是，笔者所撰写的《〈周汝昌红学论稿〉撰述述略》一文刊发于《河南教育学院学报》2019年第3期，范富安主编的过人魄力和学术精神颇令笔者向往。此前，该文曾投寄给《曹雪芹研究》编辑部，专家审稿意见是不同意发表，因为该文是作者阐述自己的著作，这种写法不被认可。

总之，笔者近十年所撰写的红学文章或著述的诸种写法往往别出心裁，往往别具一格，其实正是为了践行笔者的学术信念：铅刀贵一割，梦想骋良图！

① 天津市红楼梦研究会、天津市津南区文化体育局编：《周汝昌百年诞辰纪念专辑》，百花文艺出版社2018年版，第320－322页。

刘梦溪：

《红楼梦与百年中国》是“儿童团”时期的营生

题记：《红楼梦与百年中国》是我《红学》一书的增订版。《红学》的写作，是我从文学研究转向学术史研究的一个过渡。因此我把《红楼梦》研究当作一个学科，探讨她的学科树义以及形成和发展的过程。实际上是从学术史的角度来解剖一个具有典型意义的现代学科。我的研究方向早已转入其他学问领域（譬如文化史、近现代学术思想史），红学已成为我的旧相知。只不过藕断丝连，仍挥之不去。《红楼梦》十二支曲的《枉凝眉》写道：“若说没奇缘，今生偏又遇着他。”可以断章比喻我和《红楼梦》以及红学的关系。

2011 年 9 月 8 日上午，笔者撰写一封“致刘梦溪先生”的信，向刘先生谈及正在做的“当代学人红学批评综论”课题（即《红学学案》），并请求先生与笔者交流拟写中的《刘梦溪红学综论》一文的意见和建议。全信内容如下——

刘梦溪教授先生：

中秋快乐！

晚辈高淮生向先生请教：我正在撰写《新时期学人的红学批评综论》一书，每位学人一章，约 2 万—3 万字，已经陆续发表于《河南教育学院学报》“百年红学”栏目，包括：蔡义江、胡文彬、张锦池、吕启祥诸位先生的综论。正在撰写其他学人的综论。我是希望能对新时期红学批评进行学术史的观照，不知先生能否不吝赐教。由于我是读通一位写一位（加之学人论著能够完整收集阅读），所以，并未按影响大小排出写作顺序。我有意于撰写先生的红学研究评论，但担心不能准确理解和把握先生红学批评思想精髓，故函告以请先生教我。先生的大作《红楼梦与百年中国》影响甚巨，不知先生有何教导以指点迷津。

由于先生精研中国近代学术史、中国传统文化，先生之撰著，气魄宏大，非用力所能探得真义。晚生力拙，故请先生耳提面命，以免误读，不知先生意下如何？

晚生恳切盼望先生能函复以教导，当不胜感动之至。

诚颂

撰安

晚生　高淮生　拜呈

信中的《新时期学人的红学批评综论》是当时暂拟的题名，后来确定《红学学案》题名时竟发生了若干小插曲，此处不表。

9 月 13 日下午 4 时，“致刘梦溪先生”的信于南湖校区邮局国内挂号寄出。寄出之前复印一份自存，以备核查。笔者寄出的信绝少留存复印件，除了这一封之外，便是“致李希凡先生”的第一封信自存了一份。笔者当时并未与刘梦溪先生见过面，据有些师友相告，刘先生个性不甚一般，如果写他，当求妥当为好。此时，刘先生的主要著作已经基本阅读，欲罢不能，便毫不犹豫地写了起来。

与此同时，撰写一封“致李希凡先生”的信，希望李先生读了刊发于《河南教育学院学报》2011 第 5 期的《坚守成说、拓展新境：李希凡的红学研究——当代学人的红学研究综论之五》（2.6 万字）一文时，能够谈谈读后观感，以便结集修订。令我意想不到的是，李先生很快回复了第一封长信，此后更是每信即复。由于彼时李先生年事已高，复信的劳动和烦扰无疑也使笔者心生不安了。当然，虽心存愧疚，仍希望讨教，向每一位先生讨教，目的是此后成书的“精善”。值得一提的是，笔者第一部《红学学案》中的十二篇文章是为健在的十二位红学学人立案昭传，讨教的机会是现成的。而今，周汝昌先生、冯其庸先生、李希凡先生都已驾鹤西行了。

刘梦溪先生则一直没有回信，笔者的疑惑一直存于心而不能发于口。

2012 年 3 月 24 日上午 9 时，新区南湖办公室，拟写几封书信，分别寄给诸位先生，希望他们能够将个人学术简历言简意赅地写来回信，包括他们的研红动因、学术要点、学术贡献、代表作、对红学的观感和瞻望等，以便作为即将结集出版的《红学学案》“附录”，以帮助读者全面了解诸位先生们的学术历程。笔者已经做好了心理准备，如果不能如约收到回信，便亲自整理其学术简历了。此番交流过程中，刘梦溪先生仍然没有回复笔者寄去的挂号信。蔡义江先生最先回复了他的“自述”信，此后陆续收到胡文彬先生、吕启祥先生、周思源先生、曾扬华先生诸位先生的“自述”信，以及李希凡先生、张锦池先生、郭豫适先生惠寄的资料，再由笔者整理成“学术简历”。王蒙先生则难以联络，冯其庸先生没有回复寄去的邮政特快专递信函。于是，笔者只好简要整理“王蒙学术简历”，而从《红楼梦大辞典》（冯其庸、李希凡主编）中摘录冯先生和刘先生的个人学术资料。至于周汝昌先生的资料，则因他在正刊发《周汝昌红学研究综论》一文时驾鹤西游而不能联络，同样是从《红楼梦大辞典》（冯其庸、李希凡主编）中摘录。值得一提的是，冯先生在收到邮政特快专递信函后通过吕启祥先生转达了他的不满和疑惑，即“为什么写我而不事前跟我打招呼？”欣慰的是，吕先生及时给他作了合情合理的解释。

2013 年 2 月，《红学学案》由新华出版社出版，笔者将拙著分别寄奉诸位案主，有些案主寄来了热情洋溢的回信，这一次仍然没有收到刘先生的回信。于是，笔者在 2013 年 10 月 22 日晨的日记留言道：“我则宁愿理解为先生并没有收到这‘信’与‘书’，这对于维护先生在我心目中的‘美誉度’不无益处。”有趣的是，当第一次登门拜访刘先生时，先生主动告知之所以没有回信的真情，笔者哑然失笑，顿释前惑。此后反观笔者日记所记之文字，书生之“痴”和“愚”跃然纸上矣！（笔者按：2019 年 8 月，先生微信发来此前“致刘梦溪先生信”的信封照片，并告诉笔者：信封找到了，信不见了。不知珍藏到哪个夹子里了，好重视啊！由此可见先生之真性情、真趣味，无怪乎先生能够以《中国文化的狂者精神》为题出版新著，无怪乎《中国文化的狂者精神》竟出版了韩文译本，信矣！）

2016 年 7 月 29 日下午第一次登门拜访刘梦溪先生，这次拜访是事先与乔福锦兄约定的，在交谈中我们谈及 2018 年纪念周汝昌先生百年诞辰之事。刘先生说：既然是纪念周汝昌先生百年诞辰，你们就要拿出成果来！福锦牵头主编《周汝昌全集》，淮生通论写得好，可以写一本小册子《周汝昌论》，十几万字即可。有了这些成果，效果才会更好。周汝昌先生值得做，借此开一个新局面。当时刘先生希望笔者撰写的《周汝昌论》并不仅限于周先生的红学业绩，包括周汝昌的诗词、书法等方面，笔者听罢，虽然觉得这建议很好，却并不敢即刻承应下来。因为，笔者所撰著的《港台及海外红学学案》书稿尚待完稿，且尚有一些学术活动需要策划组织，担心没有精力做这件事情，畏难情绪油然而生。不过，写一本《周汝昌论》的想法倒是此前已经想过的，当然不是现在就写，打算把多卷本《红学学案》书稿最终完成之后再来构思，笔者深知完成一部《周汝昌论》是一件很有意义的学术工作。此后，在师友的鼓励下，经过一番思考，决定先写《周汝昌红学论稿》吧。于是，经过三个月的奋笔疾书，25万余字的《周汝昌红学论稿》于2017年12月由知识产权出版社出版。当刘先生收到拙著后，打来电话谈了感想，先生对笔者写作勤苦的慰问以及拙著笔法的褒扬的确令笔者至今感佩！

最难得的是，第一次登门拜访时的交谈中，刘先生对笔者的一番学术期许溢于言表，令笔者心存感念。

现将第一次登门拜访之前因后果陈述如下。

2016年6月9日上午10时许，乔福锦教授打来电话，与我谈了他拜访刘梦溪先生的情况，特别提及刘先生希望他帮助校订《红楼梦与百年中国》之事。该书正将由韩惠京教授韩文翻译，拟出版韩文本，因此书乃刘先生红学研究的代表作，所以比较慎重可知。彼时，乔福锦教授正在编订《周汝昌年谱》书稿，且有其他课题正在做，于是，他向刘先生荐举笔者主办书稿校订一事。此间，乔福锦教授向刘先生介绍了我们先后策划的“历史回顾与未来展望——纪念曹雪芹诞辰300周年学术研讨会”（2015年3月于江苏徐州）、“历史回顾与未来展望——《红楼梦》文献学研究高端论坛”（2016年4月于河南郑州）的情况，这两次红学研讨会已经产生了较为广泛的学术影响。而刘先生则向乔福锦教授谈起此前曾收到笔者写给他的信，也收到了笔者寄去的《红学学案》一书，信很诚恳，由于自己很忙，一般信件都不予回复，并请乔福锦教授转告笔者不要介意。刘先生又说：看过淮生的文章，文笔很好，书法也写得好，如果是四十多岁的副教授，可以读我的博士。（笔者按：刘先生是中国艺术研究院终身研究员，一直在招研究生。）乔福锦教授告诉刘先生：淮生已经五十多岁了，早已是教授。接着，刘先生签名题赠了几部他自己的著作，本来希望乔福锦教授转交笔者，考虑到有所不便，便改变主意，期望笔者与乔福锦教授暑假期间登门拜访时再把这些书交给笔者。笔者告知乔福锦教授：可以答应校订书稿。

《红楼梦与百年中国》一书校订稿原拟八月底前交稿，时间并不富裕，于是，便决定先由弟子肖爱华责编通校一遍，她在《中国矿业大学学报》社科版从事编辑工作十余年，经验颇为丰富，由她通校一遍，再由笔者通校一遍，大抵无憾矣！

2016年7月20日上午，笔者来到文昌校区学报编辑部，肖爱华责编谈了她通校《红楼梦与百年中国》一书的一些情况，并打印了“几点建议”：（1）大段引文的排版；（2）异文的处理；（3）数字前后的矛盾；（4）与史籍不符。至于错别字衍字漏字自然需要订正，包括标点符号、书写习惯之类的问题。笔者叮嘱肖爱华责编直接将所校订的内容誊写在刘梦溪先生签赠笔者的《红楼梦与百年中国》一书上，原书订正本留存笔者处以作为纪念，再复印装订一册复本呈交刘先生自存备用即可。

2016年7月26日上午，笔者通校《红楼梦与百年中国》一书后有感而发：酷暑难耐，校书不止；如扫落叶，兴味自知。

赴京拜访刘梦溪先生之前，乔福锦教授希望我们与刘先生谈三个方面：（1）书稿校对情况；（2）近年来我们策划组织的红学会议以及“红学学案”写作情况；（3）将来的打算（包括谈一谈纪念周汝昌先生百年诞辰活动之筹划）。

2016年7月29日11时30分到京，入住的酒店紧挨着中央电视台建筑即俗称“大裤衩”。刚进酒店，赵兴勤教授的公子赵韡小友即微信告知2016年度教育部哲学社会科学研究后期资助项目立项通知已经公布，笔者的“港台及海外红学学案”获得立项。这一消息，如喜鹊登枝一般，为笔者此番赴京活动增添了亮色。

7月29日下午3时许，笔者乘出租车来到刘梦溪先生寓所，并与乔福锦教授会聚后拜访刘先生，我们三人聚谈于先生书房。有趣的是，陈祖芬先生在给我们送来点心果盘时叮嘱刘先生：不要只顾自己一个人谈。结果呢？刘先生一直侃侃而谈，他的兴致很高，我们的插话则并不能得到展开，彼时，三人谈话的气氛的确非常和谐愉快。这次谈话给笔者留下较深印象的情节很多，尤其刘先生的以下两点叮嘱和议论最值得回忆：（1）淮生完成“红学学案”（多卷本）之后要超脱出来，做你有能力做好的明清小说义理阐释方面的通论；（2）现在的学人有了恒产，却没有恒心了！

此后，笔者与刘梦溪先生的几次通话中，他总是告诫道：不要在无趣无谓的选题上虚度光阴，浪费精力和才情，否则就可惜了！纯粹的读书人或学人，要有格局，有担当，不拘格套。笔者心领神会：有了恒产，便最该葆有恒心了！

第一次登门拜访时刘梦溪先生题赠了几部大著，此后便陆续收到先生题赠的大著。粗略统计，自 2016 年 7 月至 2019 年 7 月，刘先生先后题赠“淮生先生惠正”“淮生先生指正”“淮生先生教正”“淮生先生存正”的著作大概 14 部 16 册，特分列如下，以见真迹：

《红楼梦与百年中国》，中央编译出版社 2005 年版；

《牡丹亭与红楼梦——刘梦溪论红楼梦》，文化艺术出版社 2010 年版；

《红楼梦的儿女真情》，商务印书馆 2016 年版；

《中国现代学术要略》，生活·读书·新知三联书店 2008 年版；

《中国文化的狂者精神》，生活·读书·新知三联书店 2012 年版；

《现代学人的信仰》，商务印书馆 2015 年版；

《马一浮与国学》，生活·读书·新知三联书店 2015 年版；

《陈寅恪的学说》（三卷本），生活·读书·新知三联书店 2015 年版；

《学术与传统》，北京时代华文书局 2017 年版；

《七十述学》，生活·读书·新知三联书店 2018 年版；

《中国现代学术要略》（修订版），生活·读书·新知三联书店 2018 年版；

《陈寅恪论稿》，生活·读书·新知三联书店 2018 年版；

《中国文化的张力》，中信出版社 2019 年版；

《红楼梦与百年中国》（韩译本）韩惠京翻译，2019 年版。

以上著作的阅读收获是多方面的，其中一个方面是对于修订《刘梦溪红学学案》的直接帮助。

2019 年 4 月 18 日上午 10 时，中国艺术研究院艺术与人文高等研究院将举办 2019 年首场艺术与人文高端讲座，特邀黄一农先生主讲“曹雪芹《废艺斋集稿》的重探与证真”讲题，演讲地点设在北京市朝阳区惠新北里甲1号中国艺术研究院研究生院4楼第五会议室。刘梦溪先生是中国艺术研究院艺术与人文高等研究院创始者，热情邀请笔者参加这次学术活动，并在演讲开始前对笔者以及同行的乔福锦教授做了热情洋溢的推介（“给红学界带来了新的风气”），此番推介亦显见刘先生对笔者学术期许之真切。

笔者参加此番演讲会的主要目的即在于请教刘先生谈谈他对笔者主编的《现代学案选粹》一书的意见和建议，如果方便的话，邀请先生参加拟于5月19日举办的“《中国矿业大学学报（社会科学版）》创刊20周年暨《现代学案选粹》出版座谈会”。遗憾的是，时间仓促，刘先生忙于接待嘉宾，未能从容交谈。“现代学案”乃衍生于笔者《红学学案》，学术格局究竟如何，尚待时日评说。笔者心存另一个私心，希望刘先生能够为《现代学案选粹》写几句话（如能写序则最佳），这主要基于刘梦溪先生出版的《中国现代学术要略》颇具影响的考量。《中国现代学术要略》是笔者为研究生开列的学术史参考之一，其他几种包括：梁启超著《清代学术概论》《中国近三百年学术史》《中国历史研究法》，钱穆著《中国近三百年学术史》《中国学术通义》，陈平原著《中国现代学术之建立——以章太炎胡适为中心》，胡文辉著《现代学林点将录》等。

记得笔者2017年6月24日参加于韩国首尔中国文化中心举办的“2017韩国红楼梦国际学术大会：韩中红学家对话”学术研讨交流活动期间，韩国加图立大学（Catholic）韩惠京教授在综合答疑阶段提问：请问高淮生教授，您对刘梦溪先生著作《红楼梦与百年红学》怎么评价？笔者这样回答：《红楼梦与百年红学》写作体例新颖，材料编织巧妙，学术史影响较大。如果说到不足之处，那就是不能像学案史那样把学人写得足够鲜明生动，也不能像通史那样按照时间顺序把事件写得更加系统全面。韩惠京教授听罢表示比较满意，这是为什么呢？会议闭幕现场，韩惠京教授主动告知笔者，她在翻译韩文版《红楼梦与百年红学》，不久将出版，所以对《红楼梦与百年红学》的评价很关心。又据韩惠京教授相告：此前已经翻译出版了刘梦溪先生的《中国文化的狂者精神》一书。(参见《2017 韩国红楼梦国际学术大会：韩中红学家对话》，载《红楼梦研究》2017 年第一期)。看吧！刘先生的“儿童团”时期的作业竟然“漂洋过海”了呢。

2019 年 7 月 10 日午后，看到刘先生发来的韩译本《红楼梦与百年中国》书影以及微信留言：“韩惠京翻译，815 页，装帧考究。可惜我看不懂。”笔者回复道：“看不懂无妨，这一成果影响可观！”刘先生感慨：“知我者谓我心忧，不知我者谓我何求……”笔者回复道：“悠悠岁月，余心有寄何所求！”在笔者看来，红学史著凡数十部，能雅俗共赏者寥寥无几，先生著《红楼梦与百年中国》可谓能领风骚矣！由以上感慨可见：《红楼梦与百年中国》这一“儿童团”时期的营生毕竟在刘梦溪先生的心底留下了不可磨灭的深刻印记！

7 月 14 日上午 11 时，收到刘梦溪先生从北京寓所快递的三部著作，即《陈寅恪论稿》《中国文化的张力》《红楼梦与百年中国》(韩译本)，笔者欣喜之情显而易见。

另据韩国首尔大学崔溶澈教授的女弟子王飞燕博士相告：出版《红楼梦与百年中国》韩译本的这家出版社的确非常有名，其对所出版书籍总有很严格的要求，所出版的书籍往往被认为是很有价值的著作。至于《红楼梦与百年中国》韩译本封面人物是宝玉和宝钗两位，而不是一般将宝玉和黛玉并置，韩国老师们都是这样说明人物特点的，拿团扇的一般是宝钗，可见他们对宝玉和宝钗的看重。书名不太好翻译，直译是“论证剧场”，副标题：围绕着《红楼梦》的 20 世纪中国知识界的知性(知识性)冒险。(笔者按：译本书名为《论证剧场：20 世纪中国知识分子的红学智力冒险》。)王飞燕博士告知笔者，她自己的直译读起来有些拗口。笔者料想：刘梦溪先生看不懂，那些略有些韩文阅读水平和经验的读者也不见得能够看得懂。不过，笔者坚信：这部《红楼梦与百年中国》韩译本的学术史意义不可小觑；这部《红楼梦与百年中国》韩译本的国际学术交流传播意义不可小觑。据韩惠京教授此后相告：这是韩国第一部介绍《红楼梦》研究史的书。

2019 年 7 月 21 日，韩惠京教授告知笔者：刘老师前几天转告我高教授的留言。韩教授所说的“留言”即笔者收到刘梦溪先生快递的《红楼梦与百年中国》韩译本后，有感而发，肯定了这部红学史著作以及译本的学术史价值，认为：红学史著凡数十部，能雅俗共赏者寥寥无几，先生著《红楼梦与百年中国》可谓能领风骚矣！《红楼梦与百年中国》韩文译本一定会在红学史上具有深远意义的。希望韩教授能够将这个译本的序言、后记翻译成汉文，可由笔者转交苗怀明教授，由他创办的“古代小说”微信公众号发布，以便扩大学术影响。笔者说：如果韩惠京教授有一篇介绍翻译《红楼梦与百年中国》的文章，我可以推荐到南大教授苗怀明主办的“古代小说”微信公众号发布，这个公众号读者非常多，有助于扩大学术交流和影响。这个微信号发布国内外各种学术信息，已经取得很大影响力了。

7 月 23 日早晨，“古代小说”微信公众号发布了韩教授的这篇后记，题为《韩惠京：〈红楼梦与百年中国〉译者后记》。韩教授给笔者发来对本译著封面的说明：本书的封面上画的是似乎在追逐某物的薛宝钗以及似乎在注视某物的贾宝玉的形象。读者在看到这一封面时或许会有这样的疑问：为什么封面上不画林黛玉，而让薛宝钗出现在封面上？然而仔细观察的话，我们能在封面上某处找到林黛玉。事实上薛宝钗所追之物为两只翩翩飞舞的蝴蝶，这两只蝴蝶却在贾宝玉的眼前飞舞着。答案就隐藏在此处。因为这两只蝴蝶所象征的正是贾宝玉与林黛玉二人。封面图画显示，虽然薛宝钗凭借所谓的金玉良缘希望获得贾宝玉，但贾宝玉的心却始终向着林黛玉。不管怎样，由本书韩文译本的题目来看，封面设计者意在借此避免将贾宝玉与林黛玉二人在书前仅作过于司空见惯的单调设置。（插画出处：姚燮，《增评补图石头记》第二十七回；王希廉，《新评绣像红楼梦全传》红楼梦像。）

此前，笔者曾拜托王飞燕博士转告韩教授能否惠寄一本她的博士论文复印本，因红学研究之需要而请。而 7 月 21 日的彼此联系过程中，韩教授主动提及博士论文复印本之请并表示可以满足笔者的需求，笔者甚是欣慰。

2019 年 8 月 25 日，笔者收到韩惠京教授寄自韩国首尔的邮件，即两部韩文译著（刘梦溪著《中国文化的狂者精神》译本、刘梦溪著《红楼梦与百年中国》译本），一本装订考究的博士论文即《红楼梦王张姚三家评点之研究》（台湾“中国文化大学”中国文学研究所博士论文），该博士论文指导老师是王三庆教授。

笔者与王三庆教授曾有一面之缘：2017 年 4 月 20 日下午曾专程赴北京大学中国古代史研究中心报告厅聆听他的学术讲座。彼时，王三庆教授以“北京大学人文基金高级访问学者”身份被北京大学历史学系暨中国古代史研究中心邀请短期讲学。该讲座由北京大学历史学系暨中国古代史研究中心主办，朱玉麒教授主持，讲题是“抄刻本的判别方法：以红楼梦为讨论中心”。该讲题主要围绕王三庆教授多年前的《红楼梦》版本研究成果展开讲述，其间谈了他从事《红楼梦》版本研究的一些经验体会。讲座结束时，笔者邀请王三庆教授参加 5 月份于北京名人大酒店举办的“红学学科建设高端论坛”，他爽快地答应参加这次学术论坛，且在会上做了主题发言。学术会议期间，笔者又曾邀请王三庆教授方便时可来中国矿业大学做学术讲座，由笔者负责安排并陪同。遗憾的是，王教授因忙于著述和学术交流而未能来中国矿业大学。

2018 年 3 月 12 日，王三庆教授电邮询问笔者：可否于 6 月 1 日至 10 日参加大陆的一个学术研讨会期间安排来中国矿业大学做学术演讲，笔者只能如实相告如下：

王三庆教授：

谢谢关心！

去年年底前以三个月时间完成《周汝昌红学论稿》，今已出版。一月中旬在知识产权出版社召开了书稿出版座谈会，揭开了今年纪念周汝昌百年诞辰活动的序幕。了却了我此前的一个心愿，也算是为今日之红学做出一件有意义的事情吧。如果见面，一定奉上拙著，以请教正！

很巧了，我与苏州大学文学院周生杰教授最近策划了一个“高端论坛”，也在六月初举办，我把邀请函和回执发给您，如果有兴趣，欢迎徐州面晤。至于能否安排演讲，我就不能保证了，因为这次“高端论坛”邀请了一批古代文学学会会长副会长，另有台湾“中央大学”、东吴大学教授，此前已经做了一些安排了。不过，如果王教授能够参加徐州会议，我将尽力在会议期间安排演讲。

去年邀请先生时，已经按照学校有关主管单位要求填写了相关申请表，学校邀请学者一般都要提前申请！由于手续略为麻烦，所以，现在一般都由中文系（所）安排了。不过，系（所）经费有限，往往难遂人愿。尤其理工为主的高校，人文社科活动方面有限，也是令我们心有余而力不足的。请谅解为盼！

祝好！

高淮生　拜呈

令笔者颇感意外的是，韩惠京教授的博士论文口试委员中的潘重规先生、皮述民先生、王三庆教授均系红学史上颇有突出贡献者，其中，潘先生，皮先生两位的红学业绩已经专章立案写入拙著《港台及海外红学学案》一书中了。笔者允诺韩教授：《港台及海外红学学案》一书将于今年年底或明年初可以出版，出版后再寄奉韩教授指教！

颇有意味的是，真正的红学家往往不情愿自己被称作“红学家”，刘梦溪先生同样不能例外。不仅如此，刘先生一再说要“告别红学了”（《红楼梦与百年中国》“题序”）。这是为什么呢？笔者起初以为是因为割舍不了“红楼情结”，正如1987版电视剧《红楼梦》作曲家王立平所说：“我是一朝入梦，终生不醒。”其实，当拜读刘先生的新著《七十述学》之后，笔者从刘先生谈写作这本书的“缘起”中的一段话中找到了更加合理的答案：“我之为学，不谙异域文字，无家学可承。所长在识见，词采也不错，但积宝不足。一定找出有什么优势，我想在文本阅读，不厌其烦，反复推求，每有会心。即‘六艺’经典，也能因细详而得雅趣，明其义理。故陈寅老‘了解之同情’一语，深获我心。但治学写作，全然不是预先设计，而是自然而然走过来的。也可以说是跟着阅读的感觉走过来的。古人的学思著述和前贤风范，成为我引路的向导。开始只是读书而已。读而有得，才作研究。研究有得，发为文章著述。学问的路径，似乎是读到哪里，走到哪里，走到哪里，读到哪里。而且见异思迁，互相串门。常常一个题目未结，又跑开做另外的题目。后来它们贯穿起来，是贯穿起来之后我才发现的。由王、陈、钱进入中国思想文化史和近现代学术史，由陈宝箴、陈三立进入晚清，由陈寅恪进入六朝和隋唐史以及明清史，由《红楼梦》进入明清鼎革和乾嘉之学，由马一浮进入宋学和先秦诸子。最后殊途同归，归于‘六经’。”① 由以上陈述可见，之所以“告别红学了”，岂止兴之所至而已，实乃学术格局气象之召唤吧！由此格局气象的自我期许，再来体味其“悔少作”（刘先生戏称自己的红学文章著述乃“儿童团”时期的作业）之真义，读者自然心会了吧！

不过，在笔者看来，做学问也如交朋友，有缘即订交，无缘则离散，“欣悦”而已！由此说来，《绝交书》不写也罢，如果文章做得极好，不妨闲来吟几首《咏怀诗》吧！

① 刘梦溪：《七十述学》，生活·读书·新知三联书店 2018 年版，第 291 – 292 页。

梅节：

“布衣红学家”的“海角红楼”

题记：我不知道这本书（《海角红楼》）的出版能有几个读者，但我写这些文章是花了心血的。有些文章触犯一些人，包括朋友。但我不敢现在就作对与错的结论。我把《海角红楼》当作一只纸船，让它载着无可言说的恩恩怨怨，漂向红学的书海，浮也罢，沉也罢，找到自己最后的归宿。

《梅节红学研究综论》刊发于《河南教育学院学报》2013 年第 2 期，标题为《考论立新说，辨伪以求真：梅节的红学研究——港台及海外学人的红学研究综论之二》。该文引起了较广泛的关注，当然，首先是梅节先生的关注。

2013 年 4 月 17 日上午，中国艺术研究院召开由中国红楼梦学会、中国艺术研究院红楼梦研究所、河南教育学院学报共同主办“《百年红学》创栏十周年暨《红学学案》出版座谈会”，座谈会上，蔡义江先生谈及《考论立新说，辨伪以求真：梅节的红学研究——港台及海外学人的红学研究综论之二》一文的写法时说：高淮生同志有一个办法，他用别人的、其他名家的说法来谈这个特点，至于怎么评价你自己去看。譬如梅节先生的文章里面往往有刺激性比较强的、对抗性比较强的语言，淮生引了吴组缃先生的信及沈治钧同志《红楼七宗案》里的材料，让读者评判。作者在褒贬问题上面有困难，但是提供了这些东西，读者可以自己判断这样的一种尖锐的、带刺激性的风格是好的特点，还是不好的、要改的。①

胡文彬先生谈及《考论立新说，辨伪以求真：梅节的红学研究——港台及海外学人的红学研究综论之二》一文的写法时则说：比如这期你写梅节，那确实是太难。高淮生引了吴组缃先生的信及沈治钧同志的《红楼七宗案》里的材料。借用了几位先生的话，把这个事解读得就比较好，使得梅节这个话马上就消融了，使得一种对立的情绪就化解了。我觉得这个办法是好办法。②

蔡先生和胡先生以上所谈的内容主要是两个方面：一是“梅节的红

① 编辑部：《〈百年红学〉创栏十周年暨〈红学学案〉出版座谈会实录》，《河南教育学院学报》（社科版）2013 年第 3 期。

② 编辑部：《〈百年红学〉创栏十周年暨〈红学学案〉出版座谈会实录》，《河南教育学院学报》（社科版）2013 年第 3 期。

学研究”很难写；二是“借力打力”的写法可取。他们的意见的确都很中肯，同时也给予笔者继续坚持这般写法的信心。

2013年4月26日，梅节先生发来《梅节红学研究综论》一文读后感：“读了两遍，一再击节。当然，其中也有了解不深的地方，如以‘忠厚待人’责我，我是不接受的。”显然，梅先生是有意见的，于是，进一步的解释也就有必要了。

2013年4月28日晚8时，笔者答复梅节先生的意见摘要如下：

先生对拙文的赞誉和不满都是自有道理，我将既自戒毛躁，并反省自查，不当之处，还请先生不断教我为盼。

先生的学术个性正是敢于对抗权威、敢于摸老虎屁股，好说刺激的话。这般话语能给人以“忠厚待人”欠当之嫌，这也是写先生的“综论”最难写的环节，我是这样理解的，可能并不准确。所谓有欠“忠厚”，此处并非就是给先生日常为人定论，先生宽以待人，尤其是对后生，这一点不仅沈治钧（按：沈治钧在所著《红楼七宗案》中表达了对梅先生的敬重）深有体会，我同样有深刻体会。我的《学案》前言即已申明——“只涉及学术事实的述评，不涉及人格价值评价”，至于究竟做得如何，我只有听大家的评价了。而学术辩论说“刺激的话”，就此一点而言，自然会给读者不够“忠厚”的印象，这是读者接受的问题，不是先生是否接受的问题，先生以为有道理吗？胡适“劝告一切学人不可动火气，更不可动‘正谊的火气’”，应当也是出于这般考虑吧！

尽管先生的“信仰”乃“疾恶如仇、刺伪颂真”，但并非所有的读者都作如是观，譬如周汝昌，包括拥护他老先生的师友群众等，先生以为对否？其实，这里涉及如毛泽东所说的“动机”和“效果”如何统一的问题，好的动机不见得就能有好的效果！

我在《梅节综论》中有这样一段话——“至于‘不失忠厚’这一条，则是梅节受到一些人‘非议’的关键之处。如何做到‘忠厚’呢？不妨以‘了解之同情’作为基础。”我是在呈现我所看到和听到的事实，这是写史者的“实录”，至于“褒贬”，我是留给读者去做，留给时间来评判！

如果先生再容比较地讨论一下鲁迅的个性，也许会更加释然了——鲁迅如果仅仅做学问，继续写他的“小说史”“诗歌史”“戏剧史”，或者古籍整理，尽管可以成就学问大家，甚至“大师”，却绝对不能成就一位如此不可替代的“思想家”“革命家”，而他成就自己的主要成果便是他的“杂文”——如匕首，如投枪，犀利无比，刻毒无比，他骂梁实秋“丧家的”“资本家的”“乏走狗”一节，至今令人胆寒！如果先生在学术“斗士”方面尚可与鲁迅略作比较，我以为，如果先生按照读者的“要求”变得那么“忠厚”起来，甚或“乡愿”起来，先生的“布衣红学家”的个性何以成就呢？这是“性分”所致，同样是个性追求所致。所以，一个人成就了自己的某方面个性形象的同时，往往又难以兼美其他的方面——这是“悖论”，这一“悖论”也有读者的评论参与所造成！

梅节先生曾以“布衣红学家”称号享誉香港学界，并为内地红学界所关注。笔者《梅节红学研究综论》一文中这样诠释“布衣红学家”一词：“布衣”者，不仕之谓，不谈政治，游于体制之外。钱穆曾在《现代中国学术论衡》中论及中国政治之学时道：梨洲晚年，则为《明儒学案》，此书亦深具作意。明儒亦承元儒遗风，以不仕为高。盖梨洲为《明儒学案》亦显有提倡不仕之意。梅先生称自己的研红是“业余性质”，其实绝非实情，身为“布衣”，文却求真——敢于说真话，说实话，说刺激人的话。然而，喜欢直言正道的梅先生同时又是宽以待人的长者，笔者对此难以释怀。

自《梅节红学研究综论》撰述以来，梅先生一直给予笔者热情的关心、真诚的答疑，尤其《红学学案》出版之后，又给予了很高的褒扬，诸如此类的厚爱之举，着实令笔者感动与鼓舞。现将梅先生致信对笔者的告诫、鼓励、肯定摘要如下：

半世纪或一世纪后，人们欲了解二十世纪红学研究成果，再不会去翻那些汗牛充栋的专辑专书，而是看先生的学案或几本红学史。所以先生撰此学案，责任就非常重大。传世之作，不要急于求成，慢工出细活。（2012年12月24日信）

其实，红学现在仍是摸索、开拓、成型阶段。(2013 年 2 月 18 日信)

《红学学案》有些人不喜，极力贬低之，这实际是要控制红学的话语权。“活人写活人没有意思”，难道活人写死人就有意思吗？从《春秋》始，就是打死老虎。而且规定大恶隐，小恶书。把鲁国丑闻都隐下来。司马迁有点正义感，被汉武帝用了宫刑，韩愈是名笔，是有名的谀墓者。依我看“第一集”（笔者按：《红学学案》第一部），就已经很不错。有些该说的都说了，对后人了解这段红学史，很有意义。所以我支持你和张女士（笔者按：张女士即张燕萍主编）坚持做下去，“不屈不挠”。我的话可以引用，表示我的支持。红学尚无“泰斗”，初步显现一些“大家”，但仍未成熟。所以“学案”选择传主，要选准，正面评价，掌好分寸，不能捧得太高。多一些“有趣味”的故事，避免沉闷。(2013 年 4 月 8 日信)

梅节先生与笔者通信和电话交谈时的此类议论和评论尚有不少可圈可点者，以上所取三则透辟之议论和评论的确可以看出梅先生对红学史以及红学界（圈子）的通观之后的洞见。梅先生的洞见是冷峻的、有的放矢、直面正视的，使那些至今仍固执地自我陶醉者或者雾里看花者相形见绌。然而，梅先生的洞见则令笔者欢欣鼓舞，其对百年红学发展的整体性认识无疑对继续写作的“红学学案”究竟该立案考述哪些学人这一敏感问题具有明显的参考价值。

2013 年 4 月 8 日下午，笔者回复梅节先生电邮——

梅先生：读了先生的短信，倍感温暖。先生善解人意，能够理解和支持晚生，无疑是一种精神鼓舞力量。我同意您对一些人做法的判断，也一定会将这一件很有意义的学术工作坚持做下去。您的建议，即“学案”选择传主，要选准，正面评价，掌好分寸，不能捧得太高。多一些“有趣味”的故事，避免沉闷，真的很有参考价值，我努力去做吧！

值得一提的是，梅节先生欣然为《红学学案》题词道：“石归大荒，情系红楼；江山异代，千古评章！”（2013 年秋题词）这是对笔者的学术期许，令笔者至今感念。

梅先生曾在《海角红楼》一书“序言”中一往情深地说：“我不知道这本书的出版能有几个读者，但我写这些文章是花了心血的。有些文章触犯一些人，包括朋友。但我不敢现在就作对与错的结论。我把《海角红楼》当作一只纸船，让它载着无可言说的恩恩怨怨，漂向红学的书海，浮也罢，沉也罢，找到自己最后的归宿。”① 笔者对此深为感慨，曾在《梅节红学研究综论》一文“结语”中说：“是啊！如果这一只纸船果真有了性灵，不妨任尔自沉自浮也罢。至于‘归宿’，或竟沉陷于渠沟深处，或随那一叶浮萍归之于大海，幸与不幸，心有所系而已。”（《河南教育学院学报》2013 年第 2 期）笔者的确很欣赏梅节先生的“纸船”之喻，因为读之令人动容！

于是，笔者撰写了一则题为“书案上的凄风苦雨”的短文，文中对梅节先生的“纸船”之喻感慨系之：

> 近来，我的 QQ 状态，由“若知命，天感泣；知天命，日躬行！”改成了“书案上的凄风苦雨！”我不知道哪一则更好？观者喜欢哪一则？总之，都是我的心迹留影。
>
> 看官若问：这心迹留影的影响何在？且听着：“若知命”一段，是此前感动我的人和事给予我的馈赠，我一直葆藏着“农夫山泉”般的“感念”！这“书案”一段，则是近几天来，一直关心我的一位“知命”同窗，对于我近两年“书海荡舟”的评价，我深以为贴切，尽管有自美之嫌！
>
> 我为什么又最爱这“书案上的凄风苦雨！”了呢？这不仅道出了我两年来于书案上讨生活的大体实况，也可以说是我读大学以来的写照——我是个书生，不懂人情世故，伤不起啊！
>
> 当然，也并不仅仅因为我自己的缘故，让我更爱这“书案上的凄风苦雨！”这段时间，我正投入于《红学学案》第二编，即港台及海外学人学案的撰述，刚把“梅节综论”写成交稿。而我在写作过程中的感动，总是把我温暖着，我被这位香港著名“红学家”兼

① 梅节：《海角红楼——梅节红学文存》，国家图书馆出版社 2013 年版，第 3 页。

“金学家”梅节先生感动了，这种情形在我的写作中并不多见。梅先生已经80多岁，依然那么健谈，依然那么健行，令我仰慕不已——想到我的80岁，那将是什么样子啊！最感动我的，尤其是这位老人在他的近著《海角红楼——梅节红学文存》“序言”中的一往情深——他说：“我不知道这本书的出版能有几个读者，但我写这些文章是花了心血的。有些文章触犯一些人，包括朋友。但我不敢现在就作对与错的结论。我把《海角红楼》当作一只纸船，让它载着无可言说的恩恩怨怨，漂向红学的书海，浮也罢，沉也罢，找到自己最后的归宿。”

是啊！我的近著《红学学案》（第一编）难道不同样可以视作一只纸船吗？浮也罢，沉也罢，找到自己最后的归宿吧！

“书案上的凄风苦雨！”我尤为受用，甚至享受她了！

2013年3月10日下午5时于槐园

2013年12月5日，笔者书写了自拟对句寄奉梅先生——“布衣能守弘道愿，红海漫游凭纸船！”

此前的11月30日，笔者曾给梅节先生发去一封电邮——

梅先生：

廊坊之行，收获不在学术，而在获得了学友们对我主持的《现代学案》栏目的认同。会上曲沐和胥惠民的发言引起不快，曲沐发言如裹脚布，引起主持人胡绍棠的离席；尤其胥惠民指责周汝昌为“妄人”，重弹《红楼梦新证》（“文革”版）与姚文元的关系，引起在京一位老先生离席抽烟，我尾随离开会场，与这位先生消气。我与先生似有忘年之情，譬如，我返回家中，总想为先生书法一联，以为纪念。于是，拟作一联，先生看过以为如何？

“布衣能守弘道愿，红海漫游凭纸船。”

如果先生首肯，我便书写后寄予先生。

先生多保重！

2013年11月30日晨6时50分　淮生于槐园

“廊坊之行”即11月22—24日在河北廊坊举行的“纪念伟大作家

曹雪芹逝世250周年大会暨学术研讨会”，笔者的主题发言内容如下。

由《红学学案》写作谈起——纪念曹雪芹逝世250周年

（2013·河北廊坊市·新绎酒店）

各位参会的先生、女士：

我的发言题目是《由〈红学学案〉写作谈起——纪念曹雪芹逝世250周年》，我的《红学学案》写作，应当说符合今天大会的议题。

曹雪芹逝世250周年了，我们的曹雪芹研究、《红楼梦》研究究竟取得了哪些可取的成果。我在《红学学案》写作过程中，逐渐建立起这样的认识：《学案》的学术质量，不仅取决于写作者的努力（德才学识），更取决于所立案学人的努力（创新的成果）。

有些人说：你写《学案》，应当把你的评价鲜明地表达出来！我说：学术史写作要比专题研究站得高，视野宽阔。我的认识也是在不断深化的过程中，我很担心我的评价不能客观公正。所以，我把各方面的观点、争议呈现出来，读者自己去判断，我的倾向性、我的观点就在其中。并且，随着写作的深入，我的计划也在调整中，是不是写60位学人，根据写作的过程调整。

《学案》究竟该如何写？我在写作过程中建立了这样的信念：既要有仁厚之德，又要有智慧。

仁厚之德，就是钱穆所说的“温情的敬意”，就是陈寅恪所说的“了解之同情”。我的《学案》中所写的老一代学人，那么执着于学术几十年，我应当对他们表示敬意，要有仁厚之德。我在与赵建忠教授、乔福锦教授的交流中形成这样的共识：我们年轻一代学人只继承老一代学人的学术成果，不继承老一代学人的个人恩怨。

学术是我所要的，友情，就是人间情谊，也是我所要的。

说到友情，我在与李希凡先生的通信中，李先生的一段话给我印象很深：我们的观点不同，这并不影响友谊。红学界我有很多朋友，尽管学术观点不同，但并不影响友谊。

为什么倡导仁厚之德？因为，学术能够影响世道人心，当然，学术也受世道人心的影响。我在《学案》的周汝昌一章中说：当今之世，为官者骄妄，为商者骄妄，为学者骄妄，为民者骄妄。

谈到智慧，这就涉及：哪些可以写，哪些不可写；哪些今天可以写，哪些今天不可写。我写出来的文字应当能够释放正能量，而不是负能量。

2013 年 4 月 17 日中国艺术研究院召开的"《百年红学》创栏十周年暨《红学学案》出版座谈会"上，孙伟科先生总结我的《红学学案》的写法有两条：借力打力，曲终奏雅。这两条总结得好，我与伟科先生交流过，这正是我的做法。这两条体现了仁厚之德，也体现一种智慧。我在《红学学案》前言中谈到两个原则，一个写作原则，一个心理原则，其中谈到"仰视其人格"，这正体现了仁厚之德。因为，我所写到的老先生都是我的长辈，我要尊重他们。中国人讲"仁义"，这"仁义"今天仍然需要。

我写作过程中，蔡义江先生、胡文彬先生给了我很大的帮助。

我们既要学术，又要友情即人间情谊，这就需要智慧。譬如周汝昌的学术观点，可以批评商榷，但是，用大批判的方式不可取。全盘否定，彻底打倒，再踏上一只脚，置之死地而后快，这样就可以吗？最起码周汝昌不是阶级敌人，用阶级斗争的方法肯定是不可取的。

学术争议就好比夫妻间的矛盾，至少有三种解决办法：一种是拳脚相加，大打出手。这种办法的结果要么是打一辈子，要么是马上散伙。一种是互揭隐私，互相声讨。这种办法的结果必然是增加互相的不信任。一种办法是谈判。谈判需要智慧，要能把各自的利益降到最低，达到彼此都能接受的程度，这样才能和谐。

红学里的打打杀杀、无休止的争吵，摧毁的是读者的阅读信念。

我们中年一代的学人应当通过我们的学术努力，为年青一代学人树立典范。

我现在不仅继续写作《红学学案》，正在写港台及海外学人，已经写了五篇，四篇已经发表。

同时，我还在做一件学术工作，就是参与创办一个学术史研究的新栏目。我在这里做个广告：《中国矿业大学学报》将于明年第一期开辟新栏目《现代学案》，但凡人文社科能够立案的学人都可以写。每篇的字数不低于一万五千字，稿费从优，不低于一千元。我们的目标就是：通过十年的努力，把《现代学案》栏目打造成中国学术史研究尤其学人研究的学术高地。

我作为栏目主持人，希望大家关注并支持！

2013 年 11 月 24 日 21 时 30 分整理于槐园

这个主题发言不仅表明了《红学学案》写作的原则和信念，同时对红学界的“阶级斗争”（尤其是权贵与权威之间的斗争）发表了自己的立场和态度。其中谈及笔者对于这种“斗争”的认知：红学里的打打杀杀、无休止的争吵，摧毁的是读者的阅读信念。这一认知，是与笔者“红学成了一个‘烂泥潭’”评价一脉相承的，这一“烂泥潭”的评价虽引起一些红学中人的不快（主要是“红学权贵”的不快），但的确一针见血。现将“烂泥潭”说的出处引述如下。

“纪念曹雪芹诞辰 300 周年学术研讨会”上的发言

（2015 · 江苏徐州市 · 中国矿业大学）

各位参会的先生女士：

现在会议即将进入分组讨论阶段，在分组讨论之前，我简要地介绍这次会议筹备的基本情况。这次会议筹备的时间历经一年多，从倡议到今天这次会议顺利开幕，其间得到了各位师友们的大力支持，在此表示感谢。

我们筹办这个会议，大家从参会代表可以看出来，是以中青年为主，准确地说是以中年为主。目的是通过这次会议回顾一下红学这三十年，乃至红学一百年的研究历程，从中发现一些可取的经验和值得借鉴的教训。所以，我们会议的议题是“红学的历史反思与未来展望”。在这个反思与展望的过程中，我们尤其注重两个话题，一个话题是“学科的危机与解决途径”，另一个话题是“学术史的建构”。从第一个话题可以看出，我们打出了一个学术危机的说法，恐怕有些人是不同意的、有想法的。但是，事实来看，经过与师友们的交往、经过我们的研讨、经过我们所写作的学术史著作来看，以及根据我写学案几年来的体会，红学确实存在危机，而且，这个危机正处于难以自拔的境地。我们通过这次会，虽然不能解决根本的问题，但是，我们希冀通过这个会，希望大家来畅所欲言，能不能对这个困境提出一些有启示性的意见，来供大家将来继续研讨。我们为什么关心红学学科危机呢？其实，说简单了，就是因为大家敬仰曹雪芹，因为大家喜爱《红楼梦》。也就是说，我们是在曹雪芹的旗帜下，团结在一起的。就像张会长说的“谁喜欢《红楼梦》，我就喜欢谁”，在这次会议上，我愿意隆重地推出这句话。我们的红学研究者们为什么对红学如此着迷，原因也就在这里，我们喜爱《红楼梦》这部书，我们敬仰曹雪芹。

红学一度是显学，甚至是其他学科所视作楷模的一个学科。红学从某种意义上讲，一度成为中国学术的“风向标”，到今天为止，大家从网络、从各种文章中可以看到，红学成了一个“烂泥潭”，很多人以做红学家为耻。有人曾经这样介绍我：他是研究“红楼蒙”的，什么“蒙”呢？就是蒙蔽、蒙骗。我为此感到耻辱！我的耻辱不是因为我自己做不好，而是这个学科由一个“风向标”，变成这样一种被别人讽刺的对象。所以，从学者的学术责任心出发，我们有必要在乙未的春天，大家坐在一起来共同研讨这个问题。

第二个话题是学术史的建构。大家知道，我们现在已经出了十几部红学史，但是，从今天来看，我们不满意。这些已出版的学术史，有些是政治话语太浓厚，有些是意识形态的东西贯穿其间，甚至还有一些道德褒贬在里面。当然，由于我们写作者都是红学中人，那么，我们对好多问题，从学术上讲，它的是非对错，还有待于理性的判断。同时，还有时间的原因，历史是需要时间的。但是，我们来看红学走了一百年，最起码我们可以说，三十年之前的红学史，我们应该可以写得更客观一点。近三十年的红学史，由于时间短，我们还不能给出更客观的评价。我相信，只要我们在座的大家，各自本着学术的责任心、学术的良心，本着一种同情的理解，本着一种学术求真的原则来研讨，来撰写红学史，应该可以相对地客观求真。所以，我们把这两个话题作为我们这次会议的主要研讨议题。我们欢迎各种理路的研讨同时出现，我们欢迎大题目，我们也欢迎小题目，但是，我们更期待小题目中间能够见大立意。所以，这次会是给大家提供一个交流的机会，我们也期待大家在这次会上，能够畅所欲言，说出自己的真心话，说出一些对红学将来的发展有启示性的意见。

这次研讨会在筹办过程中得到了两所学校校领导的大力支持，中国矿业大学、河南教育学院的支持。尤其是两个学报的主编，包括前主编，可以说是鼎力相助，让我无后顾之忧。我不过是红学的“农民工”，我在这方土地上辛勤地劳作，是为了能够为这方土地种下一些能收获的粮食。所以，作为会议的联系人，我再辛苦，我都高兴，尤其是看到今天的开幕式非常圆满。我也诚恳地希望大家在会议中间每个人都可以是会议的主角，包括我。我们以主人翁的姿态把这次会开得成功。

我就说到这里。

谢谢！

2015 年 3 月 28 日上午 9 时 35 分即兴发言

2015 年 4 月 25 日晚整理

李希凡先生曾在给笔者的第二封信中说：“你很坦率，也很傲气，但是我喜欢！”先生这样的评论不仅是真切的，且是一语中的的，无论是《由〈红学学案〉写作谈起——纪念曹雪芹逝世 250 周年》，还是《“纪念曹雪芹诞辰 300 周年学术研讨会”上的发言》，均鲜明地体现了笔者的这一个性。并且，这一个性已然演绎成为笔者的学术个性，鲜明地呈现在《红学学案》写作的整个过程了。有趣的是，这一个性显然最为梅节先生所欣赏，我们的学术交谊颇为融洽。

2013 年 12 月 3 日清晨 6 时，读到梅节先生电邮——

高先生：所拟对联甚好，很喜欢，先生挥毫，不要写成对子，最好在一幅纸上书写此二句，便于张于素壁。因为我们居室很小。(2013 年 12 月 2 日 23：03：55 星期一)

2019年12月，笔者撰著的《港台及海外红学学案》一书出版，《梅节的红学研究：考论立新说，辨伪以求真》乃《港台及海外红学学案》之一章，笔者在该章“结语”中写道：

笔者以为，梅节之所以成就“布衣红学家”的美誉，既是性分所致，也是勤苦所致。梅节红学研究的难得之处正在于基本做到了“虑远”“人情透”“天理真”三个方面。

纵观梅节的红学志业，可谓：布衣弘道偏能守，红海沉浮系纸船。世理人情参且透，依然狷介意拳拳。

王蒙：

“活说”《红楼梦》的“启示”

题记：身无彩凤双飞翼？心有。心可以有。一翼是小说，一翼是诗歌。一翼是明清小说，一翼唐诗。一翼是《红楼梦》，一翼是李商隐的诗。我对这双飞翼情有独钟。在出版了《红楼启示录》以后，谨把新写的谈“红”与说“李”的文章汇集为这本小册子。心有灵犀一点通。有吗？灵吗？通吗？请读者批评。说一说，再说一说《红楼梦》，说《红楼梦》就是说中国，就是说自己，就是说咱们的五行八卦、酸甜苦辣。你活了七十岁了，你的人生历练跟感情经验不足以说完全它；再活七十岁吧，你的人生历练与感情体验也不一定说得准、说得全它呀！

2012年6月26日，《鉴赏与批评并举，体悟与活说贯通：王蒙的红学研究——当代学人的红学研究综论之十一》（2.6万字）结稿，当晚电邮发给了张燕萍主编。

笔者在《王蒙红学研究综论》写作之前曾撰写《当代〈红楼梦〉评点“四家评”综论之一——以周汝昌、冯其庸、蔡义江、王蒙为例》一文（计1万字），其中专论了王蒙的《红楼梦》评点。这篇研讨“四家评”的文章刊发于《中国矿业大学学报》（社会科学版）2011年第3期，应笔者的弟子肖爱华责编的约稿，她在阅读了刊发于《河南教育学院学报》的“综论”稿子后，期待笔者能够给《中国矿业大学学报》（社会科学版）写稿。“四家评”这个专题此前没有人写过，应属新创无疑。于是，乘兴又撰写了《当代〈红楼梦〉评点“四家评”综论之二——周汝昌与冯其庸的〈红楼梦〉评点比较谈》，刊发于《中国矿业大学学报》（社会科学版）2012年第3期。

其实，笔者对王蒙的《红楼梦》评论的最初了解应是从阅读《红楼启示录》（生活·读书·新知三联书店1991年版）开始的。这本小书出版后就受到大众读者以及红学界的重视，数年间曾连印数版，可谓名副其实的学术畅销书，它激发了不少读者甚至学界中人对《红楼梦》研究的兴趣。平心而论，《红楼启示录》之所以耐读，主要因为尚未大量出现像多年后出版的《王蒙的红楼梦》（湖南文艺出版社2010年版）一书的夸饰和炫耀。平心而论，如果称《红楼启示录》一书乃当代红学经典，应不为过誉。

2012年12月11日晚，收到中文系同事转交来的学术论文获奖证书，即《王蒙红学研究综论》一文获得江苏省哲学社会科学界第六届学术大会优秀论文二等奖。因授课任务较多，且忙于撰述“综论”稿，未能赴南京东南大学会议现场领奖。当笔者将这个消息电话告知胡文彬先生时，胡先生向笔者道出该文之所以获奖的主要理由：王蒙是知名作家，自然最容易被关注！笔者竟恍然大悟起来。

记得2012年5月10日上午与胡文彬先生通话时，胡先生曾阐述过这样的道理：人成名了就有公信力，说同一个问题，人们看的兴趣不一样，没有公信力的人自然没人理会。王蒙的文章不论好坏，人们都低着头看。而公信力是大家认可的，有一定的成就，著作就被肯定。胡先生接着告诫笔者：不要轻易乱写，要为自己建立公信力！如此说来，“综论”系列文章的写作最应谨慎，否则，何以建立自己的“学术公信力”呢？的确如胡先生所告诫的那样，笔者彼时写作过程始终葆有着“如履薄冰”“如临深渊”的心绪。

2011年9月7日至8日，笔者主动与胡文彬先生讨论应补进“综论”写作的人选事宜，王蒙成为应补进的人选，此前已经刊发了《蔡义江综论》《胡文彬综论》《张锦池综论》《吕启祥综论》《李希凡综论》等“综论”稿，彼时，《郭豫适综论》正待刊《河南教育学院学报》2011年第4期。值得一提的是，提供“综论”人选的师友愈来愈多，笔者亦愈来愈谨慎起来。

2013年4月17日上午9时，“《百年红学》创栏十周年暨《红学学案》出版座谈会”于中国艺术研究院会议室开幕。李希凡先生、蔡义江先生、胡文彬先生、吕启祥先生、孙伟科教授、曹立波教授分别对《红学学案》做了客观中肯的评价。因涉及有关王蒙评论的细节，现将孙伟科教授对《红学学案》的评价节录如下：

> 刚才专家也说到了，从《百年红学》到《红学学案》，学术进步的历程是很艰难的，是一次飞跃。迈出这一步，应当是充分肯定的。……高淮生的《红学学案》引起了反响，他的书出来后，有很多人都看到了，有很多反馈声音，这些反馈声音也让我有一些思考。我想谈这样三点。第一点就是当代学人评价难写，这是大家公认的。淮生有不畏难的精神，我很向往。……第二点，切入点在哪里？淮生的写法，往往是从别人的分析找切入点。这好像是一种手法、写法吧，叫“借力打力”，这当然是一种选择。我感觉淮生有这样一种想法，就是想通过争论中的分歧点找到一种引线，但是更多的时候是他引到了哪里？引到了曲终奏雅。……第三点，淮生这

样一种做法还有非常重要的价值，就是他坚持学术立场的写法。为什么这一点我要说一说呢？今天，红学当代人物，我们不写，别人都在写。别人用戏曲化的手法写，用漫画法的方法写，从揣摩人格的角度写，写的有些东西很不堪。当我们这边拿不出一个有分量的东西的时候，其他的论调就要占领市场了。所以，在这时候，淮生从学术的角度来写，这样的写作应当支持，否则就被别的声音淹没了。

以上发言节录自《河南教育学院学报》编辑部编《〈百年红学〉创栏十周年暨〈红学学案〉出版座谈会实录》一文，该文刊于《河南教育学院学报》（社科版）2013 年第 3 期。

4 月 18 日 14 时 53 分，笔者乘坐 G39 次车返回徐州，15 时 40 左右抵达徐州东站。上午曾发给孙伟科教授一个感谢的短信，即感谢他在座谈会上的很有道理，也很有想法的发言，尤其关于《红学学案》写法的评议（譬如“借力打力”“曲终奏雅”之类），笔者至今仍津津乐道。彼时孙伟科教授正在授课，课后已是中午时分，即发给笔者短信道：“你为当代学人正形象，大家都得感谢你才对。一上午在上课，迟复抱歉。”（12：20：36）当 G39 次车抵达徐州东站时，又收到孙伟科教授发来的短信，他认为《红学学案》将王蒙列入足见“你的判断力”。遗憾的是，红学界不少的人将王蒙论红看成不是学术，可以说根本不懂文学。所以，“赞你一个！”由此显见，《学案》是否选入王蒙先生，从根本上说，至少关涉是否真正懂文学的问题。且不说这种意见是否周延，彼时的笔者竟欣然自得起来！

其实，笔者的欣然自得早已显露于《鉴赏与批评并举，体悟与活说贯通：王蒙的红学研究——当代学人的红学研究综论之十一》（2.6 万字）一文结稿之际，不仅主标题“鉴赏与批评并举，体悟与活说贯通”拟得很得意，“内容摘要”同样拟得很得意。现将该文“内容摘要”抄录如下：

王蒙的《红楼梦》呈现出个性鲜明的特征：鉴赏与批评并举，体悟与活说贯通；生活经验与审美体验融为一体，思想观念与笔调文情汪洋恣肆。他敢于立说，言之成理，自成一家之言。他的《红楼梦》研究能够根据人文社会科学的学理予以“概念化”表述，并在体悟、阐释、批评的基础上建构自己红学研究的“系统”。

2.6万字的文章，概括于141字的“内容摘要”之中，实收执简御繁之效。再如《红学学案》出版之前，“前言”第一稿达9000余字，出版时则900余字，真可谓“要言不烦”了，这也是笔者很得意之处。于是，“前言”第一稿以《换一种眼光看红学——“学案体”红学史撰述述略》为题刊发于《中国矿业大学学报》（社科版）2013年第1期。（笔者按：2012年11月10日上午10时，《红楼梦学刊》编辑何卫国打来电话，传达孙玉明副主编的意见：你的论文《“学案体”红学史撰述述略》因为涉及今天活着的红学家，不便发表。这篇文章曾电邮给《红楼梦学刊》编辑部，希望能够认可笔者的“学案体”红学史选题，结果是令人遗憾的！）

且说不懂王蒙论红的价值是否意味着不懂文学这一问题，笔者以为，仁智之见而已。记得2011年9月25日蔡义江先生致笔者的信中曾说过这样的话：“有些会讲、会写的名人，谈红楼，好说假话、大话、势利话，其实与真正的研究、科学的真理并无多大关系。”以上这段话真可谓“此中有真意，欲辨已忘言！”

王蒙既属于“会讲、会写的名人”，又喜好“谈红楼”，至于是否“好说假话、大话、势利话”则不易遽然定论。试问：《红楼启示录》《王蒙活说红楼梦》《〈红楼梦〉王蒙评点》《王蒙的红楼梦》等著述中果真毫无蔡义江先生所指斥的情形吗？笔者以为，这种情形显然是存在的，甚至是愈演愈烈的。“自嗨式”评红已然“娱乐化”（“自娱”或“娱人”）了，显然不能归属于“批评派红学”了。当然，如果你并不认同归属于“批评派红学”的《红楼梦》批评应该是“学问化”的而不是“娱乐化”的这一看法，那么，你也就全然不会理睬《红楼梦》批评的“边界”或“门槛”之说。王蒙曾提出风靡一时的“作家学者化”之说，他的《红楼梦》批评显然是有“学问化”倾向的，尤其《红楼启示录》体现得很明显。

王蒙曾在《把文学评论的文体解放一下》一文中说：“不要一写评

论文章就摆出那么一副规范化的架势。评而论之，大而化之，褒之贬之，真实之倾向之固然可以是评论，思而念之，悲而叹之，谐而谑之，联而想之，或借题发挥，小题大做，或别出心裁，别有高见，又何尝不是评论？”① 王蒙有一种热望，即把《红楼梦》批评看作如他的小说创作一样——“激情的燃烧”。有一位评论者发表过一篇题为《批评是一种燃烧：王蒙的文学批评论纲》② 的文章，直接将“批评就是燃烧”作为王蒙文艺批评的主要特征和基本格调来认识（这当然包括王蒙论红）。的确，王蒙毫无顾忌地踏着“燃烧”的飞火轮恣意地飞翔在《红楼梦》批评的天空中，引来相当可观的观赏者、追随者。

当然，王蒙的“燃烧式”《红楼梦》批评的确以其特有的方式一定程度上激活了人们阅读和评论《红楼梦》的兴趣。他的《〈红楼梦〉王蒙评点》出版后曾引起冯其庸的大声呼吁：“快读《红楼梦》王蒙评！”（笔者按：冯其庸专门撰写了一篇热情洋溢的推介文章《快读〈红楼梦〉王蒙评》，刊于《红楼梦学刊》1995 年第 4 辑。）遗憾的是，物极必反，燃烧自我者也最容易走向“自焚”——“学问化”《红楼梦》批评公信力的自损！笔者以为，就红学学科建构而言，其负面影响不容低估。严格意义上说，王蒙的“燃烧式”论红与刘心武的“揭秘式”论红最终在“消解红学”（“解构红学”一词是否更准确呢？）意义上殊途同归了。真可谓：成于“燃烧”！败于“燃烧”！

2015 年 12 月 5 日下午 5 时，笔者乘车来到徐州南郊郡岭庄园酒店，拜访南京大学赵宪章教授，他应邀参加中国矿业大学文法学院文艺学研究所主办的学术会议——“全媒体时代下的文学理论与批评”高端论坛。笔者与赵宪章教授交流期间，谈及南京大学文学院以文献学取胜的学术特色，赵教授对此则有自己的看法，他认为文献学是学术评论的基础工作，是工匠可为的工作，他对文学研究中的考证很不以为然。笔者则谈了自己的看法：考证是不可或缺的！譬如《红楼梦》的版本差别很大，黛玉还泪，是说她要报恩，后四十回却是焚稿，是以怨报德，意思

① 王蒙：《漫话小说创作》，上海文艺出版社 1983 年版。

② 王文初：《批评是一种燃烧：王蒙的文学批评论纲》，《孝感学院学报》2002 年第5 期。

完全变了。接着，赵宪章教授很有兴趣地问及刘心武谈《红楼梦》该如何看？笔者则将王蒙谈《红楼梦》与刘心武比较着谈了一些看法。赵教授说自己并不熟悉《红楼梦》研究，但根据自己的阅读经验，《红楼梦》有两点很重要：一点是《红楼梦》的“情”，另一点是《红楼梦》微妙的人际关系描写。显然，赵宪章教授并不真正了解刘心武“揭秘式”论红的负面影响，同时也并不真正清楚王蒙论红与刘心武“揭秘”的异同得失。彼时，笔者略有些怅然之意。

值得一提的是，笔者每每与人谈及正在做的课题（“红学学案”）或者受邀做《红楼梦》讲座之时，往往会被问及这样的问题：“你对刘心武谈《红楼梦》如何看?”笔者在回答这个问题时往往因人而异，如果提问者是学界中人，便每每将王蒙谈《红楼梦》与刘心武比较着谈一些看法，希望给提问者一个明晰的认识。

笔者曾不无感慨道：刘心武“揭秘秦可卿”这一话题可以休矣！

2011 年 2 月 18 日，笔者撰写了一篇题为《红学家们为什么对“红学家”称号避之如瘟神》的短文，其中写道：

> 那么，为什么明明在“红学”这一学术领域已经学有专长而成一家之言，甚至红学著作等身，却又避称“红学家”如避瘟神，竟要一味地撇清呢?
>
> 这一撇清自己的奇观其实一点也不奇怪，这似乎首先就与古时文士进退得所的自保心理的遗传很有关系。因为，“红学”虽然不过一学术领域（既然大家已经认可），它也是个是非场、争斗场。如周汝昌在《红楼夺目红》中所言：“‘红学’是个挨‘批’的对象，欲发一言，愿献一愚，皆须瞻前顾后，生怕哪句话就犯了‘错误’。”当然，还有另一个原因，即红学领域的争议或论争最多，而且，也似永远说不完、争不清，它始终影响着百年来中国社会的政治、思想、历史、文化、学术的发展，影响着中国人的生活。譬如刘心武《揭秘秦可卿》闹出多大的动静来，几乎掀起了全国范围所谓的“民间红学”与“主流红学”的世纪大战，难道还不热闹吗?姑且不说刘心武于“百家讲坛”讲论的内容是真学术还是伪学术，他那明知不可为而为之的勇力真就有一股子“殉道”精神哩。你

瞧!《刘心武续红楼梦》又闪亮出版，赚取版税姑且不论，其敢为天下先的这一做法自然不能不令某些国人神经为之大振。

刘心武这般勇力哪里来?首先来自红学“泰斗”周汝昌的提携，周汝昌对刘心武的百般厚爱常常使得这位“伤痕作家”百感交集:“我的研究，得到‘红学’前辈大师周汝昌先生的热情鼓励与细心指点。我们完全是君子之交……周先生看到我一些文章，会主动给我写信……每当展读，我都感动莫名。”(《红楼解梦》)他口口声声称“我的‘秦学’研究”怎样怎样，“我创建了秦学分支”又如何如何，不过是要标榜自己是一位横空出世的、继周汝昌大师之后的“红学大家”。他铆足了劲头要赚取一顶“红学家”的顶戴不说，而且还要以大众热门话题明星的身份力图为喜爱《红楼梦》的“小人物”们谋求“红学”这一公共共享文化空间的话语权。仿佛他就是“小人物”们的大救星似的，他的领袖群众的魅力尽显，不免激起了“小人物”们即刻行动起来口诛笔伐“大人物”们的热情，似有“革命家”风范。

另一个激励来自当代著名作家、前文化部部长、《组织部来了个年轻人》的作者王蒙同志。王蒙同志因作家做得很有成就以后，一不留神写了一本小书《红楼启示录》，一个撑竿跳就摘下了“红学大家”的顶戴，这能不令新时期文学的开场人物、著名的“伤痕作家”艳羡不已吗?刘心武不仅艳羡，同时也还怀抱着莫名的亢奋，因为“红学大家”王蒙同志说了——“作家要学者化!”这无疑是金针度人，这位“伤痕作家”于是马上行动起来，搞起了多种经营:撰写研红论文、发表学术小说(《秦可卿之死》《贾元春之死》《妙玉之死》三部曲)、“百家讲坛”揭秘秦可卿、续写《红楼梦》等，精力过人，不亦乐乎!功夫不负有心人，老天有眼，他不久便成为继王蒙同志之后的又一位作家型“红学大家”了。不同的只是，王蒙同志说了——“我不是‘红学家’，我不懂专门的‘红学’，如‘曹学’‘版本学’等。然而我是《红楼梦》的热心读者。”(《红楼启示录》“前言”)他只是把自己的《红楼梦》阅读心得记下来，再与他的“李商隐的诗歌”阅读心得合起来，作为自己

"作家学者化"的"双飞翼",即翅膀。这样,王蒙同志就可以自由地"任我往来"于写作和学术的广阔天地了。文学与学问兼通,即便很不情愿做一名当代之"通人",也难矣!

既然王蒙同样"撇清"自己不是"红学家",那么,有人不把王蒙论红看作学术,也就大可不必为之义愤填膺了。王蒙在《红楼启示录》"前言"只把他的论红文字称为"札记式的感想"(《红楼梦》读后感)而已,这类情形在作家评红活动中很是普遍。当然,这类情形并非作家专属,譬如周汝昌甚至认为王国维的《红楼梦评论》实质也是较长的"读后感",有别于真正的学术性研究著述。王国维没有做过研究工作,只是读了《红楼梦》的一些思绪感发,因而也就还不是"红学"的真谛。王国维只属"评"家,而不是"学"("红学")家。[①] 由此而言,王蒙不过是一位"评红家",而非真正意义上的"红学家"。由此说来,他的"撇清"也不算出于进退得所的自保心理,自然谈不上"矫情"了。其实在这方面,李希凡先生倒是一直保持着一种清醒的自觉:"我不觉得成为'红学'的一家,有什么光荣。我一向不承认自己是'红学家',因为我只把《红楼梦》看成伟大的文学杰作,对考证没兴趣。我是文艺评论的。"[②] 因为,"做个'文学评论家',又是很久以来的理想"[③]。笔者由此联想到 1982 年由周汝昌首先提出、应必诚最先回应的"什么是红学"的论争是否真的有必要!如果那些"评红家"都保有李希凡先生的一种清醒的自觉的话,红学"第十四次论争"[④] 也许只是周汝昌先生一个人的独角戏。

再譬如刘再复以"悟法"读《红楼梦》,几年内竟然写了"红楼四书"(《红楼梦悟》《共悟红楼》《红楼人三十种解读》《红楼哲学笔记》),他"只想感悟其中的一些真道理、真感情。"[⑤]"红楼四书"的确引起不少读者的阅读兴趣,不过,这"四书"一直未能在红学界被认真

---

① 周汝昌:《还"红学"以学》,《北京大学学报》1995 年第 4 期。

② 李希凡先生 2011 年 12 月 15 日致笔者的信,这一年是他的本命年,已年届 84 岁高龄。

③ 李希凡:《往事回眸——李希凡自述》,东方出版中心 2013 年版,第 255 页。

④ 刘梦溪著《红楼梦与百年中国》一书列为红学"第十四次论争"。

⑤ 刘再复:《红楼梦悟》,生活·读书·新知三联书店 2015 年版,第 1 页。

重视起来，记得孙伟科教授发表了一篇论文，题为《红学与红楼美学——评刘再复“红楼四书”中的美学思想》①。并且，又有作者称“刘再复开启了红学研究的新阶段”②，作者的这种提法并未得到红学界的积极回应。

中国社会科学院文学研究所研究员张梦阳先生与刘再复先生是故交，他就曾建议笔者一定要好好写一写刘再复先生的“红楼四书”，并将刘再复先生的地址、电话告诉笔者，希望能够及时与他联系。张梦阳先生的热情令笔者感佩，当时也曾萌生过为刘再复先生立案的想法，不过一直没有联系刘再复先生。笔者2012年12月16日短信回复张梦阳先生：“说实话，我很感佩梦阳老先生这样支持刘再复先生，他若闻知，一定很是欣慰。因为，我在写作中也有耳闻，似乎刘先生被学界不少的先生们无意误读或有意误读，我不知何意？先生可以教我，以明晰我的思路。”今天看来，“误读”虽有，“正读”亦在，问题是如果是将刘再复论红同样归之于“会讲、会写的名人”且喜好“谈红楼”之属，声誉自然会受到影响。彼时，尽管笔者《红学学案》原拟方案中列了刘再复先生，最终还是放弃了这一想法。

笔者于2011年9月7日至8日的日记中补记道：刘再复先生争议大，学界中大家多半不认同他近年来出版的几部“悟红”随笔，认为那不过是他身居海外的发泄之作，不是严格的红学著作。尤其他曾为梁归智所写《红学泰斗周汝昌传》写过序文，而序文恭维失志，令人不屑。（笔者按：今天看来，刘再复先生的“悟”的确与周汝昌先生的“悟”有所不同：一个讲人生的体验；一个做索隐的学术。周汝昌先生的新索隐，以“悟”作为主要特征。胡文彬先生曾在2016年9月20日上午与笔者的通话中旗帜鲜明地说：我不赞同红学研究讲究“悟”，它直接继承的该是传统学术，譬如“朴学”。笔者对胡先生这一态度的赞同在于：“红学”之“学”并不基于“悟”字上！）

值得一提的是：2011年6月25日至6月27日召开的北京曹雪芹学

---

① 《红楼梦学刊》2010年第5辑。

② 王世德：《刘再复开启了红学研究的新阶段——对〈红楼四书〉的审美感悟》，《中华文化论坛》2011年第5期；该文同题再刊发于《东吴学术》2012年第2期。

会第一次年会即江西庐山会议期间，笔者与张梦阳先生同居一室，彼此相谈甚洽。数月后即2013年5月29日，张先生寄来他所精心创作的叙事抒情长诗《谒无名思想家墓》题签本，该书由中国新闻联合出版社2013年5月出版。

2012年4月19日上午8时30分至10时30分，笔者为已退休的吉林省通化市政府副秘书长齐焕成先生的古体诗稿集《月下吟》撰写了一则序言，此乃受笔者任职的文法学院汤道路老师的请托勉力而为。这篇短序大段文字谈及王蒙，彼时，《鉴赏与批评并举，体悟与活说贯通：王蒙的红学研究——当代学人的红学研究综论之十一》一文尚在构思之中，现将这段文字节录如下：

> 当代著名作家、前文化部部长、《组织部来了个年轻人》的作者王蒙同志曾将自己阅读《红楼梦》和李商隐诗歌的心得合起来出版了一本小书《双飞翼》，"翼"，即翅膀，即把《红楼梦》和李商隐诗歌作为自己"作家学者化"的两扇翅膀。有了这样两扇翅膀，王蒙同志就可以自由地"任我往来"于写作和学术的广阔天地了。文学与学问兼通，即便很不情愿做一名当代之"通人"，也难矣！他的"双飞翼小语"是一篇上佳的"王蒙式小品"，他说："身无彩凤双飞翼？心有。心可以有。一翼是小说，一翼是诗歌。一翼是明清小说，一翼唐诗。一翼是《红楼梦》，一翼是李商隐的诗。我对这双飞翼情有独钟。在出版了《红楼启示录》以后，谨把新写的谈'红'与说'李'的文章汇集为这本小册子。心有灵犀一点通。有吗？灵吗？通吗？请读者批评。一九九五年七月酷暑中"。"有吗?""灵吗?""通吗?"依我看来，王蒙同志的话题本旨关键是在这一个"通"字上。他不无炫耀的"通"其实更侧重于"通人"之"通"，并不就是我所理解的生命之灵从容不迫地自由飞翔的本旨。王蒙同志的"通"是有目的性的，而我则赋予"通"以自在性或本体性，即"通"是人之生命灵魂的自在或本体，无所谓目的。正如女娲炼石补天遗落的这块"通灵石头"一般，它的出发点和归宿地都是大荒山青埂峰无稽崖下，无论你把它置于何处，它都是一块"通"了心性的"通灵石头"。不知齐先生以为如何？

…………

“书山有路灵为径，学海无涯乐作舟。”这是我前些年读书阅世的心得，是的，我改造了人们最熟悉的这两句：“书山有路勤为径，学海无涯苦作舟。”我最爱这“灵”字，有了“灵”，才会有“诗兴”“诗意”“诗情”，有了“灵”，抛开这“诗才”的自矜也罢！我不喜欢这“苦”字，也自然不喜欢所谓“苦中作乐”的自矜，因为，有了“灵”在场，心性即“通”——通畅、通变、通明、通达、通神，“苦”将何以自处？可谓：苦处休言苦，乐时只须乐！（《月下吟》文化艺术出版社 2012 年 12 月）

王蒙在当今中国的文化大众中的影响是显而易见的，所以，以王蒙为例说理更易于《月下吟》作者的接受吧！

2013 年 1 月 13 日晚 8 时 20 分，笔者与新华出版社张琳琅编辑通话谈《红学学案》书稿的封面设计。张琳琅编辑毫不迟疑地说：封底所选印的文字部分应该首选王蒙的文字，再选周汝昌、李希凡的文字，因为他们在读者中的影响更大些。笔者欣然同意了这种设计，《红学学案》书稿的封面设计文字出版时又增选了冯其庸的文字，均选录《红学学案》中的大标题文字。

值得一记的是，新华出版社张琳琅编辑是由笔者兼任本科生班主任的 2000 年级 1 班学生蔡燕同学帮助联系的。彼时，她从北京师范大学硕士毕业后任《意林》编辑部编辑。此前，曾拜托张燕萍主编帮助联系河南郑州的出版社，曾拜托曹学会李明新秘书长帮助联系北京的出版社，曾拜托尉天骄教授帮助联系南京师范大学出版社，均未获得成功。其中，《红学学案》书稿相关资料在南京师范大学出版社编审处待了近三个月，仍无疾而终。一位朋友告诉笔者，可以电话询问一下广西师范大学出版社，这是一家影响很大的出版社，出版过大量畅销的人文社科书籍。于是，笔者尝试联系了该出版社社长，社长表示为难，他告诉笔者：我们是出版过不少这类书籍，但并不挣钱啊！

2012 年 10 月 13 日上午 12 时，学生蔡燕从北京打来电话，说已经联系的两家，都说学术著作出版不赢利，表示为难。她的同学中又联系了新华出版社，需要收一万五千元的版面费，她咨询笔者要不要答应？

笔者说可以答应！于是，她把联系信息给了笔者。

2012 年 11 月 14 日，笔者与张琳琅责编的通信，当时的恳切之情溢于言表：

张琳琅老师：

首先感谢你能抽出宝贵时间审看我发去的资料！

我的这一红学学术史课题比较庞大，按照北京语言大学周思源教授的说法：可以做一辈子！

因为，百年红学发展史涌现了比较多的可以专人立案的学人，他们的学术精神、学术成就、学术个性、学术方法、学术典范等均有很广泛的学术启示意义，并非只限于红学领域。这一组学案，已经在《河南教育学院学报》“百年红学”（全国社科优秀栏目）全部刊发，形成书稿则又做了详细修订。这一组文章已经在红学领域引起广泛关注，我期望在我有生之年，把这一学术史课题做出成绩，成为我个人学术生涯中标志性成果！

由于我忙于写作而不善于与出版社老师们交流，所以，我希望如果这一次我们的合作能够成功，可以长期合作。

我知道现在的出版社讲效益，我也会努力在书稿出版之后，拿出精力促进这部书的订购之事，这也是对我有益的事情。我的书有人看，我自己更有写作信心啊！

再次感谢张老师的辛勤劳动！

高淮生拜呈　2012 年 11 月 14 日

2013 年 1 月 3 日上午，《红学学案》书稿校对完成，快递寄给张琳琅责编。

《红学学案》的封面题签则由笔者的弟子、蔡燕的同班同学顾峥嵘（南京师范大学美术学院硕士毕业后回宜兴丁蜀镇从事紫砂陶艺创作）拜请著名书法家谢少丞先生所题，笔者十分欣赏这一幅封面题签，遗憾的是没有存留原件。

崔溶澈：

“红学传海东”的“摆渡者”

题记：我的硕士学位论文、博士学位论文都是以《红楼梦》为选题的，一直以来，《红楼梦》是我的主要研究方向。所以，我本人早有翻译《红楼梦》的想法，只是时机不成熟。后来，我的一位时任出版社社长的学友跟我说，我们需要出版高质量的中日韩三国的文学经典代表作品，只可惜《红楼梦》这部经典作品至今没有根据中文版本翻译的译本，那些根据日文《红楼梦》译本翻译的韩文译本，已经不能令人满意了，希望你来做这项翻译工作。他们认为我做这项工作更合适，在他们看来，我更懂《红楼梦》。这个契机促成了我与高旼喜教授合作的《红楼梦》韩文全译本的诞生。我先翻译前八十回，高旼喜教授翻译了后四十回。我始终认为，《红楼梦》不仅仅是中国古典小说的名著，还是世界文学上的不朽名著，也是一部全人类的文化遗产。

笔者与韩国著名红学家、高丽大学中文系教授崔溶澈先生的近距离交往是近两年的事情，此前的几次红楼梦国际研讨会期间见过面，彼此没有交谈。他留给笔者的第一印象：儒雅。记得2009年蓬莱国际《红楼梦》学术研讨会期间，笔者曾主动找他聊了几句，因为笔者对于儒雅者天然地保有一种亲近感。

机缘凑泊，2015年8月16日至8月17日，徐州工程学院主办第十一届国际《金瓶梅》研讨会，会议由吴敢先生策划，会议主旨是金学研究三十年的回顾和总结。笔者参加了研讨会，其间，苗教授怀明兄给我建议：可以做一期崔溶澈教授《红楼梦》韩文译本的访谈。此前，笔者已经发表了《中、德学者红学对话实录——以〈红楼梦〉翻译为题》（《中国矿业大学学报》社科版2015年第3期）。笔者于是主动联系了崔教授，他欣然接受邀请，对话便安排在18日下午3时，徐州云泉山庄崔教授下榻的8421房间。彼此谈得很畅快，相互题词留念。此后，笔者盛情邀请崔溶澈教授闲暇时可前来中国矿业大学做学术交流，并希望向学校图书馆赠一套《红楼梦》韩译本，以丰富“红楼梦特藏室”的馆藏。同时期待能够为中国矿业大学学报（社科版）赐稿，譬如先做一篇韩国读者接受《红楼梦》的调查文章。当谈及笔者《红学学案》进展情况时，毫无讳言地告知海外学人立案的规划和设想，即时机成熟，撰述一部《红学学案》的海外卷。当笔者告知崔教授可作为韩国学人首选立案时，他很谦虚地说：“实在感激，也是光荣。但是由于我的研究没那么丰富，远不如红学大家的深刻，就感到惭愧而已。我自己的研究成果，除了部分成果出版之外，还没完整地整理出来，最近才有意要做认真收集整理。”笔者恳切地希望崔教授早日出版全部的成果，可为笔者撰述《红学学案》的海外卷提供丰富的文献资料。

2015年9月22日下午，笔者收到崔溶澈教授从韩国快递的韩文全译本《红楼梦》一函6册，令笔者欣慰。

10月29日上午11时，笔者为文艺学硕士研究生讲授“红楼梦研究”课后，即刻开车去徐州东站（高铁站），并带上两位听课的研究生王祖琪、朴佑丽同学一起接站，朴佑丽同学是位韩国留学女生。但见崔溶澈教授背着鼓鼓的一个大背包，穿着高领大皮鞋，走起路来很有力量，据他说这是服兵役期间锻炼出来的。

10月29日下午3时，崔溶澈教授受邀在中国矿业大学镜湖大讲堂做了一场题为“《红楼梦》与四大奇书在韩国”的学术讲座，该场讲座由校团委主办，由笔者主持。接着又安排崔教授于10月30日上午做了一场“中国文化在韩国”的学术交流，本次学术交流由文法学院中文系主办，也由笔者主持。30日中午，则于徐州非遗技艺传承企业“大张烙馍村”民俗酒店设宴款待崔教授，品尝地道徐州风味菜肴，崔教授情不自禁地感慨道：美食在中国！饭后，回到南湖校区笔者的办公室喝茶聊天，并写字留念。下午4时，笔者开车送崔教授到徐州东站以返回北京，彼时，崔教授正受聘北京大学做短期讲学。这次会面，笔者送给崔教授一大包书刊。他同时又希望笔者为他查询中国各地红学活动情况，包括红学会、刊物、人物等。遗憾的是，因笔者至今总是忙忙碌碌的，并未能兑现崔教授所愿，心中愧意至今尚存。

2015年11月2日，收到崔教授邮件：

> 高教授：您好！来信及照片都收到了，谢谢。这次在徐州，能够获得您和贵校师生的热烈欢迎，我非常感激，永远难忘。希望有机会再次访问贵校，保持联系。祝您秋安！崔溶澈拜上　2015－11－2

笔者即刻回复：

> 崔教授：徐州之会十分愉快！希望明春于徐州再叙旧谊。希望您领导的红学会生机勃勃，需要我出力之处，敬请吩咐！祝好！高淮生呈　2015－11－2

2016年1月11日，收到崔溶澈创办的“韩国红楼梦研究会”（2015年成立）的会刊《红楼阿里郎（Arirang）》创刊号电子文档，《创刊致辞》中刊出了笔者此前在南湖办公室为崔教授书写的一幅字：“红学传海东”。本期《红楼阿里郎（Arirang）》上同时刊发了崔教授的《2015年曹雪芹诞辰300周年纪念研究活动》一文，其中详细记述了笔者与崔教授关于《红楼梦》韩译本的访谈，以及崔教授在镜湖讲堂的讲座现场，并配发了相关照片，其中访谈的照片由崔夫人所拍。这一期《红楼阿里郎（Arirang）》同时刊发了韩文全译《红学：学理分歧，学术对立，学科危机》一文，该文作者乃邢台学院乔福锦教授，原题为《学理分歧，学术对立，学科危机——曹雪芹诞辰300周年之际的红学忧思》，曾刊发于《中国矿业大学学报》2015年第4期。该文是乔福锦教授于徐州会议之前精心构思的力作，同时也是2015年3月徐州会议的重要论文。尤为难得的是，在笔者的邀请下，崔溶澈教授欣然同意参加将于4月举办的“历史回顾与未来展望——《红楼梦》文献学研究高端论坛”（河南郑州）。

2016年1月27日晚，与胡文彬先生通话，希望胡先生写一份专家推荐意见，申报3月份启动的教育部哲学社会科学研究后期资助项目，书稿即《港台及海外红学学案》（该项目已经获得批准，2018年结题，原计划这一部《学案》于2016至2017年之间出版，不得不延迟了。）胡先生欣然同意，接着又谈起他从20世纪70年代初期开始一直关注海外学人的红学研究，出版了《红楼梦在海外》《红学世界》《台湾红学论文选》《香港红学论文选》等多部编著，在这一研究领域具有学术开创以及开拓意义。胡先生对《港台及海外红学学案》也有两点评价：（1）作为学术史，由以往的个案研究到整体学人研究，开拓了红学史研究新体例；（2）收集资料方面下了很大功夫，微观研究与宏观研究很好地结合了。胡先生又说：至今所见海外红学研究大多是资料的整理归纳，基本上属于文献学范畴。《港台及海外红学学案》则以文献为基础，开展学术史研究，学理性更强了。下一步再扩大一些，拓展一些，兼顾国别的丰富性，譬如法国的李志华、英国的霍克斯、韩国的崔溶澈等，都可以写进来。胡先生的这一番话，无疑坚定了笔者撰述一部《红学学案》的海外卷的信念，这一信念同时也与笔者近年来潜滋暗长的为《红楼梦》海外传播做些事情的想法有关。如果崔教授获悉胡文彬先生的这一建议，或可消除一些不安的担忧吧。

2016年4月14日，受笔者邀请，崔溶澈教授如约前来参加郑州召开的“红楼文献学”会议，赠予笔者《红楼梦的文学背景研究》（硕士论文）和《清代红学研究》（博士论文）两本学位论文复印稿，令笔者感到喜悦。笔者与崔溶澈教授的交谈中特别提出期待这两本学位论文早日出版，同样可以充实《崔溶澈的红学研究》一文的内涵。

本次“红楼文献学”会议上，崔教授提交了很有学术分量的会议论文即《韩国红学文献的整理与研究》，该文切实地开启了韩国红学文献系统整理与综合性研究的序幕。

当然，在这次会议期间，笔者也曾对崔教授提出了一个请求：《海外红学学案》出版之后，希望为拙著写一篇书评。记得《红学学案》第一部出版不久，乔教授福锦兄所写书评曾引起较为广泛的关注，笔者至今是心存感念的。

2019年5月27日下午，应南京大学文学院、江苏省红楼梦学会邀请，崔溶澈教授在南京大学文学院杨宗义楼221会议室为广大师生做了一场题为“《红楼梦》翻译的意义及其难点”的精彩学术讲座。此次讲座由南京大学文学院副院长苗怀明教授主持，笔者受苗怀明教授邀请作为嘉宾出席了此番学术讲座。崔教授详细介绍了《红楼梦》在韩国的翻译史及代表性译本的翻译特色，尤其就《红楼梦》翻译的难点及其对策展开了生动的讲述。他指出：韩国翻译《红楼梦》的历史由来已久，早在朝鲜高宗时期（1863—1907）年便已出现了宫廷译官的谚解翻译，即乐善斋全抄注音全译本《红楼梦》，这也是世界上第一部《红楼梦》全译本。崔溶澈教授说：“曹雪芹的《红楼梦》，到了我的脑海里，不再姓曹了，我是为读者服务，站在读者立场一起理解《红楼梦》，我可以翻译出我所理解的我的《红楼梦》。也许所有的文学翻译者，最后的野心就在此。”

笔者此前与对崔溶澈教授的访谈以《中、韩学者红学对话实录——以〈红楼梦〉翻译为例》为题刊发于《中国矿业大学学报》（社科版）2016年第4期，崔教授收到样刊后一定会很高兴的。这篇访谈已经围绕着《红楼梦》翻译的难点及其对策做了比较详细的阐述，有助于读者更方便地了解崔溶澈教授与高旼喜教授合作翻译的韩文本《红楼梦》（六册）的经验和体会。

《中、韩学者红学对话实录——以〈红楼梦〉翻译为例》一文中，崔溶澈教授曾谈及韩文本《红楼梦》（六册）的经过：“在我们的全译本出版之前，译者都不是专门研究《红楼梦》的学者，我认为还是有区别的，至少红学家翻译的全译本可以做到更准确地把握原本。我本人是很喜欢《红楼梦》的，并且，我的硕士学位论文、博士学位论文都是以《红楼梦》为选题的，一直以来，《红楼梦》是我的主要研究方向。所以，我本人早有翻译《红楼梦》的想法，只是时机不成熟。后来，我的一位时任出版社社长的学友跟我说，我们需要出版高质量的中日韩三国的文学经典代表作品，只可惜《红楼梦》这部经典作品至今没有根据中文版本翻译的译本，那些根据日文《红楼梦》译本翻译的韩文译本，已经不能令人满意了，希望你来做这项翻译工作。他们认为我做这项工作更合适，在他们看来，我更懂《红楼梦》。这个契机促成了我与高旼喜教授合作的《红楼梦》韩文全译本的诞生。我先翻译前八十回，高旼喜教授翻译了后四十回。”① 笔者对崔溶澈教授和高旼喜教授合作完成并出版《红楼梦》韩文全译本甚为敬佩，他们的翻译工作无疑对《红楼梦》的海外传播具有积极推进的意义。令笔者欣慰的是，笔者先后收到崔溶澈教授和高旼喜教授邮寄自韩国的韩译本《红楼梦》，这一学术交谊值得永久纪念。

最令笔者感佩的是，崔溶澈教授对于《红楼梦》的挚爱以及对于《红楼梦》海外传播的痴情，崔溶澈教授曾告知笔者：“我正在策划做一个插图本《红楼梦》，把孙温的插图配上故事，韩国读者很接受这种形式，因为以前就有大量的这类作品形式，很受韩国读者欢迎的。我这样做，也是配合我们的这个全译本，更大范围地拓展《红楼梦》的读者群体。”②

2019 年 5 月 27 日中午，即学术讲座前夕，笔者与崔溶澈教授共进

① 高淮生，崔溶澈：《中、韩学者红学对话实录——以〈红楼梦〉翻译为例》，《中国矿业大学学报》（社科版）2016 年第 4 期。

② 高淮生，崔溶澈：《中、韩学者红学对话实录——以〈红楼梦〉翻译为例》，《中国矿业大学学报》（社科版）2016 年第 4 期。

午餐时畅谈甚欢。笔者赠送崔教授两部著作即《周汝昌红学论稿》（知识产权出版社 2017 年版）、《现代学案选粹》（中国矿业大学出版社 2019 年版），并简介了这两部著作的出版经历。崔溶澈教授赠送笔者《红楼梦在韩国的传播与翻译》（中华书局 2018 年版），该著作是张伯伟主编《域外汉籍研究丛书》第三辑中的一部。

《红楼梦在韩国的传播与翻译》"作者新序"中说："笔者曾经以短篇论文的形式对《红楼梦》在韩国的传播与翻译的特征等问题向海外的学人做过介绍，但是没出版过能为广大中华文化圈的读者所见到的专门研究著作。本书原书名为《红楼梦的传播与翻译》，这次中文版改名为《红楼梦在韩国的传播与翻译》。韩文本出版于 2007 年，此后诸事应接不暇。"①《红楼梦在韩国的传播与翻译》这部专门研究著作的出版无疑是值得表彰的学术大事，笔者尤为关注之点则是它将成为笔者《港台及海外红学学案》撰著的重要参考文献。

《红楼梦在韩国的传播与翻译》"作者后记"中说："目前还是有一些资料有待我们继续花费心思去发掘，以揭开韩国红学史的真面目。"②笔者尤为关注的是《韩国红学史》何时可以撰著完成并出版呢？笔者近十年一直致力于建构学案体例的百年红学史即现代红学学案，逐渐确立了这样的学术信念：只要值得立案的红学学人在，红学就会一直都在！《韩国红学史》能否在表彰红学学人方面有所作为，这是笔者所更为关切的。

记得 2015 年 10 月 29 日至 30 日，崔溶澈教授接受笔者的邀请，莅临中国矿业大学做学术演讲和学术交流时，笔者曾赠予崔溶澈教授一幅书法横幅——"红学传海东"。"红学传海东"既是崔溶澈教授以及有志于传播和研究《红楼梦》的韩国学人的红学志业，同时也是热心传播《红楼梦》思想艺术以及红楼文化的中国学人的红学志业。崔溶澈教授说："我始终认为，《红楼梦》不仅仅是中国古典小说的名著，还是世界文学上的不朽名著，也是一部全人类的文化遗产。曹雪芹教给我们的是

① 崔溶澈：《红楼梦在韩国的传播与翻译》，中华书局 2018 年版，第 8 页。
② 崔溶澈：《红楼梦在韩国的传播与翻译》，中华书局 2018 年版，第 8 页。

人类总需要爱情，在繁忙的现代社会里，爱情更是缺乏的。有人说《红楼梦》是爱情的圣书，爱情就是关怀人的，照顾人的。我们可以从《红楼梦》中得到许多安慰，同时获得许多智慧。”①

笔者与韩国著名学者崔溶澈教授的近距离交往之后，他留给笔者更鲜明的印象：邻居家的小哥。这位小哥常常笑容可掬，质朴而绝无机心。

① 高淮生、崔溶澈：《中、韩学者红学对话实录——以〈红楼梦〉翻译为例》，《中国矿业大学学报》（社科版）2016年第4期。

下编

一、

港台及海外红学学人题咏

题记:《港台及海外红学学案》撰述即成，再题咏七绝以分咏每一位学人之学与之人，或重申其关键，或发抒其遗意，聊备一说而已。

宋淇

治学典范堪称道，识要红楼续旧贤。
最是博观圆照手，细评英译是新篇。

梅节

布衣弘道偏能守，红海沉浮系纸船。
世理人情参且透，依然狷介意拳拳。

潘重规

红楼一梦费心猜，怎比十年苦校书。
述史先鞭堪道处，石头血泪付阙如。

赵冈

兢兢业业解红楼，新探赢得海外讴。
大胆假说虽待证，求真不止意悠悠。

周策纵

陌地痴心心最热，平生所系在红楼。
白头海外说公案，辛苦殷勤总未休。

皮述民

红楼本事雾隔花，脂砚原来在李家。
打破谜关如梦魇，“胡说”不再有人夸。

张爱玲

张看红楼最不同，云烟满纸兴葱茏。
几人能懂伊心曲，梦魇奇思却透通。

林语堂

平心而论意难平，才性灵通笔纵横。
高鹗有知当感佩，语堂立意最真诚。

浦安迪

槛外观梅长借镜，若谭雅正最难说。
西东叙事融通罢，解味石头自不颇。

伊藤漱平

求红索绿费精神，考据辞章两用心。
译本石头传四海，东国称庆撼学林。

余国藩

石头所记耐重读，细按方知史传虚。
大旨谈情尤解味，回归文本话无余。

二、

“港台及海外红学学案”后期资助项目课题论证

“港台及海外红学学案”的主要内容

“港台及海外红学学案”立案考述了多位港台及海外学人的红学志业，这些学人分别是：宋淇、梅节、潘重规、周策纵、赵冈、林语堂、张爱玲、皮述民、浦安迪、伊藤漱平、余国藩等。

宋淇的红学研究致力于辨明红学方向、探究红楼艺境，由“识小”而“识要”，宏观研究与微观研究结合，并将《红楼梦》置于世界文学之林作比较研究，对《红楼梦》的文学价值给予充分的肯定，新见颇多、启迪颇多，为《红楼梦》的意义阐释开辟出一片新的天地。梅节则用力于“考辨”，即“考证”和“辨伪”，这两个方面密切联系、相互贯通，而以“求真”为出发点和归宿，梅节的“考辨”显然为红学研究的学术发展和学风建设做出了自己的实绩。潘重规的红学研究主要集中于以下三个方面：索隐、校勘和述史。索隐即索解《红楼梦》“反清复明”的本旨，校勘即主持校订《乾隆抄本百廿回红楼梦稿》以及对列宁格勒藏抄本《红楼梦》的勘正，述史则试图梳理总结60年之红学史。潘重规的红学术业可谓“毁誉参半”：索隐“毁大于誉”，校勘和述史则“誉大于毁”。周策纵则主要用心于《红楼梦》考证、版本校勘和评论等方面，他倡导“自讼”的学术态度及综合研究的学术方法，具有鲜明的学术指导意义。赵冈的红学研究主要集中于曹雪芹家世生平以及版本考证两个方面，他勤于搜集版本，详于比较文字，且时有新发现。其整理文献的系统性远胜于同期港台及海外红学学人，因而产生了较大的影响。林语堂红学研究包括两个方面：一方面考辨和评鉴“高鹗是否续书的问题”和“高鹗续书如何评价的问题”，一方面则以“平心”的态度为120回本《红楼梦》、为高鹗做翻案文章。这些翻案文字作为颇具代表性的“一家之言”，自有其存在价值。张爱玲的红学观点和思想集中体现在《红楼梦魇》之中，这部红学著作集中考辨了《红楼梦》的成书问题，旨在申明《红楼梦》“是创作不是自传”的红学主张。其终极目标是“洗出《红楼梦》的本来面目”，彰显《红楼梦》真实的艺术魅力。《红楼梦魇》是对俞平伯文学考证路向的承继，因其更加贴近《红楼梦》，所以显得多姿多彩。皮述民一改过去将曹雪芹、脂砚斋、贾宝玉密切联系的思路，形成了“李鼎、脂砚、宝玉三位一体”的新认识，这是“翻案”所必然结出的果实。当然，皮述民最具新意的“翻案”还在于他提出了这样的命题：“李学”即打破红学谜关之学！皮述民所提出的新颖观点无疑具有扩展新思路的学术启示意义。浦安迪的红学业绩主要体现在以下两方面：观照《红楼梦》原型寓意，另辟《红楼梦》评点蹊径。浦安迪乃“以外国学术界的眼光来治中国文学遗产”，其《红楼梦》研究成果的确实现了“略补国内学者和读者的看法”的学术期许，其红学志业可为海外红学独树一帜。伊藤漱平和余国藩的红学研究面貌有待于深入系统梳理后生动鲜明地呈现。

虽然这些港台及海外学人的学术成果与学术贡献不同，学术方法与学术个性各异，学术境界与精神气象有别，若从新旧红学发展历程看，他们的红学志业各自具有程度不同的典范意义或者借鉴意义，同时，对于红学学科的全面发展也必然具有各自可取的学术贡献。现将所选港台及海外学人的红学研究提纲挈领地简述如下：

宋淇的红学研究：辨明红学方向，探究红楼艺境

引言

第一节：启迪时人之鸿文——《论大观园》和《新红学的发展方向》

第二节：治学之典范——融通中西、融通文本和文献

第三节：由文本而文化——接续王国维而别开生面

结语

附录：宋淇学术简历

梅节的红学研究：考论立新说，辨伪以求真

引言

第一节：考论视野开阔，话题意识特强
第二节：作者卒年“新考”与版本问题“创见”
第三节：红学学风的思考与批判
结语
附录：梅节学术简历

潘重规的红学研究：索隐旧途迷不悟，校红述史开新篇

引言
第一节：红楼血泪史——“反清复明”是《红楼梦》的本旨
第二节：抬学问杠——态度和方法之论辩
第三节：誉大于毁——《红楼梦》“校勘”和红学“述史”
结语
附录：潘重规学术简历

周策纵的红学研究：陌地生痴心但求解味，白头存一念推广红学

引言
第一节：《红楼梦》的研究态度和研究方法
第二节：关于“新校本”的意见
第三节：“两周”（周策纵和周汝昌）交谊关乎红学
结语
附录：周策纵学术简历

赵冈的红学研究：勤于家世版本梳理，试图建设性之贡献

引言
第一节：《红楼梦新探》的“红学史”特征及其学术影响
第二节：围绕《红楼梦新探》的学术论争
第三节：研究方法与论辩方式之争
结语
附录：赵冈学术简历

第二节：《红楼梦》的批语研究
第三节：《红楼梦》研究的比较视野和融通中西的双向借径方法
结语
附录：浦安迪学术简历

伊藤漱平的红学研究：

引言
第一节：《红楼梦》研究的范围和志趣
第二节：《红楼梦》翻译的周到细心与精益求精
第三节：注重考据，文风朴实
结语
附录：伊藤漱平学术简历

余国藩的红学研究：

引言
第一节：《红楼梦》的虚构诠释
第二节：《红楼梦》的双向阐释
第三节：《重读石头记》的影响
结语
附录：余国藩学术简历

“港台及海外红学学案”的主要观点和研究方法

（1）一个时代有一个时代的学术，每一个时代的学术必然要受到时代价值观和主流意识形态的影响，至于影响的大小，则是因人而异的。这就涉及学人的独立性和自由精神的问题，独立性和自由精神强，则所受的影响自然小些；独立性和自由精神弱，则所受的影响自然大些。这种情形，可从“港台及海外红学学案”所立案之学人自己的学术成果中看出。可以认为，所选港台及海外学人的红学业绩足以代表港台及海外红学的主体面貌。

（2）红学的“主流”在中国大陆，港台及海外红学是“支流”，“支流”只有汇聚到“主流”中来才真正具有活力。“主流”和“支流”是一个整体，就“红学”事业而言，没有必要“厚此薄彼”或“厚彼薄此”。就“红学史”而言，缺少“支流”是不完整的，是褊狭的。“支流”因自由流动的优势而较少顾忌，往往可能提供独具启示性的视角和范式；而“主流”则具有“海纳百川”的气度，尽管鱼龙混杂，但气象宏大。“支流”不能独立于“主流”而生存，“主流”吸纳“支流”而气势更大。

（3）港台及海外学人大多因西学理论的浸染，注重引入最新兴的社会科学的学理研究《红楼梦》，并表现出较强的“概念化”能力。当然，仍有部分学者为求证而求证地研究《红楼梦》，且在这方面取得了一定的成绩，尽管这一成绩因文献资料所限或者处理资料方法上的问题而难与大陆学人媲美。

（4）考镜源流，综论通观：由人带史，考镜源流，着重红学之薪火承传；以人立案，综论通观，侧重所立案学人之学术个性。具体说，以百年红学历史发展过程为“经”，以学人以及学人之间的学术活动为“纬”，立体观照并呈现所立案学人之学术面貌。

（5）以“博观”之学术视野，“圆照”之治学方法，追求史家之“通识”。具体而言，即网罗众籍，广泛取材，言之有据，信而有征；把握问题关键，注重细节辨析，褒贬秉笔直书，兼顾春秋笔法；摒弃居高临下的道德批判，充满对于历史的“温情与敬意”，力戒“专家的偏执，哲人的傲慢，文人的轻率”。

（6）历史背景、时代精神与个体心理相结合。论世以知人，知人则在体察心迹，即体察为学者之心路历程，学案更注重昭然以揭所立案学人“精神之蜕迹，心理之征存”。

“港台及海外红学学案”的理论创新和学术价值

（1）学术史尤其红学史写作体例上的创新：另辟蹊径，换一种眼光看红学，通过对港台及海外红学学人之红学志业的立案考述，可为现代红学寻找真实而鲜活的为学传统以及为学典范。

学术史至少有三种写法：若以“时间进程”为主线，可以是“通史”的写法；若以“事件始末”为主线，可以是“专题史”的写法；若以“人物”为主线，可以是“学案”的写法。红学史已经出版十余部，基本上是“通史”或“专题史”的写法，红学史“学案”写法始于笔者《红学学案》（新华出版社 2013 年出版），《港台及海外红学学案》是笔者《红学学案》的展延。红学学案写作范式是在传统学案（譬如《明儒学案》）基础上经过因革取舍过程而形成的现代学术史新写法，即在借鉴传统学案（譬如《明儒学案》）著述体例的同时，更加注重所立案学人为学的心理动机以及心路历程的开掘与描述，更加注重考察所立案学人两个方面的“兼美”：①考据、义理、辞章之兼美；②人与书之兼美或合一。现代学案的这种写法不仅为红学史的撰述，同时为其他学科学术史的撰述提供写作上的经验或者范例。因为，《红学学案》问世之前尚未出版过某一学科发展史意义上的学案。

（2）学术价值表现之一：红学学科重建与学术转型时代，为百年红学案卷做“建档归宗”的学术工作。

红学史研究是红学学科建设的重要环节，也是中国近 300 年学术文化史撰写的特殊工程。因为，一部红学史，与华夏民族数百年苦难历史及知识分子命运史密切相关，也是近百年学术思想变革的“深切著明”的案例。学案体史著是中华传统学术史撰写的特殊方式，至今仍具有难以替代、可以借鉴的价值与意义。对于现代学科的历史反思、当下问题检讨及未来路向选择，具有特殊价值。“港台及海外红学学案”正在于系统地盘点红学这一学科领域之家底，为百年红学建档归宗，这既是对学术遗产的一种审视，又是对学术遗产的一种保存。

（3）学术价值表现之二：为红学发展提供可取的学术方向。

学术若无“史”可鉴，它的发展也就没有方向；对于红学这一学科领域而言，只要值得“立案”的学人还在，“红学”也就还在。港台及海外红学学案所立案的学人是百年红学发展史不可或缺者，他们的红学志业同样具有为红学发展提供可取方向之学术价值和意义。

研究进展情况

（一）已完成的研究内容

申报项目已完成研究任务 80% 以上，已经完成十位学人的学术述论。

（二）已取得的实质性突破

（1）现代学案述学体例趋于成熟，研究方法以及写作方法与述学体例更加合理协调；

（2）文献资料的选取更加系统完整，文献资料的使用更加合理而准确；

（3）学案写作理念更加明晰："考据、义理、辞章兼美""人书合一"。

研究资料准备情况

（1）拟定中的学人的红学著作已全部准备；

（2）各种评介性文献资料以及书信日记类资料基本备存。

存在的问题和需要改进的地方

（1）"港台及海外红学学案"主要内容有待完整，尚有"伊藤漱平的红学研究""余国藩的红学研究"两部分需要深入研讨并完稿。

（2）传主的学术简历有待于补订，书稿的前言以及后记尚待写定。

（3）学案写作所立案的材料至少包括以下方面：①学人之著述；②学人之书信、日记、札记、随笔、回忆录包括口述文献等；③各种评价性论争性文献资料；④相关的足以参证所立案学人之"学"与"人"的资料。以上递次所列材料便构成了文献资料的系统性，这些资料不仅有待于不断地发现，同时有待于重新辨析以及重新评价。"港台及海外红学学案”课题在重新辨析以及重新评价这些文献资料方面，尚待进一步改进。

（4）“港台及海外红学学案”所立案学人之精神个性尚待于更加生动地呈现，即通过深入细致地发掘有价值的细节资料，呈现出“有生命温度”的学人形象。

下一步的研究计划

（1）2016.5—2016.10 完成伊藤漱平、余国藩学案撰写以及书稿未完成部分内容；

（2）2016.11—2017.5 拓展查阅文献资料，修订全部成稿；

（3）2017.6—2017.10 送交相关红学名家审阅，听取审阅意见，并做书稿的最后修订；

（4）2017.11—2018.3 出版书稿，结题。

已有相关研究成果取得的学术影响或社会效益

（1）《红学学案》出版座谈会在中国艺术研究院成功举办，这种红学史新体例、新写法受到红学专家的广泛好评。

2013 年 4 月 17 日，由中国红楼梦学会、中国艺术研究院红楼梦研究所、河南教育学院学报共同主办的“《百年红学》创栏十周年暨《红学学案》出版座谈会”在中国艺术研究院举行，《红学学案》的写法以及学术创新价值和意义受到与会专家学者的一致肯定。

值得一提的是，在中国艺术研究院举办红学学人的新书出版座谈会并不多见。2013 年 4 月 17 日之前只有三场红学学人新书出版座谈会，分别是：香港学者梅节与马力合集《红学耦耕集》座谈会，2000 年 11 月 1 日由红楼梦研究所、《红楼梦学刊》编辑部主办；香港学者宋淇《红楼梦识要》出版座谈会，2001 年 2 月 26 日由红楼梦研究所、《红楼梦学刊》杂志社、中国书店共同主办；大陆学者冯其庸《论红楼梦思想》首发式暨座谈会，2002 年 11 月 19 日，由红楼梦研究所与黑龙江教育出版社联合主办。2013 年 4 月 17 日之后一场座谈会即“李希凡先生从事学术研究 60 周年暨《李希凡文集》出版座谈会”，2014 年 6 月 21 日在中国艺术研究院第五会议室召开。

（2）《红学学案》书评以及“红学学人研究系列综论”评论，受到学界广泛关注。

① 乔福锦教授关于《红学学案》书评：《学科重建与学术转型时代的“建档归宗”之作——高淮生教授〈红学学案〉读后感》，《河南教育学院学报》2013 第 3 期。

② 李春强博士评论：《不拘格套，另辟蹊径，换一种眼光看红学——高淮生教授“当代学人的红学研究综论”系列论文综评》，《河南教育学院学报》2013 第 5 期。

③ 徐博超：《论〈红学学案〉的问题意识》，《开封教育学院学报》2015 第 5 期。

（3）《红学学案》受到相关学术期刊关注，著者接受学报主编和责编的学术访谈。

① 张燕萍主编：《〈百年红学〉栏目主持人与高淮生教授访谈辑要》，《河南教育学院学报》2012 第 6 期。

② 董明伟责编：《红学学术史研究的新路径——〈红学学案〉著者高淮生教授学术访谈录》，《燕山大学学报》2013 第 2 期。

（4）《红学学案》的学术影响，促成了《中国矿业大学学报》（社科版）《现代学案》栏目的开办，扩大了学报的学术影响，同时也扩大了《红学学案》的学术影响。

专家推荐信

（一）胡文彬先生推荐信

高淮生教授的“港台及海外红学学案”课题已经完成过半，这一红学史选题的创新意义十分鲜明。我从 20 世纪 70 年代初即关注海外红学的研究动态，应当说，像“港台及海外红学学案”这种整体性学人研究，此前未之能见。这一选题开启了红学史研究新体例，丰富了红学史写法。并且，从已经完成的部分来看，其收集文献资料的方面的确下了很大功夫。该课题以文献为基础，微观研究与宏观研究相结合，学理性很强，已非仅做文献整理的基础性工作了。本人愿意推荐该课题申报教育部后期资助项目。2016 年 2 月 10 日。

（二）赵兴勤先生推荐信

高淮生教授近年来致力于《红学学案》的写作，“港台及海外红学学案”是其中的重要组成部分，具有鲜明的学术创新意义。创辟了红学学术史构建新体例，就研究范畴而言，在某些方面已经超出了红学学科范围，对人文社科学术史的写作具有重要启迪意义，反映出作者开阔的学术视野、勇于拓展学术视域的可贵勇气和善于思辨的理性思考。鉴于此，本人乐于推荐该课题申报教育部后期资助项目。2016 年 2 月 2 日。

三、

“2017 韩国红楼梦国际学术大会：中韩红学家对话”综述

引　子

2017年6月23日上午，来自中国艺术研究院和中国三所重点大学的五位学者齐集北京首都机场，愉快地踏上了“红学传海东”的学术之旅，参加将于6月24日上午在韩国首尔驻韩中国文化院开幕的，由首尔中国文化中心和韩国红楼梦研究会共同主办、韩中文化友好协会承办的首届中韩学者红学研讨会暨“2017韩国红楼梦国际学术大会：中韩红学家对话”。2015年10月29至30日，崔溶澈教授接受高淮生教授的邀请，莅临中国矿业大学做学术演讲和学术交流，高淮生教授赠予崔溶澈教授一幅书法横幅——“红学传海东”。“红学传海东”既是崔溶澈教授以及有志于传播和研究《红楼梦》的韩国学人的红学志业，同时也是热心传播《红楼梦》思想艺术以及红楼文化的中国学人的红学志业。

一、会议情况简介

“2017韩国红楼梦国际学术大会：中韩红学家对话”历时四个多月的筹备，顺利地于2017年6月24日上午9时开幕，来自中国、韩国、美国的20余位著名学者齐聚一堂，展开了一场具有红学史意义的学术交流和讨论。会前，中国驻韩国大使馆文化参赞兼首尔中国文化中心主任史瑞琳先生、副主任云峰女士与部分参会学者合影，史瑞琳主任和云峰副主任全程参加了现场学术交流活动。

开幕式上，史瑞琳主任首先致辞，他说：中华民族历来重视优秀传统文化的传承与发展，本届中国政府更加高度重视弘扬中华优秀传统文化，于今年1月印发了《关于实施中华优秀传统文化传承发展工程的意见》。为落实此意见，首尔中国文化中心今年举办了一大批与传统文化相关的交流活动，特别是刚刚落下帷幕的“传承与创新——中国非遗文化周”系列主题活动获得了极大成功。今天我们又与各位专家欢聚一堂，探讨“红楼梦的传统与现代”这个话题，目的就是要充分运用海外中国文化中心这个平台，助推中华优秀传统文化的国际传播，加强中外学者专家的思想交流，深化中韩学术并合作喜结硕果。史瑞琳主任在致辞中充分阐述了“中韩红学家对话”的文化意义，他期待本次国际学术大会能够产生深远的影响。

韩国红楼梦研究会会长、高丽大学崔溶澈教授致开幕辞。崔溶澈教授对中、韩、美三国红学家出席首届国际学术大会表示欢迎，并对举办此次学术研讨会的背景和意义进行了深入阐述。崔溶澈教授表示，韩国红楼梦研究会将汇集更多韩国专家，在《红楼梦》的国际学术交流和研究方面作出更多努力，以推动韩中两国文化交流与思想交流。中国红楼梦学会会长、中国艺术研究院张庆善研究员在致辞中真诚感谢首尔中国文化中心主任史瑞琳先生的精心安排，真诚感谢崔溶澈会长和韩国红楼梦研究会对举办这次《红楼梦》研讨会所付出的努力。同时向参会学者和嘉宾分别介绍了参加本次研讨会的其他四位中国学者，即北京大学潘建国教授和陈岗龙教授、北京语言大学段江丽教授、中国矿业大学高淮生教授等。2017 年 6 月 24 日下午 6 时，韩国红楼梦研究会副会长高旼喜教授致闭幕词，首届“韩中红学家对话”圆满结束。

研讨会共分三部分进行，第一部分主旨发言由中韩两国的红学会会长分别演讲。第二部分即三场主题演讲与讨论：第一场由加图立大学（Catholic）韩惠京教授主持，韩惠京教授、翰林大学金敏镐教授、高丽大学洪润基教授共同参与讨论和评议；第二场由高丽大学崔琇景讲师主持，高丽大学赵冬梅教授、延世大学赵美媛讲师、淑明女子大学权奎映讲师共同参与讨论和评议；第三场由水原大学宋真荣副教授主持，东国大学金荣哲教授、宋真荣副教授，高丽大学中文系博士朱埈永共同参与讨论和评议。第三部分综合讨论与自由问答，由翰林大学高旼喜教授主持，潘建国教授、陈岗龙教授、高淮生教授、李腾渊教授（全南大学）、李知恩讲师（庆北大学）、金晓民教授（高丽大学）共同参与讨论与答辩，现场气氛十分热烈。

中韩两国的红学会会长主旨发言以及三场主题演讲的讲题如下：

1. 张庆善研究员：《红楼梦当代传播的意义与价值》；

2. 崔溶澈教授：《红楼梦在韩国大众传播方案》；

3. 李腾渊教授：《何谓情？从〈情天宝鉴〉至〈情僧录〉的脉络异同》；

4. 贝一明教授（庆熙大学美籍学者）：《画中的小说：曹雪芹〈红楼梦〉中一种的文学隐喻》；

5. 陈岗龙教授：《论哈斯宝〈新译红楼梦〉的诗词翻译》；

6. 段江丽教授：《〈红楼梦〉与中国传统家庭伦理》；

7. 金晓民教授：《以“互相主体性”和“共存”的视角看〈红楼梦〉之情》；

8. 潘建国教授：《〈红楼梦〉版本研究的困境和突破》；

9. 高旼喜教授：《对于当代红学多元化现象的考察》；

10. 高淮生教授：《红学的学术史回顾与未来展望——以〈红学学案〉为例》；

11. 李知恩讲师：《〈红楼梦〉人物的人格面具》。

以上主旨发言和主题演讲的讲题内容广泛，涉及《红楼梦》传播研究、《红楼梦》译文研究、《红楼梦》思想艺术研究、《红楼梦》版本研究、红学学术史研究等。以上几个方面的讲题有一个共同的特点：问题意识鲜明、阐述明晰、学术新意突出。

二、会议研讨的主要问题

（一）《红楼梦》译文传播研究

以韩文全译本《红楼梦》为基础，推动中韩两国的文化交流和学术交流。同时，加强中国少数民族《红楼梦》译本的研究。

张庆善研究员在《〈红楼梦〉当代传播的意义与价值》的主旨发言中说：我想强调的是，在中韩文化交流和中外文化交流中，要重视文学经典在文化交流中的重要作用，要让《红楼梦》这样的伟大文学经典和红学，成为文化交流的桥梁。世界上第一个全译本《红楼梦》就是韩文本，这就是“乐善斋全译《红楼梦》”，这个译本与世界上其他文字的译本都不一样，它是一部中韩对译注音的独特的《红楼梦》译本，它不仅可以供人们阅读欣赏，还成为当时学习汉语的教科书。这个译本生动地反映出当时中韩文化交流的情景，我和崔溶澈会长都有一个心愿，希望把这个中韩对译注音的《红楼梦》全译本影印出版，这将是中韩两国文化交流史上一件很有意义的事情。2009 年，由崔溶澈教授、高旼喜教授翻译的一百二十回本《红楼梦》韩文本出版，这在红学史上、在中韩文化交流史上都是极有意义的一件大事，为中韩文化交流谱写了新的篇章。可以说，《红楼梦》和红学已经为中韩文化交流做出了重要的贡献，已经成为中韩文化交流的桥梁。任何一部伟大的文学经典之所以成为沟通各民族各国家文化交流的桥梁，是由于文学经典的本质特征决定的，这就是它具有内容的丰富性、思想的深刻性、艺术上的高度成熟，以及超越地域、种族、族群的普适性价值。伟大的文学经典如《红楼梦》，是真正意义上的世界性文学经典，是人类智慧的结晶。在《红楼梦》走向世界的历程中，许多翻译家以他们的勇气、毅力和智慧，把《红楼梦》翻译成各种语言，为《红楼梦》的世界性传播做出了重要的贡献，我们应该向他们表达由衷的敬意。但从《红楼梦》传播的历程看，仅仅靠语言文字的翻译《红楼梦》是不够的，同时需要海外汉学和红学的发展来更好地推动《红楼梦》的国际传播。我希望有机会在中国北京或是中国其他的城市，举办第二届中韩学者的对话，也希望在中国、韩国、欧洲或是美国再举办国际性的《红楼梦》学术研讨会，推动红学在世界范围的发展。

崔溶澈教授在《红楼梦在韩国大众传播方案》的主旨发言中说：《红楼梦》在中国享有最高的名著地位，已经成为代表中国古典文化的百科全书，但在韩国则情况有些不同。尽管《红楼梦》在 19 世纪传播到了朝鲜半岛，却没有广泛流传于文人社会。当时宫廷所做的原文对照翻译《谚解本》，只是提供给宫廷妃嫔及宫女们消遣的读本。当然，由于译官们清楚地理解《红楼梦》在中国小说中的地位，因此有意推荐乐善斋翻译原本《红楼梦》以及《红楼梦》的五种续书。不过，当时的文人社会仍然认为《红楼梦》是一种不便于新学少年、律己君子阅读的艳情小说。20 世纪初，梁建植、张志暎等从事《红楼梦》翻译，始终无法完成，没有出版单行本。韩国光复以后，一直没有《红楼梦》大众传播的机会。韩中建交之后，韩国民间热烈关心中国文化，韩国网络媒体随之出现了“石头记红楼梦”网页，这是纯粹民间的《红楼梦》交流活动。此外，出现了由著名古典评论家主持的“朗诵红楼梦”活动，并且出版了《朗诵红楼梦》的单行本，这对韩国社会大众产生了一定的影响。从红学的学术发展上来看，韩国红学应在打好基础的前提下，认真思考如何形成韩国红学的特色。我认为，韩国红学家应当以全译本为基础，不断努力地做出具有开创性的新翻译、新节译、新改译的红楼系列作品，以便迎合广大读者的兴趣，逐渐地引导他们更深刻地了解红楼世界。

崔溶澈教授自出版《红楼梦》全译本以来，一直倡导并推进《红楼梦》各种节译、改译本的出版，致力于《红楼梦》在韩国大众中的普及工作。2015 年 8 月 18 日下午，崔溶澈教授与高淮生教授曾以“《红楼梦》翻译及海外传播”为议题进行一次学术对话。崔溶澈教授认为，《红楼梦》是打开中国艺术殿堂的一把钥匙，翻译家就是艺术家，外国译者翻译《红楼梦》就是在“创作”。既要忠实于曹雪芹，又不得已“背叛”曹雪芹，的确很不容易。北京师范大学童庆炳教授曾在谈及文学经典时说过，经典有两极，一极是文学作品，文学作品要在思想方面具有丰富的启示性和艺术方面的多样性；一极是读者，读者愿意阅读，愿意接受。显而易见，《红楼梦》译文的“创作”与传播是促使这部古代小说成就为世界经典的重要一极。可以肯定地说，随着“讲好中国故事”理念的深入人心，《红楼梦》的外译和海外传播将愈来愈广泛、愈来愈精善，《红楼梦》在中外文化交流中的桥梁作用也就愈来愈明显。

陈岗龙教授的《论哈斯宝〈新译红楼梦〉的诗词翻译》一文是《红楼梦》译文传播研究的另一个重要话题，即《红楼梦》的中国各少数民族译文研究。众所周知，《红楼梦》的海外译文和译文研究日益受到广泛的关注，而《红楼梦》的少数民族译文和译文研究所受到的关注则相对薄弱。因此，陈岗龙教授的哈斯宝《新译红楼梦》的研究显得尤其难得。陈岗龙教授通过《新译红楼梦》诗词翻译具体文本的分析，探讨了哈斯宝翻译中国古典诗词的成就和翻译思想以及具体翻译实践，对于《红楼梦》的少数民族翻译以及译文研究具有显而易见的借鉴意义。陈岗龙教授认为，哈斯宝对《红楼梦》诗词的翻译既有思想又有艺术加工，从而达到了“信达雅”的翻译境界。尤其难得的是，哈斯宝的翻译中也体现了他对《红楼梦》精神的透彻理解，通过他的《红楼梦》译文，可以更全面认识和深刻理解哈斯宝的《红楼梦》评点思想。可见，《新译红楼梦》的译文范式意义和学术借鉴意义皆相当可观。可以认为，陈岗龙教授的《红楼梦》少数民族译文研究成果同样值得《红楼梦》的海外译文研究借鉴，即相对精善的《红楼梦》海外译本对于红学研究范围或话题空间的拓展具有普遍意义。显而易见，相对精善的《红楼梦》海外译本无疑会给红学发展带来新的学术增长点。

（二）《红楼梦》思想艺术研究

李腾渊教授在《何谓情？从〈情天宝鉴〉至〈情僧录〉的脉络异同》一文中认为，在中国文学史、批评史中，“情”的含义用法极为多样。在诗歌理论方面，“情”继承“诗言志”说中的“志”的内涵，一般会涉及与“理”相对比或者统一的问题上。而在以男女爱情、爱欲为主题的小说、戏曲文类上，“情”的概念包含更复杂的用法。我们通过一般辞典解释“情”的含义来看，“情”的内涵的确丰富多样。晚明时期的文人冯梦龙以“情”为题材的文言小说选集《情史》一书又称为《情天宝鉴》，他在这部小说中所涉及的“情”的范畴和意义已经远远超过男女之间的爱情，而扩大到包罗万象的普遍意义了。可以认为，自《情史》至《红楼梦》，“情”的含义和寓意既有直接的继承，又有作者曹雪芹自己理解并特别强调的意义或意味。《红楼梦》在描写和表达“情”的含义和寓意方面直接继承了以集中描写人间爱欲为主线的“人情小说”原型《金瓶梅》，经过这一阶段的借鉴和创新，即作者曹雪芹将《红楼梦》的旨趣解释为表达空、色、情三者既对立又联系的关系，终于达到中国古典小说的最高成就，尤其是把冯梦龙的“情教”观发展到更高的阶段。

金晓民教授《以“互相主体性”和“共存”的视角看〈红楼梦〉之情》一文具有鲜明的问题意识，即当今社会正处于欲望横流、心灵扭曲的现实状态中，“重读”《红楼梦》对于思考和改善这种现实状态究竟具有怎样的启迪意义？这篇文章正是以这种现实的问题为出发点，对《红楼梦》中的“情”进行尝试性解释，即从存在论或关系论的视角，并以“互相主体性”和“共存”为关键词，探讨宝黛知己之情、贾宝玉对女性及社会底层人民的态度等问题，进而重新解释《红楼梦》中描写和表达的“情”的社会意义和人文内涵。金晓民教授强调说：即便这种探讨并不能说是全新的，但作为以温故知新的态度“重读”《红楼梦》而言，可能具有一定的时代意义。

以上两篇关于《红楼梦》所描写和表达之“情”的含义和寓意以及时代意义的思考，既具有常谈常新的话题价值，又具有显而易见的哲理深度。这方面话题的思考是“重读”《红楼梦》最基本的功课，曹雪芹已经在《红楼梦》中明确地说这部“闺阁昭传”的小说乃“大旨谈情”之作。或者说，“重读”《红楼梦》的正题即“重读”《红楼梦》所谈之“情”的“大旨”或“要旨”。美国汉学家余国藩曾出版其红学著作《重读石头记》一书，在学界引起了很大反响，且由此奠定了余国藩在美国红学研究领域的学术地位。《重读石头记》的前两章分别是“第一章，阅读”“第二章，情欲”，正可见“虚构”是余国藩《红楼梦》阐释最基本的出发点和归宿点，“情欲”则是余国藩《红楼梦》阐释最基本的范畴和核心概念。显而易见，以上两个方面正是解读《红楼梦》的关键之处。

段江丽教授《〈红楼梦〉与中国传统家庭伦理》认为，《红楼梦》全面演绎了中国传统家庭伦理精神的本质，这种演绎可从正负两个方面来看：从负面说，父为子纲、夫为妻纲等失衡的伦理关系在对子辈与妻妾造成伤害的同时，也给男性自身带来了无法摆脱的生命困境；从正面说，传统家庭伦理所提倡的长辈对于小辈的慈爱、小辈对于长辈发自内心的体贴敬顺之情、夫妻之间的情分与恩义、兄弟之间的友爱以及家族之内的守望相助等，正是中国传统家庭伦理的精华所在，对于当代家庭文化的重建，具有重要借鉴意义。此外，《红楼梦》还形象地描写了传统家庭伦理的两种“变奏”方式：一是对日常生活中繁文缛节的简化，以及一定的宽教观念；二是超越身份等级、主仆伦理的真挚情义，使得这部小说的主题更加丰满且充满文学审美的张力。段江丽教授的思考同样具有鲜明的问题意识，这是从《红楼梦》作为时代精神的形象写照方面展开的思考，即《红楼梦》不仅是中国传统文化精神的形象写照，同时具有当今时代文化精神的启迪意义。

贝一明教授的《画中的小说：曹雪芹〈红楼梦〉中一种的文学隐喻》一文和李知恩讲师的《〈红楼梦〉人物的人格面具》一文，主要是从《红楼梦》的艺术性方面进行的各具视角的解读。“文学隐喻”“人格面具”分别是两篇文章的主要关键词，从这两个关键词可见，两位学者的《红楼梦》解读是现代视角的解读，这与传统视角具有明显不同的特点和意义。

贝一明教授《画中的小说：曹雪芹〈红楼梦〉中一种的文学隐喻》一文认为，曹雪芹在《红楼梦》中描写图画的章节往往被放在更为广阔的语境内，为这些图画赋予了寓意。换而言之，小说中所出现的图画并不仅仅是装饰品，而是文学模拟呈现的一种隐喻。譬如第五十回贾母问能否在年下观赏惜春的画，得知惜春需要画很久之后说这幅画“比盖这院子还费工夫”。这里的那幅未画完的画别具意义：它象征了曹雪芹这部开放式结局、经历无休止修订的小说，其注意力将从实事转移到事件的模拟重现上。从这一回开始，小说的整体进展逐渐放缓。大观园图的不告而终也暗示《红楼梦》此后章回的叙事风格发生了转变，即惜春那幅画的不完整性正与曹雪芹在写作上的转变相对应。可惜的是，“大观园”这一名字本身便含有完备齐整、包罗万象的意思，但作者曹雪芹却有意地“只见树木，不见森林”，破坏了这种完备与整齐。总之，曹雪芹在《红楼梦》中架构了极为复杂的、描述人文体验与主题性的情节，而他在小说中针对叙事本身所展开的自觉分析的深度尚未经过充分探讨。

李知恩讲师《〈红楼梦〉人物的人格面具》一文认为，曹雪芹是中国伟大的作家，他尤其擅长挖掘人的内心世界，刻画人物的内心矛盾和冲突，从而描绘人生的喜怒哀乐。《红楼梦》所描写刻画的许多人物往往戴有假面具，这是为了借此掩盖真实的自我，在自己建构的心灵围城中丧失真正的自我。这里所说的“假面具”即瑞士心理学家荣格的集体无意识理论原型构成之一的人格面具。人格面具所起的作用相似于演员的面具，使得个人能够呈现出与己有利的形象，从而取得个人利益和成就，但同时若使用人格面具的过程中处理不当，将导致真我的背叛和迷失，并产生心理障碍。《红楼梦》中不少人物正是由于过度沉浸在礼教所赋予的角色而无法自拔，抛弃了自己原来的人生追求，陷入无法自我实现的人生悲剧里。

当然，无论是阐释《红楼梦》中的“文学隐喻”，或者解读《红楼梦》中人物的“人格面具”，尽管皆可视为一种阅读视角即义理层面的创造性诠释，但这一视角的现代性特征也或多或少地使得这类诠释面临如何真正进入《红楼梦》文本的语境和本旨的问题。

（三）《红楼梦》版本研究

潘建国教授《〈红楼梦〉版本研究的困境和突破》一文认为，《红楼梦》版本研究是红学的重要组成部分，尽管成果丰硕，但至今也面临困境，难以推进。制约《红楼梦》版本研究的主要原因如下：（1）版本文献资料难有重大发现；（2）遗留问题几乎都是难啃的“硬骨头”；（3）学术史包袱沉重，令后来者望而却步。《红楼梦》版本研究尽管存在以上三方面的问题，但不必悲观，因为同时出现了此前不曾有过的研究新条件和新优势，最重要的也有三方面：（1）随着海内外图书馆目录电子化和古籍善本数字化的进程，一些原来不为人知的《红楼梦》版本陆续被检索出来，进入了研究者的视野。以程本为例，可资比勘的各种新旧版本之数量已近30种，大大丰富了对于程本的认知。（2）脂本系统的十几种抄本中已经出版了7种高清扫描原色影印本（庚辰本、己卯本、俄藏本、舒序本、蒙府本、上海图书馆藏有正本底本、南京图书馆藏戚序本），几乎还原了各抄本的所有细节原貌。这将给脂本研究带来极大方便，必将出现更多新的研究成果。（3）计算机和网络技术提供了越来越强大的研究辅助条件，包括文献资料通检、图像检索、文字比勘等。这将比传统的比勘方式高效精确得多，极大地提高了版本文字比勘的工作效率。潘教授通过阅读大量的《红楼梦》版本研究新成果，对于今后的《红楼梦》版本研究产生了若干新思考和新想法：（1）应该对存世脂本系统抄本逐一进行形制研究，厘清版本细况；（2）继续调查存世程本，筹建书叶为单位的异文数据库；（3）筛检诸重要版本的“特异”“特同”，建立各自的版本标记；（4）从文献学角度，重新检讨脂本与程本的学术关系；（5）期待对百二十回抄本进行调查研究。

潘建国教授《〈红楼梦〉版本研究的困境和突破》一文全面系统地考察了《红楼梦》版本研究存在的诸种问题，提出了足够充分的合理化建议和意见。这无疑为今后的《红楼梦》版本研究提出了可资借鉴的有效途径，并将对今后的《红楼梦》版本研究产生积极有效的影响。《红楼梦》版本文献是《红楼梦》文献的核心部分，也是红楼文献学的基础部分，其在红学中的地位不言而喻。

（四）红学学术史研究

高旼喜教授的《对于当代红学多元化现象的考察》一文和高淮生教授的《红学的学术史回顾与未来展望——以〈红学学案〉为例》一文是对红学学术史的思考和阐释，各自阐发了独具学术启示意义的观点。

高淮生教授《红学的学术史回顾与未来展望——以〈红学学案〉为例》一文认为，新红学发展的近四十年间，红学史著述的陆续出版不断引人注目。就其学术影响而言，值得表彰的大体有若干种，譬如红学通史类以郭豫适著《红楼研究小史稿》《红楼研究小史续稿》，以及陈维昭著《红学通史》的学术影响相对较大。再如刘梦溪所著的《红楼梦与百年中国》，是由事件与流派相结合而编制成的红学史，不同于《红楼研究小史稿》所坚守的马克思主义唯物史观，主要是以中国文化传统发展脉络尤其是20世纪中国思想史、学术史、文学史、社会史、文化史为考量的主线，试图在史实中求史识，别开生面。另有两部值得一提的事件史、国别史，分别是孙玉明所著《红学：1954》一书，张惠所著《红楼梦研究在美国》一书。《红学：1954》乃事件专题史，或者说断代事件史，《红楼梦研究在美国》则属于国别史类型。高淮生著《红学学案》系多卷本现代学人红学业绩昭传史，以学人为主线，将事件和学人相联系，属于学案体红学史（笔者按：《红学学案》原拟立案考述六十位海内外现代学人之红学志业，并以十二位学人为一卷成册出版，第二部“港台及海外红学学案”获得了2016年教育部哲学社会科学研究后期资助，该项目要在2018年结题出版）。这部红学史的立意在于“不拘格套，另辟蹊径，换一种眼光看红学”。也就是寻找红学的真传统，寻找鲜活的薪火相传的传统。梳理“鲜活的传统”的同时还有一个学术指向，即直接为下一个红学百年提供可资借鉴的红学研究范式或思想方法上的启迪，也就是“照着说”和“接着说”的蓝本和依据。《红学学案》将传统的学术史写法以现代述学形式表达，从而不仅激活传统学案体的活力，同时为现代学术史辟出一新径。《红学学案》的立意就在于“写活”了红学史，并且通过以下三个方面确保能够“写活”红学史：（1）以人立案、考镜源流，生动呈现红学发展薪火传承之脉络；（2）知人论学，博观圆照，生动呈现现代学人之学术动机、学术个性、学术精神；（3）瞻前顾后，由人观史，生动呈现现代学人所处之学术生态。由此可见，学案体红学史的写作体例显然不同于通史或专题史的写作体例。《红学学案》是为红学建档归宗，所以堪称红学学科重建之基础工程之一。

高旼喜教授《对于当代红学多元化现象的考察》一文认为，步入21世纪，世界呈现多元化、大众化、开放化趋势，市场经济与网络的发展又日益加速了这一趋势。在这样的社会氛围下，《红楼梦》作为文学经典，也面临被重新解释、研究和享用的变化，这一变化显然不同以往。特别是借助网络、影视、出版、报刊等大众媒体之力量，造成这十多年来“红学热”的不断升温。当代红学的繁荣可以说是以《红楼梦》研究的多元化为基础的。当代红学的多元化现象可通过各类流派共存与不同圈子形成来考察。各类流派共存是指不仅有小说批评派引领当代红学主流，同时还有考据派与索隐派也在多方面与之相伴，表现活跃。不同圈子的形成则是指学术红学、作家红学、龙门红学、草根红学、大众红学、网络红学等的出现。多种圈子以不同的角度阐释《红楼梦》，对《红楼梦》的研究与传播是有益的现象，然而，这种多元化从某些方面也可能招来当代红学的危机。因此，如何通过对当代红学多元化现象的考察找出当代红学存在与发展的坐标，以及在此基础上展望当代红学的发展方向，将成为十分迫切的事情。

以上对于红学发展的历史和现状的思考，正是红学转型时期所迫切需要的。所谓红学转型期，即新红学百年即将结束以及下一个红学百年即将开启的学术转向酝酿期。这一时期正是当代红学多元化现象的呈现期，既有历史的继承，又有如何发展的困惑。近几年来，越来越多的红学学人逐渐形成这样的学术共识：红学学术转型时代的学科重建是与红学学术史、红楼文献学的整理与建构密不可分的，可谓三位一体。自20世纪70年代以来，红学一直是中国学术的风向标，红学对中国人文社会科学的研究起到了引领风气的作用。可以认为，红学转型期所日渐形成的学科重建、红学学术史、红楼文献学“三位一体”的共识，同样对于中国人文社会科学具有鲜明的范式意义。

三、会议侧记

（1）开幕式上，中国学者分别向首尔中国文化中心和韩国红楼梦研究会赠送了《红楼梦》研究论文集、珍贵译本、艺术作品以及相关文创产品。

高淮生教授在赴韩国首尔之前曾咨询张庆善会长：如何准备赴韩国首尔会议礼品？张庆善会长建议高淮生教授书写冯其庸先生创作的诗作为会议礼品赠送韩国红楼梦研究会：“大哉红楼梦，浩荡若巨川。众贤欣毕集，再论一千年。”张庆善会长解释道：一是用冯老诗，切合此时此地此景；二是崔溶澈教授和高旼喜教授的《红楼梦》译本，正是冯老作序，他们二人与冯老很熟悉；三是冯老刚去世不久，用冯老的诗作为赠品，也是对冯老的敬意。高淮生教授遵照张庆善会长的意见，采用龙门对的形式书写了冯其庸先生创作的四句诗。高淮生教授则赠送韩国红楼梦研究会会长崔溶澈教授一副对联：“铅刀贵一割，梦想骋良图。”张庆善会长同时建议，高淮生教授再代表大家（“赴韩国首尔五人小组”），赠送首尔中国文化中心一件作品，赠送史瑞琳主任一件作品。开幕式现场，高淮生教授代表大家分别赠送首尔中国文化中心的礼品是一副对联：“宝鼎茶闲烟尚绿，幽窗棋罢指犹凉。”另一件是徐州晋代砖雕拓片图。同时赠送史瑞琳主任的两件作品分别是书法横条“极高明而道中庸”，另一件是江苏建筑职业学院徐思田副教授创作的国画《风竹图》。

段江丽教授代表北京曹学会，分别赠送首尔中国文化中心、韩国红楼梦研究会以下礼物：《曹雪芹研究》2017 年第 1、2 期各两本，《红楼梦日历（2017）》（植物版）两本。北京大学教授潘建国向韩国红楼梦研究会赠送《红楼梦》主题文创品。陈岗龙教授向首尔中国文化中心赠送他和张玉安教授共同主编的《三国演义在东方》一书，以及陈岗龙教授翻译的《十方圣主格斯尔可汗传》一书，向韩国红楼梦研究会赠送乌顺包都嘎先生翻译的《红楼梦》蒙古文译本。

以上所赠送的礼品是在开幕式过程中完成的。张庆善会长致辞前提议由中国学者向会议主办方赠送礼品，现场气氛活泼而热烈，不时响起阵阵掌声，营造了温馨而富有文化意义的会议氛围。

（2）会议评议客观而中肯，提问直接而尖锐，讨论热烈而风趣，回答得体而机智。

评议人在评议高淮生教授的《红学的学术史回顾与未来展望——以〈红学学案〉为例》一文时提出了以下问题：举例说明红学史三种写法的特点是什么？学案史的优点弱点在哪里？如何避免或克服其弱点？红学的发展方向在哪里？高淮生教授一一做了回答：通史在将时间与事件结合叙述方面做得最系统，易于呈现整体面貌。但不易把个别事件说得更具体更清楚更深入，也不易把学人为学个性说得更鲜活生动；专题史可以把个别事件说得更具体更清楚更深入，但不易做得更系统更全面，不易呈现整体面貌；学案史的优点在于可以把学人写得足够鲜明生动，可以呈现完整的学人形象，弱点在于不能像通史那样把事件和时间写得更加系统全面。总之，在历史的时间、事件、人物三方面的结合上，各有侧重，各具特点。至于红学的发展方向，可以参考近几年来由高淮生教授和乔福锦教授共同策划的几次红学研讨会议议题。2015 年春，江苏徐州中国矿业大学举办的“历史回顾与未来展望——纪念曹雪芹诞辰 300 周年学术研讨会”，会议议题是红学学术史的回顾与展望；2016 年春，河南郑州河南财政金融学院举办的“历史回顾与未来展望——《红楼梦》文献学研究高端论坛”，会议议题是红楼文献学的建构；2017 年春，北京名人国际大酒店举办的“历史回顾与未来展望——红学学科建设高端论坛”，会议议题是红学学科的建设。若从具体方面说，至少可以从以下两个方面理解红学的发展方向：一方面是文献整理，这方面的主要工作该是对已有文献的“复垦”；另一方面是学术史整理，这方面尤其应该注意专题史研究和红学学人研究。

评议人在评议陈岗龙教授《论哈斯宝〈新译红楼梦〉的诗词翻译》一文时提出了以下问题：严复的信达雅，哈斯宝更重视哪一方面？哈斯宝翻译《红楼梦》使用了哪几部词典？陈岗龙教授一一做了回答，并当即表示将从信达雅方面再做补充调整，完善会议论文。

韩惠京教授在综合答疑阶段提问：请问高淮生教授，您对刘梦溪先生著作《红楼梦与百年红学》怎么评价？高淮生教授回答：《红楼梦与百年红学》写作体例新颖，材料编织巧妙，学术史影响较大。如果说到不足之处，那就是不能像学案史那样把学人写得足够鲜明生动，也不能像通史把事件和时间写得更加系统全面。韩惠京教授比较满意以上回答，这是为什么呢？会议闭幕后，韩惠京教授主动告知高淮生教授，她翻译了韩文版《红楼梦与百年红学》，不久将出版，所以对《红楼梦与百年红学》的评价很关心。又据韩惠京教授说：此前已经翻译出版了刘梦溪先生的《中国文化的狂者精神》一书。

高丽大学一位女博士在综合答疑阶段提问：我最近在学习王国维的《红楼梦评论》，为此用了四个月时间读了叔本华的《意志与表象的世界》及其他著作，同时在阅读相关论文和高教授关于王国维《红楼梦评论》的文章。我发现一种现象：有些研究者根本没有认真读过叔本华的著作或者明显没有读懂，对于这些作者的关于王国维《红楼梦评论》的评论文章该怎么评价？请问高教授，能否就这种现象做一番梳理并写成文章？

高淮生教授做了如下回答：这种情形的确存在，我在写作《红学学案》时阅读了大量相关论文，你说的情况并不少见。我的答案是：这里需要考虑两方面问题，一方面是读者与叔本华的心灵沟通与共鸣，一方面是读者与王国维的心灵沟通与共鸣。如果不能从这两方面做到“了解之同情”，所做的研究或文章只能是隔靴搔痒，或者根本搔不到痒处。如果对这种现象做一番梳理并写成文章，当然很有学术借鉴意义，不过，这需要足够的勇气。

以上举例限于笔者当时的即兴记录以及语言不通（笔者按：韩国学

者大部分使用韩语发言，尽管有些发言用汉语复述，仍来不及笔录）的原因，未能全部呈现第二部分的评议讨论和第三部分的综合讨论与自由问答的全貌。总之，这两部分的内容给人留下了深刻印象：研讨会的会风严谨、务实、生动、活泼。张庆善会长感慨道：韩国学者学风严谨，评议时直接表达不同意见和展开批评，十分难得。

（3）首尔中国文化中心的高宁部长在研讨会结束不久便发布了会议报道，并被快速转发到中国学者们的微信群中，反响热烈。报道称："本次研讨会是首尔中国文化中心联合中、韩、美三国汉学家首次合作举办的学术会议，是中心开展思想交流的一个新的里程碑。会议筹备历时4个多月，切实增进了中外红学研究学者的沟通与交流，为三国学者交流研究成果，共议《红楼梦》研究发展方向提供了良好的平台，对于《红楼梦》的文献、文学、翻译、传播等领域研究做出了积极贡献。"

四、

陶渊明与《红楼梦》简说

陶渊明对《红楼梦》的影响研究是非常值得研究的论题。陶渊明是理解或阐释《红楼梦》的一个极其重要的视角，至今仍然有广阔的话题空间。这一话题不仅有助于拓展《红楼梦》研究的新视野，而且有助于拓展红学研究的学术空间。

一

崔炳圭在《陶渊明对〈红楼梦〉的影响研究》一文中说："自20世纪80年代以来，中国古典文学研究领域开始引进西方接受美学的观点，促使古典文学研究更有活力与生气。陶渊明研究也不例外，1991—2005年间出现的1000多篇陶渊明研究论文中，采用接受美学观点的论文就超过300篇，这足以证明接受美学在陶渊明研究中的重要性。……其实，清代小说《红楼梦》的作者曹雪芹如何评价陶渊明以及《红楼梦》作品本身如何接受陶渊明的影响，也是非常值得研究的论题。……关于《红楼梦》与陶渊明之间的密切关系，学术界早已有所认识，如高淮生《从红楼梦看阮籍、嵇康、陶渊明对曹雪芹的影响》(《红楼梦学刊》2003年第2辑)等论文就是其中代表。"[①] 崔炳圭注意到了接受美学在陶渊明研究中的重要性，并由此提出研究《红楼梦》如何接受陶渊明的影响这一论题的学术价值，笔者颇有同感。

众所周知，陶渊明的接受研究以李剑锋的成果最为丰硕，经过修改的博士论文《元前陶渊明接受史》于2002年由齐鲁书社出版。此后，李剑锋陆续完成了《辽金元明清陶渊明接受史》《陶渊明接受通史》等著述，这些拓新性研究成果无疑是接受美学在陶渊明研究中的成功运用。正如张可礼在《陶渊明接受史》一文中所说：《陶渊明接受通史》

① 崔炳圭：《陶渊明对〈红楼梦〉的影响研究》，《天中学刊》2013年第1期。

"不仅为读者接受陶渊明提供了多方面的参照，有助于读者全面系统地思考和认识陶渊明，也为文学史研究和写作提供了一些启示。"[①] 显而易见，《陶渊明接受通史》同样也为研究《红楼梦》如何接受陶渊明的话题提供了多方面的参照。

笔者注意到，崔炳圭《陶渊明对〈红楼梦〉的影响研究》一文特别提到了笔者十多年前发表于《红楼梦学刊》上的《从红楼梦看阮籍、嵇康、陶渊明对曹雪芹的影响》一文。该文试图对《红楼梦》与陶渊明之间的密切关系做一番尝试性探究，并取得了如下认识：陶潜、阮籍、嵇康均为魏晋名士，他们的个性品格与精神风范、思想情感与认知方式，乃至悲患与风流，都可以在《红楼梦》里见到明显的印迹。这可以从以下三个方面来看：(1)"质性自然"的人生追求与审美理想；(2)超时世的苦闷与悲哀；(3)"达观"的胸襟与态度。曹雪芹像阮籍、嵇康、陶渊明一样，不仅以自己出色的创作为后世提供了不同寻常的优秀范本，标示着生命个体所独有的审美风范，并且也为后世提供了独具鲜明特色的人格范型。[②] 笔者以为，《从红楼梦看阮籍、嵇康、陶渊明对曹雪芹的影响》一文所提出的陶渊明"人格范型说"以及曹雪芹与陶渊明"三个方面联系说"至今仍有启示意义。

崔炳圭认为："《红楼梦》里反映的陶渊明的影响，不仅体现在林黛玉的菊花诗与贾宝玉的思想上，而且《红楼梦》的主体意识、人物品评、登场人物的思想行为以及作者本身的脱俗与反俗精神，都与陶渊明的脱俗精神很有关系。此外，作为'情书'的《红楼梦》，其中的真情与痴情意识都与重视淳朴及真实的陶渊明的为人与作品息息相关，而以大观园为背景的《红楼梦》的脱俗隐逸思想，非常类似于追求桃花源理想世界的陶渊明的思想。不仅如此，反映《红楼梦》作者审美的人生态度的非功利的创作态度，也来源于陶渊明所代表的魏晋文人不求功利、自娱自适的创作态度。"[③] 崔炳圭的以上思考显然是有启示意义的，即陶渊明是理解或阐释

① 张可礼：《陶渊明接受史》，《中华读书报》，2018 年 7 月 4 日第 13 版。

② 高淮生：《从红楼梦看阮籍、嵇康、陶渊明对曹雪芹的影响》，《红楼梦学刊》2003 年第 2 辑。

③ 崔炳圭：《陶渊明对〈红楼梦〉的影响研究》，《天中学刊》2013 年第 1 期。

《红楼梦》的一个极其重要的视角，可以言说的话题远没有说完，即便那些被集中关注的诸如“正邪两赋”的人性论、菊花咏的菊花意象、湘云卧花荫的魏晋名士风范等话题，仍然有着广阔的话题空间。

二

笔者检索吕启祥、林东海主编《红楼梦研究稀见资料汇编》之后发现，近百年红学史的民国阶段基本上少见有关研讨“陶渊明与《红楼梦》”这一话题的文章。近几十年来，集中探讨陶渊明对《红楼梦》的影响或《红楼梦》对陶渊明接受这方面的文章仍不多见，不过，这方面的研讨已经引起相当程度上的关注，相关的论述或阐释颇具新意。换句话说，即研究成果虽有限，学术质量尚可观。试以刘再复、李劼、周汝昌等关于陶渊明与《红楼梦》的思考为例分述如下：

（一）刘再复关于陶渊明与《红楼梦》的思考侧重于“悟证”

> 曹雪芹对陶渊明非常崇尚，小说中虽没有直接性的评价之语，但在诗中却有崇高的至尊地位，这也说明，他完全认同陶渊明借土（田园）诗化的澄明之境。第三十八回（“林潇湘魁夺菊花诗 薛蘅芜讽和螃蟹咏”）写海棠社众诗人（林黛玉、薛宝钗、史湘云、贾宝玉、李纨、探春等）竞作菊花诗，结果林黛玉一人垄断了头三名（《咏菊》第一，《问菊》第二，《菊梦》第三）。评审李纨宣布后，宝玉拍手叫“极是，极公道”。这三首诗与众不同，全以陶渊明的诗境为境，对陶渊明作了空前绝后的评价。……“一从陶令平章后，千古高风说到今”“登仙非慕庄生蝶，忆旧还寻陶令盟”，都是对陶渊明的崇高评价。尤其值得注意的是，这些诗境完全打破主客体之分、物我之分、天人之分的相融相契境界。庄周的蝴蝶梦，是主客不分，陶渊明的菊花咏，也是主客不分。这些菊产生于土（田园），而这些菊境也正是“息壤”所孕育的澄明之境。[①]

① 刘再复：《红楼哲学笔记》，生活·读书·新知三联书店2009年版，第219－220页。

中国最卓越的诗人陶渊明、李煜、曹雪芹进入写作高峰时，在世俗世界中都处于零状态。也就是世俗世界中的一切权力、地位、荣耀都被剥夺或自己放下的状态。零状态，不是对前人与自身的否定状态，而是对世俗负累和世俗观念的放逐状态。在物质世界中接近零度的时候，他们却处于精神的巅峰状态，迈向艺术世界的最高度。①

陶渊明因拥抱大自然而获得解脱，但就境界而言，他还未进入大宇宙。他之前的庄子有宇宙感，但也太沉醉于自然。老子的《道德经》崇尚自然，又有宇宙感，不可道之道与不可名之名乃是宇宙的神秘。慧能更是一个奇迹，他的心灵没有过程，一步就把握事相之核，直达宇宙之心。王国维说《红楼梦》具有宇宙境界，是自始至终都有一个宇宙语境在，贾宝玉、林黛玉的潜意识中就有一个宇宙在。林黛玉说“无立足境，是方干净”，暗示的正是人只有站在比人更高的宇宙高处才能了解自身，她的大化之境，比陶渊明的大化更为辽远。达到“天尽头”，远到有名如同无名的三生石畔与灵河岸边，远到女娲补天时的鸿蒙之初即大化之始。②

关于荷尔德林不同于中国庄禅的要点，刘小枫在二十年前已经揭开。他在《拯救与逍遥》的第二章中，把荷尔德林与陶渊明作了比较并涉及海德格尔，认为荷尔德林之诗意栖居与曹雪芹之诗意栖居性质完全不同，也就是诗意生活、诗化生命的尺度不同，荷尔德林的尺度是神性，陶渊明的尺度是自然性，在荷尔德林看来，存在的充分敞亮和人类的诗意栖居都离不开神性的圣爱，离不开神性的价值尺度。而这种神性并不是天地人自身的本然性规定。而以庄子为哲学基点的陶渊明的尺度却只是天地人自身，是神缺席下的自然生命。刘小枫讲的是陶渊明，但也可以说，讲的是曹雪芹，因为曹雪芹的诗意栖居内容恰恰是回到自身的本然性规定，尽管桃花源与

① 刘再复：《红楼梦悟》，生活·读书·新知三联书店2006年版，第67页。
② 刘再复：《红楼梦悟》，生活·读书·新知三联书店2006年版，第99－100页。

大观园又有区别。[1]

总之，中国文化有自己的诗意尺度，诗意源泉，《红楼梦》写出了海德格尔、荷尔德林未必充分发现的那些巨大的深渊般的诗意生命与诗意生活。正因为如此，《红楼梦》才成为巨大原创性的经典作品。[2]

大观园与太虚幻境不同，它坐落在人间，如同陶渊明所说，“结庐在人境”，诗意它又是一种栖居。只是这种栖居，不是世俗栖居，而是诗意栖居。[3]

刘再复的以上思考结论是从《红楼梦》文本的“悟证”而来，这一种“悟证”乃基于他的这样一种认识：“《红楼梦》的情思浩如烟海，有待一代一代读者去感悟，而悟证又有益于《红楼梦》研究回归文学。期待‘红楼归位’，自然是有感而发。20 世纪红学兴旺，但也发生一个文学在红学中往往缺席的问题。以意识形态判断取代文学研究且不说，20 世纪一些具有代表性的红学家，固然有王国维、鲁迅、聂绀弩、舒芜等拥抱文学的学人，但无论索隐派、考证派、新证派都忽略了文学本身，所以才有俞平伯先生晚年‘多从文学、哲学着眼’的呼唤。”[4] 由此可见，刘再复试图回应俞平伯先生的呼唤，他的关于陶渊明与《红楼梦》的思考基本上从“哲学着眼”，的确具有一定的启发性。这种从“哲学着眼”思考《红楼梦》的视角并非由于俞平伯先生的“呼唤”，早在王国维的《红楼梦评论》就开始了，而且起点非常高，以至于宋淇感慨：“最可惜的是王国维在文学批评方面建立了桥头堡，后起无人，没有人做更深入的研究。”[5] 可见，刘再复的“悟证”并非就是《红楼梦》读法的“独创”。至于所谓“红楼归位”的说法的确有些夸大其词

① 刘再复：《红楼哲学笔记》，生活·读书·新知三联书店 2009 年版，第 195 – 196 页。
② 刘再复：《红楼哲学笔记》，生活·读书·新知三联书店 2009 年版，第 200 页。
③ 刘再复：《红楼哲学笔记》，生活·读书·新知三联书店 2009 年版，第 210 页。
④ 刘再复：《红楼哲学笔记》，生活·读书·新知三联书店 2009 年版，第 3 – 4 页。
⑤ 宋淇：《红楼梦识要》，中国书店 2000 年版，第 6 页。

了。其实，从脂砚斋评点以来，“从文学着眼”评论《红楼梦》的成果多不胜数。换句话说，如果“红楼归位”主要是指《红楼梦》的内容上的题旨寓意和形式上的创作手法（笔法技巧、情节结构、人物塑造），可以说，自脂砚斋评点以来，“红楼”并未“离位”。

自有红学以来，三种研究路径如索隐、考证、批评最为畅行，这三种路径的得失利弊一直是人们关注的问题。笔者以为，俞平伯在《红楼梦辨》一书中所建立的《红楼梦》研究的“新典范”尤其值得阐扬，即这一“新典范”不仅具有一般意义上“考证学的方法”示范价值，同时具有创新意义上的“考证学的方法”示范价值即“文学考证”的方法论意义。俞平伯的《红楼梦辨》一书将“考证”与“批评”融合得最为契合，可以肯定地说，《红楼梦辨》一书是“红楼在位”的红学经典。此后的红学研究名著中，诸如宋淇的《红楼梦识要》、张爱玲的《红楼梦魇》、余英时的《红楼梦的两个世界》等，均为《红楼梦辨》“文学考证”的承续之作。至于刘再复的“悟证红楼”（刘再复著“红楼四书”《红楼梦悟》《共悟红楼》《红楼人三十种解读》《红楼哲学笔记》），尽管是出于“红楼归位”的考量，但往往因过于“思辨”和“玄想”而使“红楼出位”或“红楼离位”。“红楼四书”并非《红楼梦辨》“文学考证”的承续之作，是否能够成为红学经典尚有待于时日的鉴证。值得一提的是，刘再复的以上关于陶渊明与《红楼梦》的“悟证”毕竟相对地中肯，尚未过于“思辨”和“玄想”。

（二）李劼关于陶渊明与《红楼梦》的思考侧重于“历史文化精神”

中国历史就阴阳五行而论，汉唐时期主阳，以气为上，呈一派阳刚之气；及至宋明主阴，以情为重，呈一种人欲风流。然而需要说明的是，《红楼梦》所承汉唐之气，不是其帝王气象如汉武、魏武、唐太宗者，而是其人格风貌如陈蕃、李膺、嵇康、阮籍、陶渊明者。……毋庸置疑，这样一个文化灵魂，同时又是一种新的人文传统。遗憾的只是，自《红楼梦》问世以来二百多年，这一传统居然鲜为人知。想想在这部小说周围麇集着多少红学家，他们如同抢食的鹫鸟一般从中啄取着各自的生存利益，而谁也不去领略其中的苍凉和悲怆。……或许正因如此，才有了一代文化宗师王国维的自沉，才有了学术巨匠陈寅恪的壁立千仞。而这是中国晚近历史上极为鲜见的得《红楼梦》之气脉的两位文化遗民，王国维以其《红楼梦评论》领略其悲剧意味，陈寅恪以其《柳如是别传》承接其人文精神。此中的悲凉，与乱哄哄的所谓红学研究相去何止千里！①

《红楼梦》在梦境上的自由和空幻比庄子的梦游更为广阔和充实，从而更加飘洒和自如。当年庄子的无用无为之中，掺和了魏晋风度的构成者们诸如嵇康、阮籍和陶渊明等人的骨气和质地，融会了《牡丹亭》中的生死恋情，再加上如同《诗经》求偶之声的清澈和纯粹，构成一种觉到极致梦到天际的大觉大梦之意境。或许正是这样的梦境，潇湘妃子才在《菊梦》一诗中指出："登仙非慕庄生蝶，忆旧还寻陶令盟"；同时标明："醒时幽怨同谁诉，衰草寒烟无限情"。因为陶令盟，梦境有了天国指向的理想光泽；因为无限情，梦境有了光彩照人的审美指向。②

在小说香菱学诗一节中，林黛玉对香菱强调说："词句究竟还是末事，第一是立意要紧。若意趣真了，连词句不用修饰，自是好的，这叫做'不以词害意'。"诗魂的这番论诗，可说是解开《红楼梦》意象形式的关键。因为既然作诗以立意为上，那么以此类推，小说也同样如此，不是以人物造型和故事结构为先，而是以确立意象为要紧。意象的确立关系到小说的有无灵气，尤其是一部长篇小说巨著有无意象作深层结构，直接意味着灵魂的是否在场。以往文学史上之所以会出现梦游者的阙如连同梦境的空白，其根本原因在于灵魂的失落，而不是文学的失魂落魄，才导致权力话语以道统原则为媒介的干预和渗透。顺便说一句，明代性灵文学的倡扬，实际上是一次灵魂寻觅的努力。这一文学流派对《红楼梦》作者多少有一定影响。③

① 李劼：《历史文化的全息图像——论〈红楼梦〉》，东方出版中心 1995 年版，第 4 – 7 页。
② 李劼：《历史文化的全息图像——论〈红楼梦〉》，东方出版中心 1995 年版，第 292 页。
③ 李劼：《历史文化的全息图像——论〈红楼梦〉》，东方出版中心 1995 年版，第 308 页。

李劼关于陶渊明与《红楼梦》的“历史文化精神”思考尽管因“历史维度”的渗透自比纯然的“悟证”相对厚实些，不过，同样属于“思辨”和“玄想”的一脉。李劼在陶渊明与《红楼梦》之间的精神气质和精神意蕴方面的领略的确可观，其中关于《红楼梦》意象的思考能给人以启发。相对而言，李劼所著《历史文化的全息图像——论〈红楼梦〉》一书可以称得起红学名著，因为作者在融通“历史维度”“审美维度”“文化维度”阐释《红楼梦》的“历史文化精神”方面颇有新意。笔者认为，20世纪80年代以来颇有影响的文化研究著作当推周汝昌的《红楼梦与中华文化》、李劼的《历史文化的全息图像——论〈红楼梦〉》和胡文彬的《红楼梦与中国文化论稿》等三部。这三部文化研究著作不仅拓展了《红楼梦》文化研究的新视野，而且拓展了红学研究的学术空间，这与红学研究的“文献、文本、文化”融通的学术倡议相呼应。李劼的《红楼梦》与中华文化研究是为了思考中华文化的精神气脉如何由《红楼梦》贯通并延续着，由此体味《红楼梦》的文化本真意味，以接续中华文化的人文精神。

（三）周汝昌关于陶渊明与《红楼梦》的思考侧重于“用笔之法”

曹雪芹首先是大诗人，大思想家，大艺术家……最后才是“大小说家”。他之萌起撰写自传小说的念头，现在可以理解成有两个因素：第一，由于家世与个人的遭遇经历，兴起必须一写“自家”的志意。第二，他以诗人之眼阅世，以诗人之心感物，以诗人之情待人，以诗人之笔摛藻——这才产生成一部与在先的小说大大不同的《石头记》来。这部小说的许多特色之中最大的一个，就是那种浓郁强烈的诗的气息与境界。这在别的小说中是绝对无有的。可以说，它整个儿是一首长诗——在小说的外形下而写出的！其所以能臻此境，正是由于雪芹志在自写其传，又最善于诗笔传神的两重原因凑泊为一而达到的自古以来尚未能有的极高的文学艺术的新境界！①

① 周汝昌：《红楼梦与中华文化》，北京华艺出版社1998年版，第88页。

涉及自传文学、自传小说，如离开《红楼梦》的中心而作广泛专题研究，那将是十分浩繁的工作，非本文所能包纳，此处只是若干零星感想，附记备考。汉代的史、子诸篇，作者多将“自叙”放在卷尾，如《史记》《论衡》等是。至六朝如《文心雕龙》，也仍然是自叙放在最后，构成全书的一个部分。不与著述大书相连的、独立出来的自叙传，似乎以陶渊明的《五柳先生传》为最有代表性。它的特点有二：一是“掩盖了的”disguised自叙传，即不肯明出真实姓名，也不肯用“第一人称”。二是虽名曰“传”，并不是死板地罗列“生平事迹”，而以突出个性特色为中心。从此以后，“不知何许（即何乡何郡）人也”，也“不详其姓氏”的表面而传写自身的传记文学，就多起来了。这种文体，到底算“传记”，算散文，还是算小说？我看正有争论的余地。因此之故，“掩盖”或者说“伪装”了的、像是写别而实在是写自己的“传记”或“小说”，在我国文学史上源头是很早的（陶氏的时代是西元的第三、四个世纪）！[①]

我们读《红楼梦》务必要细心玩索雪芹的用笔之法。他的笔不是漫然轻下乱下的，笔笔有其用意。……《红楼梦》有一个“思想纲领”，就是正邪两赋论，是它统帅着全书。……曹雪芹让贾雨村宣讲了“正邪两赋论”，然后就举了一串人物的姓名，说这些皆是易地则同之人也，意思就是说他们的时代、地位、身份虽有不同，但其禀赋的本质则是一样的。这是雪芹以古喻今（他那时候的“今”）。[②]

周汝昌关于陶渊明与《红楼梦》“用笔之法”的思考颇为用心，尽管他的判断不见得都能说服人，但他对《红楼梦》“用笔之法”的“大旨本意”的特别重视的确可取。周汝昌在谈及“正邪两赋之人”时说：“这类奇才异品，乃是中华文化大背景所产生的精华宝物——所谓‘物

① 周汝昌：《红楼梦与中华文化》，北京华艺出版社1998年版，第90页。
② 周汝昌：《红楼小讲》，北京出版社2002年版，第42－43页。

华天宝，人杰地灵’。雪芹著书传人的大旨本意，正在于此。”① 笔者以为，周汝昌认为曹雪芹“著书传人”即“志在自写其传，又最善于诗笔传神”的说法引人思考。

三

刘再复说：“如果仅仅以专治专，就《红楼梦》谈《红楼梦》，或仅用小说、诗词等文学视角来把握《红楼梦》，就很难跨越前人水平，而如果打通文、史、哲，打通中西方，以更广阔的视野和更强大的参照系来领悟《红楼梦》，就会有别于他人前人，就会对红学之专有所补充。”② 刘再复关于“参照系”的说法是中肯的，可以认为，由陶渊明而观照领悟《红楼梦》正是这“参照系”无可替代的方面，这一方面的话题空间仍然开阔，只是应该“接着说”而不是“照着说”。由此联系着看，或者庄子与《红楼梦》、嵇康与《红楼梦》、阮籍与《红楼梦》、汤显祖与《红楼梦》，或者儒与《红楼梦》、道与《红楼梦》、禅与《红楼梦》，如此等等，都是可以独立成为“参照系”的一个方面，诸如此类的方面构成了一张网，便可以更好地把握《红楼梦》，更准确地观照和领悟《红楼梦》，也就是对《红楼梦》做一番“博观圆照”。谈及《红楼梦》研究的“博观圆照”，笔者另有一番思考，即为了更好地把握《红楼梦》，更准确地观照和领悟《红楼梦》，应将文本、文献、文论、文学史、文化史相结合或相融通，应将文学、历史、哲学、美学、艺术相结合或相融通，相对于《红楼梦》而言，可供选择的“参照系”最为灵活而开阔。

端木蕻良在《向红楼梦学习描写人物》一文中谈及曹雪芹写人物的方法时曾这样说：“写一个共同的本质，在不同的阶级教养之下呈露出各种姿态。这种写法，我认为是写人物最好的方法。曹雪芹最懂得这个。他知道‘气质’在不同的阶层的养育之下，这种质素会呈现出什么

① 周汝昌：《红楼小讲》，北京出版社 2002 年版，第 45 页。

② 刘再复：《红楼哲学笔记》，生活·读书·新知三联书店 2009 年版，第 7 页。

样的姿态。他说贾宝玉、林黛玉这一类人：‘上则不能成仁人君子，下亦不能为大凶大恶。置之于万万人中，其聪俊灵秀之气，则在千万人之上。其乖僻不近人情之态，又在千万人之下。若生于公侯富贵之家，则为情痴情种。若生于诗书清贫之族，则为逸士高人，纵偶生于薄祚寒门，亦断不至于为走卒健仆，甘遭庸夫驱剥驾驭，必为奇优名倡。如前之许由、陶潜、阮籍、嵇康、刘伶、王谢二族、顾虎头、陈后主、唐明皇、宋徽宗、刘庭芝、温飞卿、米南宫、石曼卿、柳耆卿、秦少游，近如倪云林、唐伯虎、祝枝山，再如李龟年、黄幡绰、敬新磨、卓文君、红拂、薛涛、崔莺、朝云之流，此皆易地则同之人也。’他写的黛玉、晴雯，便是不同身份下的同一性格，倘若剥下了这份子‘身份’，显示出他们原来那份‘气质’，此则易地则同之人也。这是曹雪芹写人物技巧高明的一着。这种着数，可以说是‘多态’的写法。……我们应该向曹雪芹学习雕塑人物的手法。”① 笔者以为，曹雪芹写人物最善于选择“参照系”，所谓“多态写法”也可以称之为人物雕塑的“博观圆照”。以此类比，对于曹雪芹《红楼梦》的“精神气质”做一番“多态”观照或阐释，无疑最有助于把握和理解曹雪芹《红楼梦》的“精神气质”。

为什么《红楼梦》的“精神气质”可以做一番“多态”观照或阐释呢？笔者以为至少有两方面的理由，一方面，《红楼梦》是一部文学经典，周汝昌、刘再复甚至称之为文学“圣经”，其可阐释的空间具有极大的开放性；另一方面，《红楼梦》是一部文化小说，其丰富的精神内涵和文化容量具有无限的可言说性。

总之，陶渊明与《红楼梦》的研究应是“名家与红楼梦研究”的富有启发性的话题，这一话题对于理解《红楼梦》的思想、艺术、文化诸方面均有启示意义。

① 吕启祥、林东海：《红楼梦研究稀见资料汇编》（增订本），人民文学出版社 2006 年第 2 版，第 788 – 789 页。

五、

一朝入梦，终生难醒
——高淮生教授苏州大学文正学院讲演录

题记：2018 年 9 月 21 日下午，笔者应邀为苏州大学文正学院师生做了一场题为“一朝入梦 终生难醒——《红楼梦》的现实启示”的学术讲座。讲座伊始，苏州大学文学院教授、文正学院中文与新闻传播系主任陈桂声教授作为主持人，代表学院发表了热情洋溢的致谢。随后，笔者根据自己多年来的红学研究心得和教学经验，结合当代大学生的阅读兴趣和精神面貌，从以下方面展开了演讲：(1) 读或不读《红楼梦》是个人性分问题；(2)《红楼梦》告诉我们爱情是什么；(3) 香菱学诗——完成自己；(4) 诗礼簪缨，文采风流——“诗”与“礼”乃中华文化精神之核心。以下内容乃根据录音整理并有所删节订正，原草稿在讲座结束时即被现任苏州大学文学院教授、笔者的好友周生杰教授索取存念了。

今天，我受邀请给大家做一场《红楼梦》的导读，很是高兴。《红楼梦》的故事是从苏州开始的，青埂峰下那块大石上写着“当日地陷东南，这东南一隅有处曰姑苏”。读过《红楼梦》的都知道，林黛玉是从苏州启程去的贾府，住在了大观园。可以说，苏州与《红楼梦》关系很大，我能在苏州与大家谈《红楼梦》，自然是很高兴的。《红楼梦》这部经典可谈的话题很多，今天就谈谈以下几个方面的话题。

一、读或不读《红楼梦》是个人性分问题

记得广西师范大学出版社曾经在网上搞了个“死活读不下去排行榜”，结论是：《红楼梦》是“读不下去”的书。前几天，就有一个朋友跟我说：其实很多人都不喜欢读这部书！我说：没关系，有很多人不喜欢它，同时也有不少人喜欢它。所以，一部书，并不一定要求所有人都要去读，只要有喜欢读的人去读，并且能够读通了，他们会把这些读通了的道理用在他们各自的人生历练中，这部书的作用就达到了。《红楼梦》这部书为什么要倡导大家读呢？我们举一些例子来看：中国古代的明清小说有七部是大家至今都经常在读的，这七部小说的研究者也非常多。早年有明代“四大传奇”之说，哪“四大传奇”呢？即《三国演义》《水浒传》《西游记》《金瓶梅》。由于《金瓶梅》里面涉黄（色情），有12000字左右的性描写确实是赤裸裸的，所以又禁止它。为什么禁止呢？因为它有伤风化，乱人心境。于是，“四大”就成了“三大”了。哪一部书替补了呢？就是《红楼梦》。这样就不叫“四大传奇”了，就叫“四大名著”了。还有两部小说是哪两部呢？一部是写文人的小说《儒林外史》，还有一部写鬼狐的就是《聊斋志异》。这七部小说占据了中国古代小说研究的绝大多数的力量，每年都会涌现大量的文章和著作。

若问为什么人们兴致很高地关心《红楼梦》和研究《红楼梦》呢？我们用鲁迅的话来说，鲁迅早年就说我们老百姓为什么愿意读《三国演义》读《水浒传》呢？他说民间还存在着“三国气”“水浒气”。不光喜欢读，当新的媒体出现时，人们还把它拍成电影拍成电视连续剧，那就更是家喻户晓。也就是说，今天老百姓依然有“三国气”，依然有“水浒气”。那么，我们要问：有没有“西游气”呢？有没有“红楼气”呢？我们的一些学者希望大家能够像喜欢《三国演义》喜欢《水浒传》一样喜欢《西游记》和《红楼梦》。为什么呢？大家知道，《红楼梦》是讲情讲爱的，主要讲“痴心”或者“痴”的问题，尤其是“情痴”。如果这部书能够在民间形成一股“气”，那将是什么情景呢？这个“气”的概念是什么呢？中国的古代哲学认为宇宙的基本物质是由“气”构成的，不是什么最小的颗粒啊，什么水啊，什么土啊的，不是这些东西，而是由“气”构成的。“气”分阴阳，阴阳生万物，包括我们每个人身上都有阴阳二“气”，对吧！如果阳气少了的话，我们可能阴气一足就容易怕冷，对不对！阴气少了呢，那不行，我们可能口要干燥，就要滋阴。文学作品也起这个作用，也起补我们的阴阳的作用。所以，我跟青年学生都这样说，我说当代的社会最容易使我们青年人“阳盛阴衰”。所谓的阳盛，就是他们老有功利心，你们经常关心各种各样的成功秘诀，各种各样的考级证书，就是希望自己早点儿成功，早点儿挣大钱，早点儿买别墅，早点儿出名，这就是阳盛。我们说，如果阴阳哪一个方面亏了的话，它就容易失调，一旦失调，这个生命体就要受到危害。所以，为了让阴阳不失调，我们就要滋阴，滋阴怎么滋呢？我就跟学生说，就是多读文学历史哲学和艺术的书籍，也就是多读人文的书籍。我们说知识分为人文、社科和自然科学几方面，就是形而上、形而中、形而下几个层面，读文学历史哲学和艺术的书籍就是遨游于形而上层面。从这个角度上说，我应该讲清楚了吧，就是我们为什么让大家去读《红楼梦》？

《红楼梦》是讲情讲爱的，《西游记》是讲童心的，当然《西游记》也讲“伏怪以力、取经唯诚”这样的道理。如果开列参考书，我认为，这些古典小说可以分阶段来读。幼儿可以先读《西游记》，也不要让他先读《三国演义》和《水浒传》，当然了，更不要让他先读《金瓶梅》，这里涉及一个人生如何打好底稿的问题。我们说一个人的成长过程中，一开始就像一张白纸，底稿如果不打好，这个人的成长就会有问题的。所以，从这个意义上讲，随着年龄的增长，推荐先读《西游记》，紧接着就应该读《红楼梦》了，读完《红楼梦》再来看《三国演义》和《水浒传》。大家知道：《三国演义》主要是斗智的，刘关张，魏蜀吴，书中刻画了一个非常有智慧的人——诸葛亮，描写诸葛亮的智慧简直像妖怪一样，给你三个锦囊妙计，绝对能胜！中国人喜欢斗心眼儿，斗心眼儿也是斗智，所以我们老百姓说，“老不看《三国》，少不看《水浒》”。《水浒》是斗狠的，里面有杀心。你想上水泊梁山吗？对不起，提一个人头来，不管这个人头是男人女人老人小孩善良的还是恶人。你看武松杀嫂，把他嫂子啪的一下肚子破开对吧？这个我们要说，如此血淋淋的东西你让七八岁孩子读实在是有问题的，所以，我认为读书是有阶段性的。

当然，有些聪慧的人其实很早就读《红楼梦》了。我举个例子，张爱玲八岁就读《红楼梦》，13 岁就模仿《红楼梦》写了一段故事，她就很聪慧吧！并且，她对《红楼梦》的版本熟到什么程度啊！她当时所能见到的版本都读了，所以，后来她就写了一部学术著作叫作《红楼梦魇》，红学史上研究《红楼梦》成书的第一本著作。大家知道《红楼梦》成书非常复杂，没有哪一部书像《红楼梦》这样有十几种抄本和两种刻本即程甲本和程乙本。她是一个作家，竟然在《红楼梦》研究上能有那么大的作为，什么原因呢？就是因为她读《红楼梦》的遍数太多了。还有一位民国著名记者、作家曹聚仁，他说《红楼梦》《三国演义》《水浒传》《金瓶梅》分别读了一二百遍了，他得用多大的功夫来读啊！所以，读和不读的问题，我觉得首先是一个性分问题。

譬如曹雪芹同时代的永忠曾在读了《红楼梦》之后写了三首题咏诗即《因墨香观红楼梦小说吊曹雪芹三绝句》，其第一首是这样说的：

> 传神文笔足千秋，不是情人不泪流。
> 可恨同时不相识，几回掩卷哭曹侯。

第一句说这部书啊，文笔传神可以流传千古，这部书写得好啊！第一句是从作者创作文本的方面说的。第二句“不是情人不泪流”，是从读者接受角度说的，什么样的人能读下去并且能够流泪呢？就是“有情人”。现在就说一说读者接受吧！艾布拉姆斯说文学创作有个“四要素”，这首绝句就涉及了三个：传神文笔、情人、曹侯。永忠便是那“情人”。读者读这部书，性分中的情感充分不充分？而且你这个情感又是什么样的情感呢？这情感的程度、情感的浓度都影响你的读或不读以及能不能读得通。我觉得永忠说得真好，说“可恨同时不相识”，我是“几回掩卷哭曹侯”啊！可见，永忠称得上是曹雪芹的“知己”了！其实，人生难得一知己啊！

《红楼梦》要不要读的问题涉及“缘分”问题。你读它是一种缘分，你要把读它看作是一种缘分，这一辈子我读了《红楼梦》了，并且我读了一百遍了，临死前你会觉得很欣慰，因为别人没这样读过啊！

我再跟大家讲一件事儿，前几年，地处徐州的江苏师范大学有一位文学院的女生，她本科毕业前跟随我们中国矿业大学艺术学院的一位副院长来我办公室面谈，她说很想跟着高老师读研究生，期望我能够指导她。我说为什么呢？她说在网上查了一下我的资料，我是研究《红楼梦》的，她酷爱《红楼梦》。我就问：你读了几遍啊？她一说把我吓了一跳：“我也没读太多，至今就读了 23 遍。”我说你怎么会读那么多遍呢？她说：“我小时候刚上学的时候，我爸在新华书店买了四大名著给我，结果一看《红楼梦》就立刻被它吸引了。实话告诉高老师，其他三部我都没读过，读不下去，我就一直在读《红楼梦》。我比较内向，平时不常与别人一块儿玩儿，下课没事了我就翻阅《红楼梦》，读大学期间还在读，已经读了 23 遍了。”于是我就答应接收她跟我读研究生。研究生开题前，我给她一个选题，研究蒋和森于二十世纪五十年代末出版的《红楼梦论稿》，这部《红楼梦》研究专论是六七十年代的学术畅销书。1949 年以后的学术畅销书有这几本：一本是周汝昌的《红楼梦新证》，几乎人手一册；还有一本就是蒋和森的《红楼梦论稿》；八十年代又有一本就是李泽厚的《美的历程》。你们想一想：读了 23 遍《红楼梦》的姑娘，她和别人交往的时候当然都是充满着情感的，她既不会轻易做坏事也不会轻易说你坏话的，你跟她交往是很放心的。而且，她来矿大读研究生什么都没有耽误，既在矿大找了一个博士男朋友，现在两人喜结连理了，毕业时又在南京的一个中学当老师了。她写蒋和森的《红楼梦论稿》也同样写得非常棒！可见，读23遍《红楼梦》是有诸多好处的吧！

我这里总结一下吧！读与不读，我觉得可以从三个方面来理解：第一个方面涉及文化诉求问题。什么人才能读《红楼梦》啊？你得是情感多么丰富的人啊！你得是对自己做人的人格要求多么高雅啊！如果你只是能欣赏那些低俗文化或通俗文化，你当然读不进《红楼梦》了。《红楼梦》里有一段在妙玉那里喝茶的描写，喝茶，人家那不叫喝茶叫品茶，一杯为品，二杯是解渴的蠢物，三杯便是饮牛饮骡了。要我说就是冲下水道了，说我渴了以后咕咚咕咚地喝，那叫“冲下水道”，对你起不了太多的作用。你见过农村灌田的时候，当田地特别干的时候，只能细细地去浇灌，让水慢慢渗透才能便于吸收吧！

第二个问题涉及什么呢？涉及审美需求问题。我举一个例子吧！譬如赵本山的二人转，占据春晚舞台好多年。据报道：台湾人不喜欢赵本山。什么原因啊？二人转被赵本山在春晚上复活了，好不好呢？好！好在哪儿？它确实是中国民间的艺术形式，应该继续流传下去。不过，二人转毕竟是通俗的民间艺术，其中难免低俗的成分。这么多年的春晚舞台上它都是很火的，为什么后来很多人开始提出批评了呢？这里就有一个审美导向问题。大家知道，广电部和文化部前些时日倡导反三俗，为什么要反三俗呢？全民的审美水平需要提高啊！人们这么多年来舍雅趋俗，应该改变这种现状了。我们现在的审美水平不是在进化而是在退化，所以这里涉及一个审美诉求问题。物以类聚，人以群分，我们的大学生都不喜欢读《红楼梦》，这审美水平未免有些低了吧？

再就是涉及心理诉求问题。我的这位女弟子她喜欢《红楼梦》，读了那么多遍，她说：“我每每读到林黛玉葬花这一回，眼泪就啪嗒啪嗒往下掉。”林黛玉葬花就是一个行为艺术，她葬的哪是花啊？葬的是青春，葬的是她自己的生命。所以，《红楼梦》这部书让我们思考这样的人生问题：To be or not to be？这涉及一个精神归属问题。你看《葬花吟》怎么唱的啊，“愿奴胁下生双翼，随花飞到天尽头，天尽头，何处有香丘？”天尽头，何处有香丘啊？我是“质本洁来还洁去”的人，我将来要飞到“香丘”，即不受任何污染的地方。你们看林黛玉她的心理诉求是什么呢？

当然，能不能读下去呢？我觉得还涉及三种态度：一种态度是厚今薄古。现时代的年轻人一谈到古代，就认为过时了，请问大家如果不了解我们的历史不了解我们的文化，你会多么浅薄啊！一个人如果没有文化的厚度，他必然没有发展的前景。文化是有历史承传的，咱们在座的大家能不能从今天开始认真读书，将文脉传下去，给后人留下一片蓝天？所以说，厚今薄古是要不得，尤其在你们求学期间。第二个态度是什么呢？就是舍雅取俗。近来常谈及“三俗”——恶俗、低俗、媚俗，现在有些人是怎么恶俗低俗媚俗就怎么来做。“舍雅取俗”的态度会影响社会风气，反过来呢，社会风气又会影响每个人。读《红楼梦》是舍俗取雅的事情，有助于改善每个人的精神气质，进而有助于改善社会风气。第三个态度即舍难取易，怎么容易就怎么做，这样你能有多少积累呢？又能有多少进步呢？我们大家知道，读《庄子》当然比读《论语》还要难，但是要读；读佛经当然比读《庄子》还要难，但你也要读啊！中国古代文人的人格结构是儒道互补，你不读又如何互补呢？目前的情况是，研究生毕业以后也不读书了，你的认知水平如何提高呢？你的做人格局如何提高呢？读书也好阅世也好，目的是扩大我们的三个容量，哪三个容量呢？一个思想的容量、一个情感的容量、一个心理的容量。心理容量大家都好理解，常言道：“宰相肚里能撑船！”情感的容量对我们做一个有情趣的人很有帮助吧。我为什么愿意跟周教授交流？跟周教授交流很有情趣啊！周教授读的书都比较高大上，文献学的书你们啃起来肯定觉得费劲，而周教授则乐在其中。我每一次与周教授交流都特别开心，我一开心，就给周教授写毛笔字，有时给周教授写古诗。我的一幅字将来能卖个一万元吧，如果周教授收藏了一千幅字，他得挣多少钱啊？所以说人哪，一定要有情趣。我们用学术语言来说，当今的世界已经缺失了幽默感，所以林语堂就显得弥足珍贵。林语堂有一本书叫作《生活的艺术》，我推荐大家看一看，这本书讲得非常好，他提倡生活艺术化和艺术生活化。

二、《红楼梦》告诉我们爱情是什么

读《红楼梦》的第二个启示，现实的启示，就是爱情是什么？我要问大家爱情是什么？肯定答案很多，是的，我们会发现生活中很有趣，往往那些就在我们眼前晃着的事情和概念，真要问是什么还真不一定能搞清楚，是吧？再譬如我问你们什么是人？你能马上给我答案吗？回答不了吧！爱情是什么呢？其实，曹雪芹给了我们一个答案，不能说曹雪芹的答案果真就是准确的，但是曹雪芹给我的这个答案我愿意相信，我愿意相信的根据，就是我这几十年的婚姻生活的体验。所以说想去获得爱情真谛的人，我倒劝告你先来一段婚姻吧！（当然这个劝告并不现实。）没有婚姻生活的人想体会什么是爱情真的很难，你始终是雾里看花。什么是爱情这个问题，根据我的经验和体验，我觉得我愿意相信曹雪芹说的这段话。好！这段话是什么呢？大家来看对不对呢？第三回贾雨村送林黛玉来贾府，宝玉匆匆忙忙地跑来，老太太就说了赶紧回去换衣服，换了衣服来见你林妹妹。换了衣服他来了，黛玉一见到贾宝玉，她心里面就琢磨："好生奇怪，倒像在哪里见过一般，何等眼熟到如此啊！"这是林妹妹说的吧，她奇怪怎么这个人这么眼熟啊！好像在哪见过。然后，宝玉怎么说呢？"这个妹妹我曾见过的。"老太太说你怎么会见过呢？你们之间又没有来往。然后，宝玉说了这样一句话："虽然未曾见过她，然我看着面善，心里就算是旧相识，今日只作远别重逢，亦未为不可。"大家知道，贾宝玉这段话里面有几个关键词，第一个"见过"，第二个"面善"，第三个"旧相识"，第四个"远别重逢"。什么叫爱情？我觉得曹雪芹很好地诠释了爱情，一个男孩，一个女孩，初来乍到文正学院入学报到，突然，两双眼睛一对视——哇！这个妹妹好像在哪见过；呀！这个哥哥怎么好生面熟啊！我说这就是爱情的初期阶段，如果说起"远别重逢"了，那就达到比较高层次了。这就有了两个人谈恋爱的基础，这样的恋爱一般不必附加任何的外在条件。大家知道孟非主持的相亲节目《非诚勿扰》，你看，男女选手一亮相，小伙子要介绍他的生活经历、他的创业等，姑娘第一次出场也要介绍自己，这是谈恋爱吗？这叫相亲，它是建立婚姻的过程。当然，彼此牵手以后可以相处，相处感情深了之后再结合，这个相处也是互相考量利益，你如果没有恋爱情感的初级基础，如何谈得上爱情呢？依我看，爱情这个事情其实是很单纯的，它不附加任何条件，甚至它不向对方索取责任。请问，林黛玉和贾宝玉在谈恋爱的时候谁说过这种话呢？“从此以后我可是你的人了，你以后得对我负责！”不过，林黛玉有小性子那是真的，她总惦记着贾宝玉是不是到薛宝钗那儿去，她马上就嗔怪道：你是见了姐姐就忘了妹妹了！这表明：林黛玉痴心爱着贾宝玉，爱得如此深沉！《红楼梦》塑造林黛玉的形象主要就是写她的痴情，她眼里心里只有贾宝玉。红学大家周汝昌就不喜欢她这方面，他就最喜欢史湘云，因为史湘云“英豪阔宽宏量”啊！

其实，我经历了三十年的婚姻之后发现爱情并不是你们想的那么简单。爱情的初级阶段，就像找红颜知己一样可遇不可求啊！它跟写文章一样，你知道写文章主要是修改，我们修改到什么程度呢？陆机在《文赋》里早就说了，我想的和我纸上写的怎么就不一样呢？我看到的和我想到的也不吻合呀？对！所以说只有唯一的表达方式是最好的。我告诉你们：天底下的爱情在一定的时空里，只有一个或一种是最合适的，我们谈恋爱就是在谈（或者说“找”）这最合适的那一个啊！有人要说，呀！你怎么谈了一个又扔了呢？如果他是严肃地追求爱情的话，你不要轻易说他是陈世美或者是见异思迁，因为那个人不合适。我不知道你们有没有这种感觉，有时候跟一个异性在一起，从来没见过面，第一眼一看就触电，是有这个感觉吧？就觉得舒服啊！这其实是什么呢？是爱情的心理基础。

那么，他们两个人为什么有谈恋爱的心理沟通呢？我告诉大家，他们两个人都是有神性的。譬如林黛玉吧，黛玉者谐音带着玉来的，这个你们没有注意到吧？《红楼梦》里善用谐音，甄士隐就是“真事隐去”，贾雨村就是“假语存焉”，元春、迎春、探春、惜春就是“原应叹息”。宝玉，他同样带了一块非常珍贵的玉，这块玉可宝者“通灵”者也。说到“通灵”二字，中国文字的“灵”字很神奇的，你们查一查，“灵”

字前后搭配可以构成很多词，通灵、灵通、灵性、灵悟、灵敏、机灵，你注意这个词了吗？这里蕴含着中国古代的一种哲学观，做人也罢，哪怕一块石头，只要“灵”了，那就是高贵的东西了，明白吧！为什么让你们读《红楼梦》，弄明白这个，就是你做人要做高贵的人，不要做低俗的人。

宝玉黛玉为什么相识？因为他们是有神性的。《红楼梦》开始的故事，林黛玉是怎么转世的？她是绛珠草被神瑛侍者用甘露浇灌的，修成了女体，当神瑛侍者跟太虚幻境里的警幻仙姑报号，也就是那个掌管女怨男痴的，说我想到人间走一遭。警幻仙姑说可以，你带着这块石头去吧！这一块石头是女娲补天弃用的，有神性的。黛玉说他走了我也要跟着去，为什么呢？因为他用甘露浇灌我，我无以为报，我用眼泪还他也算是还得尽的。所以，《红楼梦》写到林黛玉说最近我的眼泪反而少了，这就意味着后面林黛玉的情节就少了呀！为什么？因为，这个时候林黛玉和贾宝玉已经没有什么猜忌了，大家心里面已经是心心相印了。意味着再过不久林黛玉必须要魂归离恨天，她要回到太虚幻境里面来销号，就是请假条要交给警幻仙姑，然后归到她的册子里。

其实，我跟大家说，每个人总有一死，将来归到哪个册子里那是你自己选择的啊！所以说《红楼梦》里有宿命的东西，宿命有什么了不起，中国人从来都有宿命感，对吧？命，我们不能选，运，我们可以把握，这就是常说的命运。比如说，你出生在苏州是令人向往的，苏州是天堂啊！出生在苏州姑娘都是美女，都很有灵性，都知书达礼。大家知道，今天的苏州，被评为人均读书最多的一个城市，人杰地灵啊！再譬如我那女公子说：“爸，你当初毕业的时候为什么不去北京创业？到北京创业了，我现在也不至于那么费劲地买房子。”我说：“我给你带到徐州可以了，按照你的思路再推下去，我就要问我的爹当初为什么不把我带到北京去？”好好读书，因势而动，这就叫“运”。“运”来了，你不一定能把握，我们说梦想成真，成真的是“运”，所以要善于把握这个“运”。林黛玉和贾宝玉都是转世来人间走一遭，这是他们的“运”，他们的命是什么呢？他们都不在人间，一个是早先的绛珠草，一个是神瑛侍者，他将带着这块石头转世。曹雪芹想告诉我们什么启示呢？我们每个人都衔着一块玉来到人世间的，只不过你的那块玉不知道被你放到哪里去了，我们要找到那块玉，我们才能通灵。

记得早年我读大学的时候，我的老师告诉我：你看一个人啊，三天不读书，眼珠子都是浑浊的！你不读书怎么能灵呢？我们大家觉得自己没有神性，人是有神性的，莎士比亚早就说了啊！人是万物之灵长，灵者，神也！所以，你如果从这个角度来看你的生命，你就不会作践自己了。有一句网络流行语说：不作死不会死！所以我说人虽是肉身凡胎，其性可以通灵也。如果每个人的人性都能够通灵，无论我们读书，无论我们谈恋爱，无论我们做任何事，都特别地顺，特别有这种审美的高度，有质量。所以谈恋爱的事情《红楼梦》里面已经告诉我们了，什么叫恋爱？就是调动我们身心的那些能够和对方很触电的部分，然后把这些部分很好地发扬光大。于是，两个人这个时候的结合才真正是爱情的结合。

讲到这儿，我再给你们推荐精神分析学家弗洛姆的一本书《爱的艺术》，这本书出版的时候人们就像每天读日课一样读弗洛姆的这本书（这里主要指中学生）。这本书说爱情的本质是什么呢？爱情的本质是激发被爱者爱的能力，我觉得在《红楼梦》里面也完成了，无论贾宝玉和林黛玉之间都是一个互相激发的问题，最后使他们没有猜忌，大家互相都体贴了。其实在贾宝玉心目中林黛玉多么重要呀！重要到什么程度啊？宝玉说："除了老太太，老爷太太，第四个就是妹妹了。"有的同学就问了："不对呀，如果我的对象问我，我在你心目中排第几，我肯定会说你排第一啊。"混账东西！无父无母！你的女朋友排第一那将置你爹妈于何处？置你爷爷奶奶于何处啊？中国人最大的道德是孝，所以宝玉表达的是对的。

这是我要说的关于爱情的理解，不知道诠释的对大家有没有启发呢？我们不要企图找到一个标准答案，如果有启发，大家自己按照这个启发去继续读《红楼梦》，这是第二个问题。

三、香菱学诗——完成自己

第三个问题我想谈谈香菱为什么学诗。香菱何许人也？是甄士隐晚年得的一个女儿，结果这个女儿走失了，被拐卖了，拐了以后干什么啦？卖给了人家，养大了之后又被谁弄去了？薛蟠，薛蟠又是什么人呢？宝玉说他不知作养脂粉。什么叫作养脂粉？就像贾宝玉那样，见了姑娘，怜爱之心油然而生。鲁迅对贾宝玉的评价非常准确，就四个字：爱博心劳。鲁迅看问题的眼力非常厉害！一个人读书通不通取决于什么？取决于眼力。鲁迅说贾宝玉对姑娘们是出于关怀出于忧患，他考虑得非常细致周到，譬如他忧患香菱，怎么忧患呢？给香菱换袭人的石榴裙，顾念香菱这样一个好姑娘的命运怎么这么不济，就被薛蟠这个不知作养脂粉的呆子给买了去呢？譬如他还忧患平儿，平儿被王熙凤打了，他帮助平儿整理妆容，如此等等。宝玉用自己亲自调的胭脂给平儿用，躺在床上还很自得，觉得我终于有机会为平儿效劳了，有人说把宝玉这个情况叫作什么呢？叫作"意淫"。"意淫"，这是《红楼梦》里面创造的一个新词。什么叫"意淫"？它不是柏拉图的精神恋，它是由我们的性和我们的身体引起的一种性联想性幻想，这里面更多的是情感成分，这个情感成分到哪儿呢？它越靠近柏拉图的精神恋，它的审美情感越丰富，越靠近我们的皮肉之淫，越靠近性交性活动，就是"物淫"或者"色淫"了，它的情感成分就越少，听懂这个意思了吧。我早年第一篇《红楼梦》研究文章题目就是《"红楼"之"淫"的启示》，刊于《红楼梦学刊》1999 年第 1 期。我给它概念化，按照西方社会科学的概念化，我给"意淫"的概念化是"性爱的美感"或者叫"美感的性爱"。

我们还是回到香菱，香菱是一个连自己的身世都讲不清楚的人，她却要学诗，那么，曹雪芹这么描写想干吗？他给我们的启示是什么呢？我觉得启示至少有以下几个方面。

第一，香菱学诗其实描写的是中国古代知识分子尤其苦吟派诗人的心路历程。大家知道曹雪芹有一个号叫梦阮，梦见阮籍，阮籍是什么时代的人呢？魏晋时期竹林七贤领袖之一。《红楼梦》里的湘云就有竹林名士的性格，湘云卧花荫啊吃鹿肉啊腥的膻的大吃大嚼啊，是真名士自风流！曹雪芹借助自己笔下的人物来写中国知识分子的某一面，他写香菱苦吟其实也是在写中国文人的心路历程和精神追求，这是第一，因为时间关系我就不展开了。

第二，香菱苦吟其实也是人格的一个完成。我说一个人活在世上，不在于你活多大岁数，而在于你死的时候能不能作为一个独立的人格标本存在这个世上，灵魂是不死的呀！你会说这是唯心了，其实，我说的灵魂不死是这样的，当你死了以后还会有人惦记你，譬如你们的家人会惦记你吧！你们的后人会惦记你吧！总会有人惦记你，那么，应该让他们惦记我的什么呢？说香菱学诗就是写香菱人格的完成，人们惦记的正是她的完成了的人格。大家知道，《红楼梦》这部书里只有一个姑娘是死在曹雪芹笔下，就是晴雯了。读者之所以为晴雯而感动，晴雯怎么完成自己的人格的呢？就是几个情节吧！撕扇子、补雀金裘、掀箱子，其实大家不要忽略了另外一个情节，那就是宝玉探视晴雯，我读这一个情节时眼泪啪嗒往下掉。宝玉来探望她，晴雯把她的贴身的小袄脱下来给宝玉，把她的指甲咬了以后用手绢包着给他，说我死以后你看到了它就像看到了我，这才是知己呀！如果说将来谈恋爱，这样的恋爱才是真正的爱情。所以说，香菱的苦吟诗就是曹雪芹让香菱的人格在这里得到了完成。

我问大家：只要是读过《红楼梦》的或者看过 87 版电视剧的都知道香菱这个人吧？马上想起一个情节就是香菱学诗吧！当然，学诗是有过程的，香菱学诗第一首诗是初级阶段，有人说是达到了本科阶段水平，当今有的学者说连这样本科水平的诗也写不出来啊！第二首诗就是硕士阶段水平，第三首就是博士阶段了。那我们来看看，现在的博士有几个能写到第三首这个阶段的水平呢？第三首写得多老到啊！按照蔡义江先生的说法，第三首的笔法有老杜（杜甫）的风格。第一二句是怎么说的呢？“精华欲掩料应难，影自娟娟魄自寒。”哈！太老到了！第一句就先声夺人，一下子就把诗人的那种精魂写进去了。我告诉你们，我读到这两句诗看到了曹雪芹，曹雪芹一世潦倒，他把自己写进去了，精华欲掩料应难啊！我虽然一世潦倒一无所成，但是我的《红楼梦》你们都得读，读了还读不懂。曹雪芹的气概大吧？《红楼梦》第一回的一首诗经过考证是曹雪芹自己作的，曹雪芹就只留下自己作的这一首诗，其他的都不是曹雪芹写的，都是代人物立言的。“满纸荒唐言，一把辛酸泪。都云作者痴，谁解其中味？”曹雪芹这个人不仅诗才那么厉害，而且作品流传下来读也读不懂，也就是难得“解味”。我们说，好的诗是那些给我们启示多的诗，好的讲座也是给你们启示多的讲座。我不敢保证我的讲座有多少启示，但是我能保证曹雪芹给香菱写的第三首诗启示了我，启示了我什么呢？“精华欲掩料应难，影自娟娟魄自寒”这两句诗，仿佛看到了曹雪芹是为我写的，我求学四十年，从事学术研究二十年，应该说苦要远远大于乐，但我也是一步一步地开山辟径，凭自己的力量慢慢走出来的（最近十年所做的学案体红学史创制了红学史的新写法，其学术影响不限于红学学科）。我在课堂授课的时候常跟大学生说：你们年轻，可以拿出二十年的时间来读书，给自己定方向，你 80 岁以后不会后悔。一个人不论读多少书经多少事，其实就是为了追求这四个字：完成自己！香菱完成了自己，她后面的故事可以不要，香菱就活在我们心中了，晴雯也是这样的。

第三，钱穆先生是国学大师、历史学家，他说过一句话：一个人的历史是在他垂垂老矣的时候还能记起的那些过往的人和事，那才是他的真切的历史。譬如我，等我活到 80 岁的时候，能够回忆起这一段往事——我曾经来到苏大文正学院做演讲，这是活生生的，是我生命的一个部分。比如说具体的人，有周教授，有小茆女士，这是我的活生生的历史部分。我现在做学案研究，什么叫学案？就是根据一个学人的学术经历来立传，我借鉴了黄宗羲的《明儒学案》和司马迁的列传的写法，来给现代学人立传。长期做这方面研究我就发现，一个人，在临死的时候，如果他能感慨：可以有人来给我作传了！那么，你就完成自己了。我的历史感非常强，所以我在写学案的时候特别认真地敬畏地去写他们这些案主，为我们中国学术的承传，为我们的文脉留下鲜活的形象留给后人做楷模。可以说，香菱写诗，那是她自己的诗性的完成。

大家知道，现在这个物欲化的社会中是没有诗的地位的。没有诗，这个社会就很无趣，审美就离我们远去了。你可以很有钱，但是你很俗！香菱带着一种诗性的自我完成给我们这样的启示：没有诗，当我们安顿自己的灵魂自己的归宿的时候，我们就会觉得不爽。

四、诗礼簪缨，文采风流——“诗”与“礼”乃中华文化精神之核心

周汝昌先生研究《红楼梦》这部书，说它不得了，它可是中国的第十四部经典，可以称作十四经，为什么呢？因为这一部书涉及整个中华文化，他概括了八个字：诗礼簪缨，文采风流！按照周汝昌的说法，《红楼梦》写的是“诗礼簪缨，文采风流”家族的故事，他们家族虽然世代做官，但是谈诗讲礼，所以你看《红楼梦》里写大观园的结诗社，写家族很讲礼的细节。我们举一个简单的例子：新版《红楼梦》里蒋梦婕演林黛玉的时候，她掀帘子包括下轿子的时候，给人的感觉就是一个乡野村姑。你再看陈晓旭就演得比较到位，掀帘子的那个很小的动作，下了轿子之后先四周看一看，为什么呢？她母亲早就告诉过她：你姥姥家可是一个大家族啊，可不能随便的。所以，我常常跟大学生们说：一个人读书历练有三个阶段，第一个阶段叫乡野村姑，我想在座的大家都在苏州这个如此优美如此有文化有文脉的地方读书，你们肯定都度过了乡野村姑这个阶段了，至少都是小家碧玉了吧！小家碧玉还不够，多读《红楼梦》，我们努力地把自己锻造成什么呢？大家闺秀！所以，如果有人说读不懂《红楼梦》，其实这涉及你的追求，你根本读不懂大家闺秀是怎么回事儿，你读不懂看不明白。《红楼梦》里写大家闺秀的事儿，《水浒传》写强盗的事儿，《三国演义》写军阀征战的事儿，《金瓶梅》写明代中后期市民生活的事儿，《西游记》写天界地界鬼界的事儿。只有《红楼梦》写的是大家闺秀的事儿，它里面写了一百零八钗，有人说它是模仿《水浒传》水泊梁山一百单八将的。有人说不对，《水浒传》里也有三个女人，母夜叉孙二娘，母大虫顾大嫂，一丈青扈三娘她们都已经男性化了，她们都把自己男性化对待的对吧。

可以说，《红楼梦》里的一个重要问题就是，它通过人物、情节和语言全面展示了中华文化里最精华最核心的东西，可惜你没读懂。那么，中华文化精神核心的核心是什么？两个字——诗和礼。一个是诗，一个是礼。诗的代表是谁？曹雪芹塑造了一个形象——林黛玉；礼的代

表是谁？曹雪芹塑造的另一个形象——薛宝钗。你们学习薛宝钗，你们说话做事就会很有分寸，薛宝钗是很有分寸的。脂砚斋曾经评过这样一段话："所谓诗书世家，守礼如此。偏是暴发，骄妄自大。"诗和礼联系到一起了吧，有人说我为什么要读诗要学诗，因为懂审美你就也懂守礼。我常常在想：脂砚斋都过世几百年了，他（她）怎么就看到了我们中国今天的社会面貌呢？他下面一句话说："偏是暴发，骄妄自大。"偏是暴发户，他就越骄妄自大，我经常在课堂上抨击的一个对象——煤老板，有钱！可以买豪车，大家看到早年有个报道，一个煤老板的豪车被一个环卫女工一不小心用她的扫帚把擦碰了一下，煤老板马上下车对那个女工说：给我跪下！你知道吗？你一年的工资都不够修我的车！你看狂妄骄横到了什么程度了啊！当代中国社会出问题了，譬如德国汉学家顾彬就看到中国当代小说"不尊重女性"。他说中国当代小说就像二锅头，写欲望；中国现代小说像五粮液，它还有文化精神。其实，我觉得，顾彬还应该更加赞扬中国古代小说，尤其是《红楼梦》，它是最尊重女性的。贾宝玉告诉他的小厮，以后喊姑娘们的名字都要先刷牙。为什么呢？因为这些姑娘是尊荣无比的，她们是阿弥陀佛元始天尊。在座的没嫁人的姑娘，你们都是阿弥陀佛元始天尊啊！我的课讲完之后你们要不读曹公的书，你们良心何安啊？你们对不起曹雪芹啊！曹雪芹把你们捧得那么高啊！我读的书不能算多也不能算少，古今中外能把女子尤其是未出嫁的女子抬得那么高的，也就是曹雪芹了，即便女权主义者也没抬到那么高的地步。中国的小说和诗歌，男人写女人写得是最好的，不是女人写女人，什么道理呢？中国的男人有一批像曹雪芹这样的，他们懂女人爱女人，他们忧患女人，所以他们能够"代妇立言"。这是什么呢？诗心啊！你不要以为是菩萨心，NO！是诗心。所以说一个人心中为什么要有诗？不要骄妄不要自大。

讲到这儿，我又想起了交通部刚刚罚了200块钱的霸座男和霸座女，你是什么出身啊？你多么高贵你就那样霸座？当然我这是说反了，读书读得越多的人越不会霸座，对吧！你们能想象高教授霸座吗？如果高教授霸座被网上通缉了，高教授立刻就得死！为什么？我这半世英名毁于一旦啊！所以，高教授特别注意自己的美誉度。你别觉得你的教养只是个人的事情，NO！你的家庭，你的家族，还有你的后世子孙都会以你为耻的。所以说诗其实和礼是联系在一起的，我们知道，法其实在中国的传统社会是和礼整合在一起的。当然，我希望大家能够诗礼兼容，我们能既有诗也懂礼，“兼美”不仅是曹雪芹的期待和理想，同时也是我们现实生活中的理想。不仅世事人情要兼美，我们的人格精神也要兼美。所以，我告诉大家，在座的姑娘小伙子们，做人一定要在诗和礼上兼美，我们应该自己做成一个人格的孤本。什么叫孤本？只有我这一样，比如说高教授就我这一样，周教授也就这一样，我们不重复但是我们都有趣，都能给我们的家庭和家族带来荣耀。

今天就讲到这儿，谢谢大家！

周生杰教授致辞并主持提问答疑：

非常感谢高教授的精彩讲座，也非常感谢各位同学耐心地静听。

高教授为了这场讲座精心准备了好多天，昨天晚上我给他发微信：第一句话，快来了吧；第二句话，讲座准备好了吗？高教授说我正在看《红楼梦》！我说你都看多少遍了还在看啊？他是在精致地准备每一个细节，所以人生过得很完美。我们说苏州是精致的，但是在高教授面前我感觉他更加精致，他很会做事，很会做人，很会体贴，这跟他长期研读《红楼梦》很有关系。

此外我再说一点，我和高教授交流已经有四五年时间了，很愉快。刚刚高老师把我比作是红颜知己，我感到很荣幸，突然感觉自己不一样了。不仅是红学上的知己，和高教授认识接触，还有他那帮弟子，他的女公子、家人朋友和同事们，我认识了很多，他们真的都很雅，特别是那一帮女弟子既有趣亦不俗，根本就像现实中活着的十二钗一样。这里就给我一个很大的启示，以后带弟子应该怎样带怎样交流了。当然，高老师的标准我做不到，他的学生至少要读23遍《红楼梦》（笔者按：周教授说的是特例），我才读了4遍，现在我都不敢说话了。

还是要感谢高老师来给我们做这个报告，高老师这次来到苏州也确实是一个非常恰到好处的季节和地点。季节呢，昨天闷热，狂风大作，今天那么凉爽。上午高老师一路上就跟我讲，不是说苏州很闷热吗？不是像夏天一样吗？今天没有了啊！这不是高教授来了吗？第二个，地点恰当。我们苏州是什么地方？高老师讲了，《红楼梦》一开篇就讲的是苏州，故事的生发是从苏州开始的，没有苏州就没有林如海，没有林如海就没有林黛玉，没有林黛玉《红楼梦》就没人看。这个时候我突然冒出一个想法来：《红楼梦》没写完是一个大遗憾，张爱玲说一恨海棠无香，二恨鲥鱼有刺，三恨《红楼梦》未完。没写完不能续写吗？续写的《红楼梦》我可以说有一处他们写不到，故事开端是从苏州开始的，结束必须回到苏州来，无论谁续写，《红楼梦》的故事要回到苏州。要怎么回到苏州呢？这个很难！高鹗就没做到，高鹗写的天南地北不知去哪里了，完全违背了曹雪芹的原旨初衷，我们期望未来新的《红楼梦》续写能够把故事回到苏州，这才是一个真正的完美结局。

最后我们再次用掌声感谢高教授，留下一点时间，同学们有什么问题吗？机会难得，大家大胆提问，高教授是很随和的人，说不定提问之后给高教授留下好印象，我们可以考矿大的研究生啊！

大学生提问：《好了歌》里面表达了对亲情还有真正的爱情的一种虚无的看法，如果是像我们这样的年轻的人去读，会不会认为这个世界还有人的追求都是虚无的？就是说年轻人读《好了歌》会不会对自己的人生产生一些质疑？

高教授答：很好，这个题目非常好，其实，你说的正是我准备的第五个问题，第六个问题我想讲《好了歌》的，时间不允许。这个姑娘心有灵犀，这又是一段佳话啊。其实你刚刚问的那个问题非常好，这是跛足道人口里念叨的一段话，这一段话有人早就研究过。其实这一首诗从诗意上讲并不是写得多么好的一首诗，但是我们可以批他这几个字：文虽浅近，其意者深。要把《好了歌》放到《红楼梦》的整个故事里来看，《红楼梦》整个讲的是什么？整个讲的是由繁华走向衰落。它对我们有一个哲学的启示，我觉得年轻人什么样的人读它不会有社会虚无的感觉呢？就是你有哲学意识，一个人可以不成为哲学家，但是一定要有哲学思维。什么叫哲学思维？就是打破砂锅纹（问）到底，就是思考“To be or not to be”，就是思考生和死的问题。

《好了歌》其实就是人的一种哲学思考，你告诉我，咱们要从彻底的意义上讲，一个人死了以后，这些东西还在吗？对你来说还在吗？对你来说都不在，对吧！那是对什么有意义？对活着的人有意义。所以从这个意义上讲，它就是“了”，那么“了”还要做到“好”，这个“好”又应该怎么解呢？“好”有各种各样形态的好，所以我说晴雯死在曹雪芹笔下那就是真正是“好了”，因为其他人都死在高鹗或者续书作者笔下。（同学：秦可卿也是死在曹雪芹笔下！）对对对，秦可卿也死在曹雪芹笔下。所以“好”和“了”，我用禅宗的这样一个过程讲看看对不对啊，年轻人只要有哲学质素、哲学心理就不会颓废。我们对一切事情都要经历这三个阶段：第一，看破它。有人说老师我看不破怎么办？看不破你也得看破！因为这个世界不是因为你而存在的，你哭也没有用，所以你必须看破。第二步，放下。你看破了你就要放下。比如说，考试我要努力考90分，最后我没考到90分，我没考到那我就要看破它，考不到不要紧，说明我可能哪些地方出问题了，我以后再努力，那就无所谓，考不了就考不了呗！你要放下。然后，当你放下的时候你就同时走向了另外一个境界，叫自在。我就仅仅用一句话来举我一生的例子，我读书四十年，我真正地对自己满意就是这七八年，我积累了三十多年，总有一日我出头了！我现在又要问你了，我出头了又怎么样？经过了前几年稍微的那么点小自得之后，我又归于平静，归于平静不是归于低调。我出头了也不过尔尔，因为比我出头更大的多着呢！于是，又归于平静，这不是又“了”了吗？所以“了”同时就是“好”，这之间是一个辩证的关系。

我们举个例子，贾雨村来到智通寺有一副对联：“身后有余忘缩手，眼前无路想回头。”他不是“好了”吧？人都是这样，其实这样想，你一次考试没考好，一次工作没做好，你还能活80岁，你还有60年呢，慢慢做吧！有一句话说得好，人生漫长，如果不做事何以遣有生之涯。所以我跟我大学生说：你们不要说毕业以后要来见我，你们不要来见我，二十年以后再来见我。你们用二十年的时间做自己的事，到时候再来看你的心境就不一样了。所以不要着急，在座的所有同学不要着急慢慢来！姑娘，这个回答不知道你满意不满意？

大学生提问：我之前看《红楼梦》的时候觉得薛宝钗虽然说她有礼，但是感觉她所有的情节好像都是故意装出来的，她跟王夫人包括薛姨妈，其实感觉一直在给林黛玉设了一个大局，做一个对比，也就是为了让贾母喜欢她，这个其实应该是曹雪芹的本意吧？

高教授答：你这个问题也很尖锐，这里面就涉及什么呢？从阐释学的角度来说，我们阐释一个文本都想追求文本的本意，都想知道作者原初怎么做的，但是曹雪芹的本旨谁都回不去。所以，都是每一个阐释者根据自己的前理解对《红楼梦》的看法。但是，就我们从文本里面来看，曹雪芹写的林黛玉和薛宝钗是兼美的吧！是两个都要有的。薛宝钗做的那些你说是假的，没错，礼就要“作”，非礼勿听，非礼勿言，非礼勿动，非礼勿视，礼就要“作”啊！按照本性来做这是真，如果纯粹按照本性来做，不受拘束的话，就是我说的人生的第一个境界：乡野村姑。还有一个方面，我们现代人提问的时候往往是从现代的思想情感角度提的，要是放在几百年前的传统社会，薛宝钗做的就是符合当时社会规则要求的。所以，至于说是不是他们设的局，我们从书中就可以看出来，《红楼梦》就是“假作真时真亦假，无为有处有还无”，总是假假真真的笔墨。就是说曹雪芹并没有给你一个绝对标准的答案，因为曹雪芹悟通了刘勰《文心雕龙》中说的四个字：博观圆照。任何一个事情都没有绝对的好和绝对的坏，在《红楼梦》中曹雪芹对薛宝钗的态度依然也是非常敬重的。而且，你还可以通过贾母来看，有人说贾母不喜欢她的外孙女，最后她也允许了王熙凤的局，你们看贾母什么时候说过林黛玉的坏啊？一次没说过！那贾母能给林黛玉做主嫁给宝玉吗？不能啊！因为父母之命媒妁之言，宝玉的婚事要让他爹妈来做主。林黛玉感到最悲哀的是她没有爹妈在身边，而薛宝钗有她的娘在身边。宝钗她也不能主动说，所以要借助别人来说，这个时候谁来说最好呢？王熙凤就要见风使舵了，所以这里面可能还有一个王熙凤的问题。《红楼梦》里面每一个情节都没有给你一个绝对的答案去指向什么，现在大家都是各自按照自己的想法来判断。这就是《红楼梦》的魅力，这个回答你满意吗？

大学生提问：我想问一下甄宝玉和贾宝玉之间的关系。我当时看《红楼梦》就很好奇，他写甄家这条暗线，我觉得有一个寓意，就是预示着贾府的腐败和毁灭，因为甄家是先开始衰败的。但是甄宝玉这个人很奇怪，他跟贾宝玉长得很像，性格也像，贾宝玉还曾经梦到过甄宝玉，两个人亦真亦假，好像是同一个人一样。所以，我在想是不是甄宝玉才是神瑛侍者，这是第一个问题。第二个问题就是金陵十二钗每个人都有判词还配了一幅画，我看了之后只有秦可卿，她的判词结局和画是不相符的，画上画的是一幅美人自缢图，但是书上说她是病死的，我就很奇怪。书上说秦可卿的小名叫兼美，兼美是兼什么美呢？是兼黛玉和宝钗吗？我觉得秦可卿这个人身上有很多谜团。

高教授答：以上提的两个问题都是很尖锐的问题。甄贾宝玉的问题是这样的，甄宝玉是在南京一带，暗示着曹家待了60年的地方吧，贾宝玉应该是在北方了。其实，甄宝玉贾宝玉写的就是贾宝玉整个的心路历程，贾宝玉一开始也不是那么灵秀，那么有觉悟。我这样说一说你看绕不绕口啊！贾宝玉是真石头，甄宝玉是假石头，假玉真石，真石假玉。曹雪芹他写的真真假假，一开始书中就说了“假作真时真亦假”，我就是要编故事。甄宝玉最后是讲仕途经济了吧，（同学：但那是高鹗续写的呀！）虽然是高鹗续写的部分，但是高鹗没续写的之前的甄宝玉也不是那么有灵性，这是通过甄宝玉来写贾宝玉。写贾宝玉的时候，玉一丢失他马上就浑浊了，马上就暗淡了，他在女儿们的眼泪浸化下他保住了真性，就是假（贾）反而能够保住真性，真（甄）反倒失了本性。我这样讲你就明白了，一个人来到人世间，我们的父母把我们的身体带来，这个身体是纯洁的无瑕的，非常珍贵的。然后，随着各种观念摄入，善的恶的观念摄入，最后，有的人慢慢走向堕落，有的人就能保住了真性情。其实，这也是在折射社会上有时真性走向了仕途经济一面，看似假的最后保住了性情。其实，这也表达了曹雪芹的一种祈望，要保住自己的真性如贾宝玉。曹雪芹是为了更好地写谁呢？写贾宝玉。说句题外话，一个人尤其是我们小伙子，其实姑娘也是的，一定要有红颜知己，这“红颜知己”有助于我们保住真性情。

至于第二个问题，说的是《红楼梦》的写作过程中的修改修订的问题，一开始曹雪芹写的那种样子不是现在所看到的样子，这涉及《红楼梦》的成书问题。有人说《红楼梦》是两书合成的，就是《石头记》和《风月宝鉴》合成的，秦可卿的故事是风月笔墨，还有尤二姐尤三姐的故事都是风月笔墨。大家要知道，写风月笔墨曹雪芹并不外行，因为明代中后期大量的这种性爱小说，就是写性爱的小说太多了，最典型的代表是《金瓶梅》。像这种直接写性爱的小说，曹雪芹不陌生，但是你看曹雪芹写二尤写得多好啊！不过，大家又觉得从小说写作上有一个问题，他写的二尤故事更像戏剧不像小说，就是戏剧色彩太浓了。我们可以有疑问，我们读书要有疑问，读的时候我们的疑问有时可以从这个角度来考量，有时可以从那个角度来考量，至于能不能得到完全正确的答案，那就很难说了，因为曹雪芹已经离我们远去了。

周教授总结发言：

刚刚我注意到一个细节，高老师在讲座的时候提到的《红楼梦》的文字诗句，同学都记下来了，读书读得很细，我们文正学院很多同学是真正在读书。人们常说“开篇不读《红楼梦》，纵读诗书也枉然。”刚刚高老师也说了《红楼梦》被周汝昌誉为十四经，十三经大家都知道，但是十三经里面的文字太久远了太正统了太晦涩了，真的是难以卒读。但是，《红楼梦》作为十四经它是最完美的，一个是囊括了十三经的所有精华部分，是我们中华民族传统文化的精华，是我们中华文化向海外传播的一个最好的媒介。高老师一开始就讲了读书与不读书的区别，读《红楼梦》与不读《红楼梦》的区别。我也说一个可能不是很恰当的话题，我们文正学院的同学现在也有两类，一类是听了高教授的讲座的同学，一类是没有听过高教授讲座的同学，区别在哪里呢？这个区别可能以后会显现出来。希望我们在座的同学能够以这次《红楼梦》讲座为契机，认认真真多读点书，让自己内心充实起来，让我们的形象更加温柔一些。

谢谢同学们，谢谢高老师！

（根据录音整理）

补记：讲座之前，陈桂声教授向笔者赠送《中国古代小说总目提要》（朱一玄、宁稼雨、陈桂声等编著）一书，笔者回赠新著《周汝昌红学论稿》一书，并向陈桂声教授约稿《朱一玄学案》刊发于笔者主持的《中国矿业大学学报》（社科版）“现代学案”栏目。此番演讲兴致极好，又与周生杰教授相谈甚欢。于是，即兴吟咏七绝两首以存念：

《南下姑苏说红楼》

戊戌中秋前日记

其一

姑苏城里忆红楼，知己红颜伴我游。黛玉辞家骚怨寄，多情从此念今秋。

其二

蛇门灯火月中秋，醉蟹成诗兴意稠。最念犨犨虚脾胃，凝眸和韵也无由。

注：吟者说红楼之意正酣，直呼周教授乃“红颜知己”也；“红颜”者实乃“知己”之谓也。此番说红楼之际，陈桂声教授盛情主持，小茆、小季诸学友热情服务，涂小马先生现场单反拍照高清大图，斯可铭记矣！

附　录

获奖证书

高淮生　同志：

您的论文《鉴赏与批评并举，体悟与活说贯通——王蒙的红学研究综论》

获江苏省哲学社会科学界第六届学术大会优秀论文 二 等奖。

江苏省哲学社会科学界联合会

二〇一二年十二月

编号：JSSKL2012 w060

论文《鉴赏与批评并举，体悟与活说贯通——王蒙的红学研究综论》获江苏省哲学社会科学界第六届学术大会优秀论文二等奖

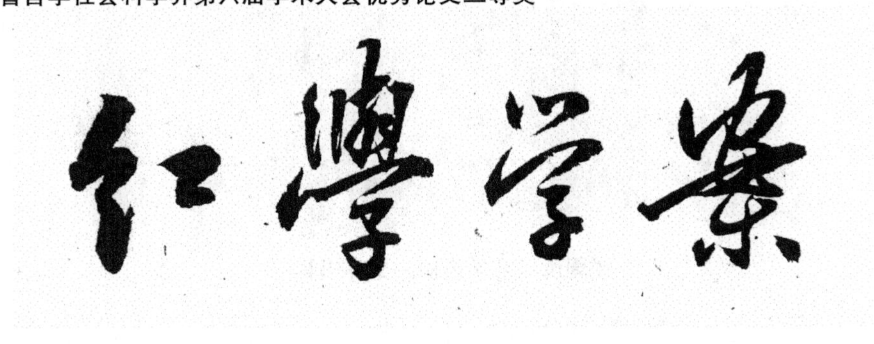

《红学学案》封面展开图

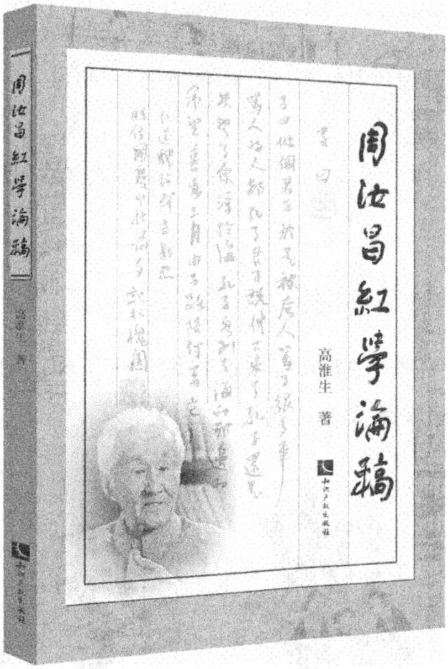

《周汝昌红学论稿》立体书模

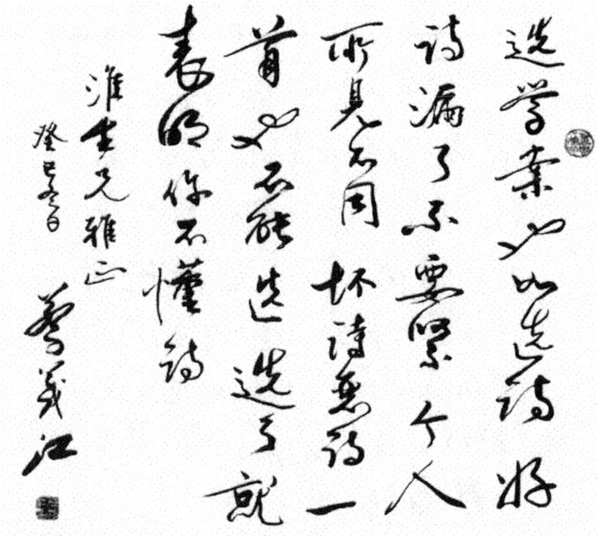

蔡义江先生评红学学案：选学案也如选诗，好诗漏了不要紧，个人所见不同，坏诗恶诗一首也不能选，选了就表明你不懂诗。

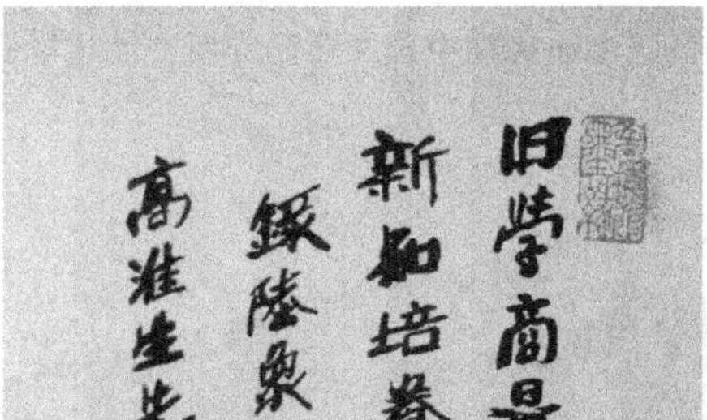

梅节先生点评：旧学商量加邃密，新知培养转深沉。

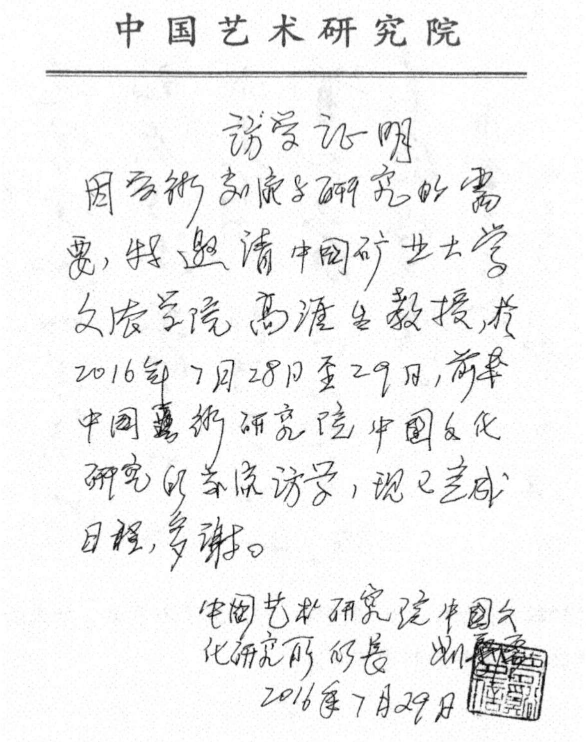

中国艺术研究院

访学证明

因学术交流与研究的需要，特邀请中国矿业大学文法学院高淮生教授，于2016年7月28日至29日，前来中国艺术研究院中国文化研究所交流访学，现已完成日程，多谢。

中国艺术研究院中国文化研究所所长 刘梦溪
2016年7月29日

赴中国艺术研究院中国文化研究所交流访学证明

《百年红学》创栏十周年暨《红学学案》出版座谈会留念

《百年红学》创栏十周年暨《红学学案》出版座谈会合影留念

红学学科建设高端论坛合影留念

《周汝昌红学论稿》出版暨纪念周汝昌先生诞辰一百周年座谈会合影留念

《周汝昌红学论稿》出版暨纪念周汝昌先生诞辰一百周年座谈会现场

后　记

2016年7月30日下午4时许，笔者赴京拜访胡文彬先生，交流近一个时期的学术活动以及正在撰著的“红学学案”课题的进展，并告知胡先生《港台及海外红学学案》获批2016年度教育部哲学社会科学研究后期资助项目的学术信息。胡先生对《港台及海外红学学案》获批立项给予积极评价，同时希望笔者多注意搜集反映学人的活材料，不能仅留意纸上材料。其实，笔者“红学学案”课题自始至终特别留意这方面的材料，搜罗爬梳过程尚可谓勤奋。

这次交谈中胡先生特别提到笔者曾在河南邓州红楼梦研究会主办的《红学研究》发表过的《李希凡与〈红楼梦〉》《梅节与〈红楼梦〉》《蔡义江与〈红楼梦〉》《胡文彬与〈红楼梦〉》等4篇文章，这4篇约稿分别刊于《红学研究》2014年第1期、2015年第1期。胡先生很赞赏这4篇文章的理由即不仅具有史料价值，而且文笔活泼，读者更乐于阅读。

此后，苗怀明教授向笔者约稿，笔者便将这4篇文章交给他发布在由他创办的“古代小说”微信公众号。怀明教授同样乐于编发这种史料性与可读性兼顾的文章，他希望笔者继续写下去，做成“名家与红学系列”。于是，恭敬不如从命，《名家与红楼梦研究》上编即以“名家与红学系列”为总题陆续发布于“古代小说”微信公众号（笔者按：正式出版前做了增订）。其间，怀明教授多次恳切叮嘱，其情其意弥足珍贵。

“名家与红学系列”撰写之前，笔者曾以《〈红学学案〉创作始末》为题整理了二十余则素材，因“红学学案”著述颇为费时费力，便无暇继续整理成册。值得一提的是，《名家与红楼梦研究》上编写作以及增订过程参考了《〈红学学案〉创作始末》的资料，同时，大量使用了笔者日记的资料，最大可能地确保“追踪蹑迹”的真切性即身临其境之感。

即将在知识产权出版社同时出版《名家与红楼梦研究》《港台及海外红学学案》两部书稿，这两部书稿均由徐家春责编负责审校排版，工作量之大可以想见，笔者的感谢之意一时难以言表。同时，笔者对知识产权出版社给予的鼎力支持深致谢意。

《名家与红楼梦研究》一书的出版获得了中国矿业大学学科建设重点项目经费资助和中国矿业大学公共管理学院“兴文战略”项目经费资助，笔者对学校和学院的资助尤为感谢！

2019 年 11 月 3 日

于古彭槐园书屋